W0378633

Le Livre de Poche

Jeunesse

SIGRID ET LES MONDES PERDUS
4

LES MANGEURS DE MURAILLES

DU MÊME AUTEUR DANS
Le Livre de Poche Jeunesse

Le pique-nique du crocodile
Sigrid et les mondes perdus : L'œil de la pieuvre
Sigrid et les mondes perdus : La fiancée du crapaud
Sigrid et les mondes perdus : Le grand serpent

SERGE BRUSSOLO

SIGRID ET LES MONDES PERDUS
4

LES MANGEURS DE MURAILLES

HACHETTE
Jeunesse

Qui est l'auteur ?

Né en 1951, Serge Brussolo a beaucoup écrit. Il se consacre désormais au thriller, explorant le suspense sous toutes ses formes. Doué d'une imagination surprenante, il est considéré par la critique comme un conteur hors pair, à l'égal des meilleurs auteurs du genre, et certains n'hésitent pas à lui trouver une place entre Stephen King et Mary Higgins Clark.

1

La naufragée

Sigrid dormait sur sa couchette, dans la cabine 326 du vaisseau de transport intergalactique *Prince de Kandara* quand la sirène d'alerte se déclencha. Immédiatement, un bras articulé muni d'une seringue jaillit d'un compartiment ménagé dans la cloison pour lui injecter dans la veine jugulaire une solution destinée à décupler ses réflexes de survie. C'était la procédure standard en cas de naufrage ; hélas, certains passagers la supportaient mal et devenaient immédiatement fous à lier. On en avait vu qui tentaient de s'enfuir par l'orifice des W.-C., méthode d'évacuation pour le moins surprenante et dont le taux de réussite était voisin de zéro.

Sigrid se redressa en suffoquant. Sans même réfléchir à ce qu'elle faisait, elle enfila sa combinaison étanche, coiffa son casque et sortit de la cabine. Dans la coursive, des gens couraient en tout sens, se piétinant. Quelques-uns, fortement perturbés par la drogue de survie, essayaient de dévisser les hublots pour sortir plus vite du vaisseau en perdition.

— Que se passe-t-il ? demanda Sigrid en s'adressant à l'ordinateur incorporé dans son casque.

— Nous avons été pris dans une pluie de météorites, répondit le logiciel d'une voix paisible. La partie tribord est entièrement détruite. Je te conseille de gagner au plus vite l'une des capsules d'éjection avant que le vaisseau ne se désintègre, ce qui pourrait s'avérer extrêmement contrariant pour tes fonctions organiques, surtout si tu as l'intention de rester en vie quelques années encore. Dans le cas contraire, tu peux retourner t'allonger sur ta couchette et prendre un somnifère de manière à n'éprouver aucune souffrance lorsque tu seras déchiquetée par l'explosion.

Les capsules d'éjection étaient l'équivalent des canots de sauvetage sur les paquebots des temps anciens. Sigrid se fraya un chemin dans la coursive. Son entraînement militaire lui permettait de résister à la panique et de se concentrer sur les gestes qu'elle devait accomplir.

Avec une remarquable efficacité, elle localisa les capsules et s'installa dans l'une d'elles. C'était un habitacle à peine plus grand qu'une machine à laver et dans lequel on devait se tenir la tête coincée entre les genoux sitôt l'écoutille refermée. Quand elle décollait, on avait réellement l'impression, cette fois, d'être dans un lave-linge entamant son cycle d'essorage.

— Mise à feu dans 3 secondes, annonça l'ordinateur de bord. Nous espérons que vous avez fait un agréable voyage en notre compagnie. Si vous survivez à l'atterrissage de cette navette, vous aurez droit, à titre de dédommagement, à un voyage gratis sur l'un ou l'autre de nos longs courriers. N'hésitez pas à le signaler à votre agence de voyages la plus proche !

Sigrid lâcha un épouvantable juron, au même moment la capsule fut éjectée dans le vide de l'espace, loin du vaisseau spatial dont les différents compartiments se disloquaient au milieu d'éclairs aveuglants.

L'accélération fut telle que la jeune fille, aplatie au fond de l'habitacle, perdit connaissance.

Elle reprit conscience trois heures plus tard, avec la sensation d'avoir été piétinée par une horde de chevaux chaussés de patins à glace à lame tranchante. Elle saignait du nez et son cerveau lui faisait l'effet d'un gâteau de riz tombé du trentième étage.

— Joyeux réveil ! claironna la voix synthétique de l'ordinateur à ses oreilles. J'ai la joie de vous annoncer que vous êtes la seule survivante de la catastrophe. Aucune des autres capsules de sauvetage n'a pu décoller avant l'explosion. Jusqu'à présent tout va bien. Nous disposons encore d'une dizaine d'heures de carburant avant d'être définitivement perdus dans l'espace. Peut-être souhaitez-vous mettre ce délai à profit pour rédiger un testament, ou expédier une plainte à la compagnie ?

— Tais-toi ! gémit Sigrid. Tu me casses la tête. Quelle est la planète la plus proche ?

— Sigma Sigma Delta 777, répondit sans hésiter le logiciel de pilotage. Mais c'est un caillou inhabitable, un ancien champ de bataille dévasté par une guerre fratricide. Je vous déconseille d'y atterrir.

— Peut-on aller plus loin ?

— Non, du moins si vous désirez rester en vie. Les réserves d'oxygène ne le permettent pas. Cependant, si vous acceptez de périr asphyxiée, je peux vous emmener jusqu'à Kapa Kapa Tau 876, un joli astéroïde où je me poserai en douceur. Le paysage y est très agréable, agrémenté d'aurores boréales roses et de brouillards musicaux.

— Mais je serai morte, c'est ça ? s'enquit Sigrid.

— Oui, confirma le pilote automatique. Toutefois vous aurez la satisfaction de reposer à jamais dans un paysage idyllique.

— Merci bien, grogna Sigrid. Mets donc le cap sur l'ancien champ de bataille. Je préfère tenter ma chance sur un tas d'ordures que d'être embaumée au paradis.

Elle s'évertua à rester positive en dépit du caractère dramatique de sa situation. Elle eut une pensée pour Takeda et Hata[1], le jeune mousse, qui, en définitive avaient renoncé à l'accompagner sur la Terre, tous deux terrorisés à l'idée de quitter l'univers du Soleil Levant et d'affronter la modernité d'un monde avec lequel ils se sentaient peu d'atomes crochus. Sigrid avait eu du mal à retenir ses larmes lorsqu'ils s'étaient séparés sur la piste de l'astroport. Elle s'en réjouissait à présent.

« S'ils avaient pris place à bord, songea-t-elle, ils seraient morts à l'heure qu'il est. »

Elle les aimait bien, mais elle avait dû se résoudre à les quitter car sa vieille ennemie Anato, la plongeuse à la main coupée, s'était mis en tête de l'assassiner. Ayant échappé de justesse à trois embuscades meurtrières, Sigrid avait décidé de rentrer chez elle sans attendre. Hélas, une fois de plus, les choses avaient mal tourné.

La jeune fille prit son mal en patience. Cinq heures plus tard, la capsule heurta le sol de Sigma Sigma, soulevant un nuage de poussière qui mit une éternité à retomber.

— Nous commençons à émettre un message de détresse, annonça l'ordinateur de bord. Avec un peu de chance, un satellite de communication le relayera

1. Voir *Le Grand Serpent.*

jusqu'à une station orbitale et l'on dépêchera une mission de secours pour vous récupérer.

Sigrid fit la grimace. Elle imaginait mal une compagnie de transport intergalactique traversant le cosmos pour venir en aide à une seule et unique naufragée !

— L'atmosphère est-elle respirable ? s'enquit-elle en s'extirpant péniblement de son siège.

— Oui, fit le logiciel de survie, mais je ne te conseille pas de sortir sans ton casque.

— Pourquoi ? Il y a des radiations ?

— Non, des microbes, des virus... Je te l'ai déjà signalé : cet endroit a été jadis ravagé par une guerre bactériologique qui a mis fin à toute civilisation.

Sigrid pressa la commande d'éjection du cockpit. La poussière soulevée par son atterrissage laissait planer un brouillard jaunâtre à travers lequel se dessinaient les contours de hauts bâtiments. S'emparant du sac contenant le kit de survie standard, elle se laissa glisser le long du fuselage et sauta sur le sol.

2

La Cité des ossements

— Où suis-je exactement ? demanda-t-elle à l'ordinateur incorporé dans le casque. Cette cité est-elle réellement déserte ?

Autour d'elle s'étendait un paysage de ville abandonnée, grise, aux rues remplies de voitures et de valises éparpillées.

« On dirait que des milliers de gens ont pris la fuite, songea-t-elle. Tout cela sent la panique. »

Prudemment, elle s'avança dans l'avenue encombrée. Pour progresser, elle devait se glisser entre les automobiles encastrées les unes dans les autres.

« C'est vieux, se dit-elle. Tout est recouvert de poussière. »

En fait, le vent soufflant du désert avait ensablé les rues comme s'il comptait bien, un jour, enterrer la cité fantôme au cœur d'une gigantesque dune.

— Hé ! lança-t-elle à l'adresse de l'ordinateur. Tu réponds ou quoi ? Où sommes-nous tombés ?

— Je ne sais pas, avoua la machine. C'est très ancien. Je pense qu'il s'agit d'une colonie terrienne rayée de la carte du cosmos par une épidémie.

— Une épidémie ?

— Une guerre bactériologique, plus exactement. Les gens qui vivaient ici sont entrés en conflit et ont choisi de régler leurs différends en se bombardant à l'aide de microbes fabriqués en laboratoire. Au bout du compte, ils se sont exterminés les uns les autres car il leur a été impossible d'enrayer la propagation des maladies.

« Charmant... », soupira Sigrid avec un frisson d'angoisse.

— Ah ! il y a autre chose, grésilla l'ordinateur. Je crois important de te signaler que les virus sont toujours actifs, même après tout ce temps. Fais bien attention à ne pas déchirer ta combinaison ou fêler ton casque, tu serais immédiatement contaminée.

— Génial, haleta la jeune fille.

Elle sentit la sueur perler à son front et n'osa plus bouger. D'un seul coup, elle était terrifiée à l'idée d'accrocher son scaphandre de caoutchouc à la saillie métallique d'un pare-chocs tordu.

Le souffle court, elle examina les alentours. Les vitrines des magasins avaient été brisées, et le vent de sable avait peu à peu recouvert les présentoirs. Il y avait des débris de verre partout.

— C'était une librairie, murmura-t-elle. Je pourrais peut-être y dénicher un journal...

Elle fit trois pas en direction de la boutique. En fouillant prudemment dans la poussière amoncelée elle finit par exhumer un quotidien. Le sable avait protégé le papier des méfaits du temps. Un gros titre barrait la première page :

L'épidémie progresse à pas de géant. L'éternuement désosseur a déjà fait 300 000 morts dans la zone industrielle de Kapabanga. Les scientifiques avouent leur impuissance.

Sigrid jeta un rapide coup d'œil à la date inscrite en haut du tabloïd. La page avait été imprimée 160 ans auparavant !

— Hé ! souffla-t-elle dans son casque. La catastrophe a eu lieu il y a un siècle et demi et tu prétends que les virus sont toujours actifs ?

— Je confirme, nasilla l'ordinateur. D'ailleurs tu ne devrais pas tarder à les voir. Ils ressemblent à de grosses méduses bleuâtres. Ils flottent dans les airs, à la recherche d'une proie.

— Il existe donc des survivants ?

— Oui, les animaux ont mieux résisté que les humains. Les rats surtout, et les insectes. Certaines espèces, comme les chevaux, par exemple, ont développé des anticorps qui leur permettent deux fois sur trois de survivre à la fièvre éternueuse...

— Mais les hommes ? coupa Sigrid qui savait l'ordinateur extrêmement bavard.

— Les hommes ? Oh ! il y en a encore quelques-uns, bien sûr. Mais je crois qu'ils sont retournés à l'âge des cavernes. N'espère pas t'en faire des amis.

La jeune fille allait poser une nouvelle question quand un objet craqua sous la semelle de sa botte. S'agenouillant, elle fouilla dans le sable du bout des doigts. Tout de suite, elle mit au jour des ossements épars. Plus elle creusait, plus elle en découvrait d'autres. Des centaines et des centaines de phalanges, de côtes, de tibias, d'omoplates, tous mélangés comme les pièces d'un puzzle.

Aucun squelette n'était entier, les crânes eux-mêmes s'étaient disloqués en une infinité de morceaux aux découpes compliquées.

— On dirait que tout s'est déboîté..., observa Sigrid. C'est rare de trouver des crânes dans cet état. C'est généralement la seule partie du squelette qui reste intacte à travers les siècles.

— Pas dans le cas de la fièvre éternueuse, corrigea la voix synthétique de l'ordinateur.

— Quoi ? haleta la jeune fille.

— Le virus Zéta Zébulon Snooze 345 provoque d'effroyables éternuements, expliqua la machine. De tels « atchoum » que le squelette se désarticule totalement et se retrouve projeté hors du corps, par la bouche... *en pièces détachées.*

— C'est horrible ! hoqueta Sigrid.

— Appréciation correcte, approuva l'ordinateur, la guerre est toujours horrible.

La jeune fille se redressa, laissant retomber sur le sol les ossements qui emplissaient sa paume.

Elle hésitait sur la conduite à tenir. Devait-elle continuer ou retourner à la navette de sauvetage ?

« Le problème, c'est l'oxygène, pensa-t-elle avec angoisse. Quand ma réserve sera épuisée, je serai forcée d'enlever mon casque sous peine d'asphyxie... et j'attraperai aussitôt la fièvre éternueuse. »

Ce n'était pas là une perspective bien réjouissante.

Au même instant elle aperçut une colonie de virus flottant mollement au-dessus des toits. Ils ressemblaient effectivement à des méduses et les rayons du soleil traversaient leurs corps translucides. Au vrai, ils étaient assez jolis... mortels, mais jolis.

— Ils t'ont repérée, marmonna l'ordinateur. Ils ont besoin de contaminer des organismes vivants pour survivre, sinon ils s'éteindraient.

— Vont-ils m'attaquer ?

— Ils essayeront, mais ton casque et ta combinaison devraient normalement te protéger tant qu'ils demeureront hermétiques. *Rappelle-toi : aucune fêlure, aucun accroc.*

— Je sais.

Instinctivement, Sigrid avait tiré son laser de combat de l'étui fixé à sa hanche.

— Ça ne servirait à rien, murmura l'ordinateur. Le feu, la chaleur n'ont aucun effet sur eux. Ça risque même d'accélérer leur prolifération en leur fournissant une énergie dont ils s'alimenteront.

Sigrid entreprit de se déplacer entre les voitures encombrant la rue. Elle repéra un fourgon blindé encastré dans le flanc d'un camion de livraison et songea qu'elle pourrait s'en faire un abri si l'essaim de virus fondait sur elle du haut du ciel.

Elle avisa soudain un grand panneau métallique qui grinçait dans le vent.

Attention ! proclamait-il. *Toute personne qui éternuera dans cette zone sera immédiatement brûlée vive par les robots du service d'hygiène. Cette mesure a pour but d'enrayer la propagation de l'épidémie. N'hésitez pas à dénoncer à la police les individus que vous avez entendus éternuer en cachette, vous contribuerez ainsi à la sauvegarde de la communauté.*

Sigrid consulta sa montre. Les chiffres lumineux lui annoncèrent que ses réserves d'oxygène seraient totalement épuisées dans 5 heures 38 minutes et 47 secondes.

« Si, d'ici là, aucune navette de secours n'est venue

me récupérer je n'aurai plus qu'à ôter mon casque si je ne veux pas mourir étouffée », se dit-elle en réprimant la peur qui montait en elle.

Un crissement métallique la fit sursauter, et elle se plaqua contre le flanc du fourgon blindé, la respiration courte. Son cœur battait à un rythme accéléré. Elle s'en voulut : plus elle deviendrait fébrile, plus sa consommation d'oxygène augmenterait.

Le crissement se fit de nouveau entendre. C'était une sorte de raclement ponctué de craquements de brindilles. « Des bottes..., songea la jeune fille. Des bottes d'acier qui foulent le sable en piétinant les ossements enfouis. »

Cela se rapprochait.

Une étrange créature apparut au coin de la rue. Un robot de trois mètres de haut, tout couvert de poussière, mais équipé d'une mitrailleuse laser au sommet de la tête. En travers de sa cuirasse, on pouvait lire la mention : *Agent de désinfection*.

Sigrid comprit qu'il s'agissait d'un androïde chargé d'exécuter les personnes contaminées.

— Regarde, souffla l'ordinateur, il a des détecteurs de son à la place des oreilles. Ça lui sert à repérer les éternuements. Dans les derniers temps de l'épidémie, ces machines carbonisaient sur place tous les malades infectés.

— On aurait mieux fait de les soigner ! protesta Sigrid.

— C'était impossible, rétorqua placidement l'ordinateur, il n'existe aucun vaccin contre l'éternuement désosseur.

Le gigantesque robot tourna la tête en direction de Sigrid car il avait repéré le grésillement des voix à l'intérieur du casque étanche.

« Par tous les dieux du cosmos, songea la jeune fille, faites qu'il ne prenne pas ça pour un éternuement ! »

Elle n'osait plus respirer. Le robot la dominait de son énorme masse. On eût dit un char d'assaut dressé sur ses pattes de derrière. Un mélange de rouages, de pistons et de bielles, un gorille de fer à qui boulons et rivets auraient tenu lieu de pelage. Il hésitait, ses détecteurs et son canon cliquetant tel un réveil devenu fou.

Il se décida enfin à s'éloigner, écrasant les os des squelettes éparpillés sous ses semelles métalliques.

« Un traqueur d'éternuements, songea Sigrid, c'est trop dingue ! »

Elle réalisa que la sueur ruisselait dans son scaphandre et sur son front sans qu'elle puisse s'essuyer. Sitôt le robot parti, les virus se mirent à voleter autour d'elle, l'effleurant du bout de leurs tentacules transparents. Ils ne se comportaient pas de manière agressive, non. Leurs tentatives de contact avaient quelque chose de caressant, comme s'ils essayaient d'amadouer un chat sauvage.

— Ne t'y trompe pas, chuchota l'ordinateur. Ils t'auscultent pour essayer de localiser une brèche dans ton vêtement de protection. Par bonheur, ils ne sécrètent pas de solution acide qui attaquerait le scaphandre. Tant que tu seras parfaitement empaquetée tu n'auras rien à craindre d'eux.

Sigrid agita la main pour repousser les « méduses » qui, à présent, adhéraient à son casque comme si elles avaient l'intention de l'aveugler.

Les virus réagirent mollement. Ils semblaient constitués d'une gélatine capable de se déformer à volonté.

« Évidemment, songea Sigrid, ça leur permet de s'infiltrer n'importe où. Par un trou de serrure ou sous une porte. Dès qu'ils localisent une fissure, ils s'y engouffrent. »

Sa gesticulation finit par éloigner les virus qui reprirent leur vol paresseux. Ils avaient faim, c'était évident. Ils mouraient d'envie de contaminer Sigrid pour se refaire une santé. Il y avait bien trop longtemps qu'ils jeûnaient.

La jeune fille reprit sa marche, sans trop savoir ce qu'elle espérait.

— Tu es sûr que l'air de cette planète est respirable ? demanda-t-elle à l'ordinateur.

— Oui, répondit la voix synthétique, mais quand tu devras ôter ton casque assure-toi bien que tu te trouves dans une pièce hermétiquement close, où les virus ne peuvent pas entrer.

— Où, par exemple ? s'impatienta Sigrid que l'angoisse rendait agressive.

— La chambre forte d'une banque ? suggéra l'ordinateur. Un entrepôt frigorifique... Tout ce qui, de près ou de loin, ressemble à une pièce sans fenêtre. C'est simple, non ?

— Je ne crois pas ! Comment les virus contaminent-ils les créatures vivantes ?

— En s'infiltrant par la bouche, les narines, les oreilles, bref, tout ce qui constitue une porte d'entrée.

La jeune fille consulta encore une fois sa montre. Le temps filait à une vitesse hallucinante. Elle se demanda si le S.O.S qu'elle avait expédié au moment du naufrage avait été capté par quelqu'un. Elle en doutait. Elle constata que les batteries alimentant l'ordinateur du scaphandre s'épuisaient elles aussi, ce qui donnait à la voix synthétique sortant du haut-parleur une tonalité désagréablement chuintante.

Elle s'immobilisa à l'orée d'un carrefour.

La ville s'étendait devant elle, gigantesque et désolée, telle la carcasse d'un dinosaure échouée là en des temps anciens. Un silence effrayant, seulement troublé par les ululements du vent, régnait sur les lieux. Çà et là, des tibias, des mâchoires pointaient hors de la couche de sable tapissant la chaussée.

« Pas follement réjouissant..., » se dit Sigrid.

Alors qu'elle se dirigeait vers un restaurant avec l'intention d'en visiter la chambre frigorifique, un « atchoum » lointain résonna dans son dos. Elle se figea. Jetant un bref coup d'œil par-dessus son épaule, elle aperçut un lion d'Aldébaran qui se dirigeait vers elle. Sans doute s'agissait-il d'un animal échappé d'un zoo. Ces fauves étaient, d'ordinaire, indestructibles et leur longévité atteignait souvent deux siècles, mais celui-ci semblait mal en point. Sa crinière rouge vif pendait, lamentable, et, sur ses flancs, son pelage s'en allait par plaques. Sigrid regarda les griffes de la bête, longues et acérées comme des sabres.

« Il doit peser une demi-tonne, se dit-elle. Il va me réduire en bouillie. »

Elle mesura l'espace qui la séparait du fourgon blindé entraperçu tout à l'heure. Aurait-elle le temps de courir s'y réfugier ou bien le lion la rattraperait-il en deux bonds dès qu'elle ferait mine de bouger ?

Le fauve frissonna de nouveau, en proie à une forte fièvre. La chaleur qui se dégageait de sa peau avait noirci sa fourrure, et les poils de sa crinière grésillaient comme s'ils étaient sur le point de s'enflammer.

« Il va prendre feu, constata la jeune fille. C'est à se demander comment il tient encore debout. »

Brusquement, la bête se convulsa sous l'effet d'un spasme terrifiant. D'abord, elle parut se replier à la façon d'un accordéon puis elle partit d'un formidable éternuement qui résonna avec l'ampleur d'un coup de canon. Dans la seconde qui suivit, tous les os de son squelette jaillirent par sa gueule en un effroyable pêle-mêle, telles les pièces d'un jeu de construction. Sigrid leva les bras pour se protéger. Une vertèbre siffla à trois centimètres de son casque, manquant de le faire voler en éclats. Quand elle écarta les mains de son visage, elle vit la peau du lion aplatie sur le sol, plus molle qu'une descente de lit. Le squelette du fauve, lui, avait été éparpillé sur plus de trente mètres en un méli-mélo anatomique des plus démentiel.

— Ne reste pas là ! ordonna la voix de l'ordinateur, l'éternuement va attirer le robot exécuteur, il risque de te prendre pour cible.

Sigrid, encore sous le coup de ce qu'elle venait de voir, ne parvenait pas à bouger. Trois virus étaient occupés à sortir de la dépouille du lion, ils rampaient, méduses bleuâtres que le soleil habillait de jolis reflets.

— C'est super-méga-beurk ! balbutia Sigrid dans son microphone.

La mâchoire inférieure du fauve avait échoué à quatre centimètres de son pied gauche. Elle était toute hérissée de crocs jaunâtres.

— Bouge ! lui ordonna le programme de survie de l'ordinateur, ne reste pas plantée là. Le robot infirmier approche, je détecte le grincement de ses articulations.

Sigrid s'arracha enfin à son hypnose et se mit à courir en direction du restaurant. Déjà, l'ombre menaçante de l'androïde envahissait la rue. La mitrailleuse vissée au sommet de son crâne métallique cliquetait, à la recherche d'une cible. Une voix enregistrée se répercuta sur les façades de la ville déserte :

— Attention ! Un éternuement a été détecté. La procédure de désinfection va être appliquée selon les termes de l'article 231 du code de l'hygiène publique. Écartez-vous du malade si vous voulez éviter d'être désintégré en même temps que lui.

Sigrid galopait aussi vite que le lui permettait le scaphandre de caoutchouc dans lequel elle se trouvait enveloppée.

Le robot géant s'immobilisa à trente mètres de la dépouille du lion désossé et cracha un long rayon de chaleur concentrée. La carcasse s'enflamma, mais les virus voletèrent au milieu du foyer sans être le moins du monde incommodés par ce déluge infernal.

Le cœur battant, Sigrid se rua dans le restaurant et s'agenouilla derrière le bar. Sa course folle avait sérieusement entamé sa réserve d'oxygène.

Même ici, le sol était jonché d'ossements.

La jeune fille attendit que le robot se soit éloigné pour se redresser et explorer la cuisine de l'établissement. Elle ne tarda pas à découvrir ce qu'elle cherchait : la chambre froide où, jadis, on avait entreposé la viande et les denrées périssables. Faute d'électricité, ce gigantesque frigo ne fonctionnait plus, mais il constituait néanmoins une pièce dépourvue de fenêtre et dont la porte fermait de manière hermétique.

— C'est reculer pour mieux sauter, soupira Sigrid. Je ne pourrai pas rester enfermée là-dedans pendant des semaines... Il me faudra bien sortir pour me procurer de quoi manger. Et lorsque j'ouvrirai la porte, les virus seront de l'autre côté, à m'attendre.

— Tes chances de survie seront plus élevées si tu sors la nuit, expliqua doctement l'ordinateur. Sur cette planète, il fait très froid dès que le soleil se couche, et les virus n'aiment pas ça. Ils se terrent dans des trous pour se tenir chaud en attendant le retour du soleil.

Sigrid hocha la tête sans répondre. Elle se voyait très mal partie. Pour économiser ses réserves d'air, elle ferma le robinet d'alimentation de la bouteille et ôta son casque. Puis elle verrouilla la porte de la chambre froide et s'assit par terre, seulement éclairée par la petite lampe de secours fixée à son poignet.

— Super, soupira-t-elle avec amertume, si j'ai bien compris, pour survivre sur ce monde perdu il me faudra me comporter comme une emmurée vivante ?

— C'est une bonne évaluation de la situation, approuva le logiciel. Tant que je disposerai d'assez de courant, je pourrai te distraire en te jouant de la musique ou en te projetant des films. Je dispose d'une vidéothèque de 300 titres. Veux-tu que je les énumère ?

— Non, merci, pour le moment je n'ai pas envie d'aller au cinéma.

Elle ne parvenait pas à se détendre. Recroquevillée dans la pénombre de la chambre froide, elle ne pouvait s'empêcher de fixer la porte, s'attendant à voir un virus se glisser sous le battant d'une seconde à l'autre.

« Ils sont tellement élastiques, se dit-elle. Ils doivent être capables de se rendre aussi minces qu'une lame de rasoir. »

En dépit de ses inquiétudes, la fatigue eut raison de sa vigilance et elle finit par s'endormir.

Elle fut bientôt réveillée par des grattements, des galopades furtives. Elle eut l'impression qu'on creusait sous la porte de la chambre frigorifique.

— Des rats, annonça l'ordinateur. Ils sont affamés. C'est pour cette raison que je ne t'ai pas conseillé de camper à l'extérieur en utilisant la tente qui se trouve dans le kit de survie. Il y en a des milliers. Les virus n'ont pratiquement pas d'effet sur eux. C'est ainsi, on ne sait pas pourquoi. Heureusement, ils craignent la lumière du jour.

Sigrid s'appliqua à conserver son calme.

— Demain j'explorerai la ville, décida-t-elle, avec un peu de chance je dénicherai une réserve de bouteilles d'oxygène, ou un compresseur qui me permettra de remplir mes bonbonnes au fur et à mesure qu'elles se videront. Je devrais trouver ça dans une caserne de pompiers... ou dans les locaux de la brigade fluviale. Je compte sur toi pour me guider dans le labyrinthe des rues.

— C'est possible, répondit placidement le logiciel, j'ai en mémoire les plans de toutes les cités de toutes les planètes de notre système solaire.

3

L'éternuement qui tue

Quand l'ordinateur lui annonça que le jour se levait, Sigrid coiffa son casque, régla l'oxygène sur le débit minimal et ouvrit lentement la porte de la chambre froide. Il ne restait plus qu'une dizaine de rats qui prirent la fuite en la voyant. Elle quitta le restaurant en retenant son souffle le plus possible pour économiser le contenu de sa bouteille d'air comprimé. En posant le pied sur le trottoir elle retint un gémissement, le ciel était rempli de « méduses » volant en rangs serrés.

« On dirait que ces saletés de virus m'attendaient, se dit-elle. Ils ressemblent vraiment à des pieuvres... de petites pieuvres bleues volantes. »

Elle se secoua car le logiciel de survie lui indiquait déjà l'itinéraire à suivre pour rejoindre la caserne de pompiers la plus proche. Hélas, dès qu'elle se mit en marche, les virus se mirent à voleter autour d'elle, la bousculant, la palpant, à la recherche d'un accroc par où s'insinuer dans le scaphandre. Leurs tentacules gluants se collaient sur le casque, l'empêchant de voir où elle allait.

— Ils essayent de te faire trébucher, expliqua l'ordinateur. Ils espèrent qu'en tombant sur les os qui jonchent le sol tu déchireras ta combinaison.

— J'avais compris, grommela la jeune fille en essayant de conserver son sang-froid.

Chaque fois qu'elle tentait d'arracher les « méduses » adhérant à son casque, ses doigts s'enfonçaient dans la gélatine qui constituait leur corps sans parvenir à affermir leur prise.

Pendant un moment, elle se demanda si elle n'allait pas se retrouver condamnée à tourner en rond au milieu de l'essaim de virus en folie. Puis le vent de poussière se leva, et les méduses, incapables de résister à son souffle, se dispersèrent au-dessus des toits.

— Ne traîne pas, insista le logiciel, ta réserve d'air diminue. Prends la première rue à droite, tu tourneras à gauche au bout d'une centaine de mètres. Normalement, tu devrais trouver là une caserne de pompiers disposant du matériel désiré.

Sigrid hâta le pas. Elle zigzaguait entre les voitures

et se tordait les chevilles sur les débris de squelettes encombrant la rue. Elle vit passer un rhinocéros martien équipé de trois cornes, lui aussi échappé du zoo. Il paraissait aussi mal en point que le lion à crinière rouge. Il frissonnait, et la fièvre roussissait son cuir, l'enveloppant d'une épouvantable odeur de chaussure brûlée.

— Pourvu qu'il n'éternue pas ! chuchota Sigrid, sinon il va provoquer la venue du robot.

Par bonheur, le gros animal s'éloigna en clopinant. Les ossements épars explosaient sous la pression de ses énormes pattes.

— Tu lambines ! siffla l'ordinateur. Si tu continues comme ça tu devras ôter ton casque d'ici deux heures.

Sigrid reprit sa marche. Pourtant quelque chose la « chiffonnait », un détail sur lequel elle ne parvenait pas à mettre le doigt. Brusquement, elle comprit ce dont il s'agissait :

La voix... la voix de l'ordinateur était en train de changer. Elle se déformait, chuintait de plus en plus... *Par moments, elle ressemblait à un éternuement !*

— Hé ! lança-t-elle, que se passe-t-il ? Pourquoi parles-tu du nez ? Tu ne t'exprimais pas comme ça hier.

— Mes batteries s'épuisent, expliqua la machine. Pour les faire durer, je dois réduire la qualité de mes fonctions. C'est pour cette raison que ma voix a pris cette tonalité, je fonctionne désormais en mode économique.

— Arrête ça immédiatement ! s'emporta la jeune fille. Tu as l'air enrhumé. Ça va attirer le robot désinfecteur.

— Je ne peux pas, s'entêta le logiciel. Je suis programmé pour respecter ce processus dès que mon alimentation tombe au-dessous d'un certain seuil.

— Alors tais-toi ! supplia Sigrid.

— Je ne peux pas non plus, répliqua l'ordinateur, je suis également programmé pour te venir en aide.

— Tu vas me faire tuer, oui ! s'emporta la jeune fille en regardant anxieusement autour d'elle.

Il lui semblait déjà entendre crisser le sable sous les pieds de fer de l'androïde. Elle se mit à courir en direction de la caserne avec l'espoir d'y trouver un compresseur d'air et des bouteilles car les pompiers avaient l'habitude d'utiliser des masques respiratoires lorsqu'ils pénétraient dans les bâtiments emplis de fumées toxiques. Au loin, le rhinocéros éternua une première fois... À n'en pas douter, il allait attirer le robot tueur dans les parages. Sigrid, cédant à la panique, se trompa de rue et dut revenir sur ses pas. Enfin, elle aperçut la porte rouge vif de la caserne. Elle était entrebâillée, mais le sable l'obstruait jusqu'à mi-hauteur.

« C'est vrai que personne n'est entré là-dedans depuis près de deux siècles », songea la jeune fille. Elle se jeta à l'assaut de la dune, l'escaladant du mieux qu'elle pouvait, mais le sable s'éboulait, ne cessant de la rejeter en arrière.

Quelque part, dans une rue voisine, le rhinocéros éternua une deuxième fois et Sigrid entendit nettement le bruit de ses os s'écrasant sur les façades des immeubles. À coup sûr, il venait de connaître la même fin que le lion rouge d'Aldébaran. Cette fièvre éternueuse était vraiment terrible puisqu'elle venait à bout des animaux les plus résistants.

« Les humains n'ont pas dû survivre bien longtemps à l'épidémie », se dit la jeune fille. Ils n'étaient pas assez forts pour ça.

Parvenue au sommet de la dune, elle se laissa glisser dans le garage, là où se trouvaient garées les autopompes de la brigade. Comme partout ailleurs, les véhicules disparaissaient sous une épaisse couche de poussière.

— Le robot, annonça l'ordinateur. Il vient par ici, je détecte ses vibrations.

Il croyait bien faire, mais l'usure des batteries déformait ses paroles, si bien que les mots sortant du haut-parleur donnaient quelque chose qui ressemblait à : *Le robcchhot... tchil vient par iii... iiitchhiiii... che détectchhe ches vibra... aaa... tchiiions !!!*

« Bon sang ! se dit Sigrid en sentant la sueur lui couvrir le front. On dirait une rafale d'éternuements ! »

Elle ôta son casque pour tenter de réduire le haut-parleur au silence, mais l'appareil s'y trouvait de telle manière incorporé qu'il s'avéra impossible de le déconnecter.

Dehors, l'androïde déclama son annonce puis ouvrit le feu pour consumer la dépouille du rhinocéros. La lumière éblouissante du laser illumina les profondeurs de la caserne. Sigrid entreprit de creuser frénétiquement dans le sable pour y enfouir sa tête avec l'espoir que la poussière étoufferait le bavardage du logiciel de survie qui s'était mis à lui réciter le manuel d'utilisation du compresseur installé dans l'atelier voisin. Chacun de ses mots explosait dans un feu d'artifice de crachotements évoquant à s'y méprendre une crise d'éternuements.

Le sol tressautait sous les pas du robot. La jeune fille l'imaginait : tournant la tête dans tous les sens pour essayer de localiser les éternuements étouffés captés par ses détecteurs paraboliques. Dans une minute, il forcerait la porte du hangar pour jeter un coup d'œil à l'intérieur de la caserne. Le sable dont Sigrid était recouverte suffirait-il à étouffer l'insupportable bavardage du logiciel ?

Deux minutes s'écoulèrent. À l'intérieur du casque, le haut-parleur ne cessait d'attirer l'attention de Sigrid sur la diminution dramatique de ses réserves d'air comprimé.

Heureusement, l'androïde tueur finit par tourner les talons. Dans un crissement de rotules rouillées, il s'éloigna dans l'avenue principale qui traversait la cité déserte.

Sigrid mit à profit la demi-heure qui suivit pour localiser la réserve des pompiers et changer de bouteille. Il était temps, à l'intérieur du casque l'air qu'elle respirait commençait à prendre un goût métallique plutôt désagréable. Le compresseur, trop ancien, ne fonctionnait plus. Le sable avait encrassé ses filtres et les remettre en état aurait demandé un matériel dont la jeune naufragée ne disposait pas. Elle dénombra dix bonbonnes pleines alignées sur une étagère. En revanche, elle ne put mettre la main sur une batterie. L'ordinateur serait donc condamné à s'éteindre. Ce ne serait pas plus mal puisque ses crachotements représentaient désormais un danger.

« J'ai faim, réalisa tout à coup Sigrid. Comment vais-je m'alimenter quand j'aurais épuisé les dernières rations du kit de survie ? La nourriture stockée dans les supermarchés de la ville est-elle encore consommable ? »

Elle décida de s'en assurer avant la tombée du jour.

« Les rats ont dû dévorer tout ce qui n'était pas enfermé dans des boîtes métalliques, pensa-t-elle. Mais les conserves sont probablement périmées. »

Et puis elle mourait de soif...

Après avoir verrouillé son casque, elle sortit de la caserne. Une nuée de virus se précipita sur elle, tel un ban de poissons dans un bassin. Leurs petits tentacules gluants se nouèrent autour de ses poignets, de ses doigts. Elle eut le plus grand mal à s'en défaire.

Levant la tête, Sigrid s'aperçut qu'ils étaient de plus en plus nombreux. Si nombreux qu'ils formaient une sorte de nuage gélatineux au-dessus d'elle. Elle résista à l'envie de courir qui montait en elle.

« Tiens-toi éloignée des carcasses métalliques, se dit-elle. Fais attention aux débris de verre. À la moindre déchirure, ces sales petites pieuvres se glisseront dans ton scaphandre. »

Lentement, elle entreprit de remonter l'avenue en examinant les magasins aux vitrines éventrées. Elle dut se rendre à l'évidence : il n'y avait pas grand-chose à récupérer. En fouillant dans les décombres, elle mit tout de même la main sur deux bouteilles d'eau minérale vieilles de 150 ans.

Avisant une fontaine, elle s'en approcha. Le jet d'eau glougloutait, lui faisant prendre conscience à quel point elle avait la bouche sèche. Elle aurait donné n'importe quoi pour plonger son visage dans cette onde cristalline et boire à pleines goulées. Mais pour cela, il lui aurait fallu ôter son casque...

Étouffant un juron, elle se pencha sur le bassin... c'est alors qu'elle prit conscience que de minuscules « méduses » nageaient dans le réservoir ! Des virus à peine plus gros qu'un cachet d'aspirine, et si transparents qu'ils se confondaient avec le liquide où ils baignaient.

Sigrid frissonna.

« Si j'avais bu de cette eau je les aurais avalés sans même m'en rendre compte ! » songea-t-elle avec horreur.

Ses bouteilles coincées sous les aisselles, elle poursuivit son chemin.

« Inutile de me raconter des histoires, se dit-elle, ma situation est dramatique. Je ne pourrais pas jouer éternellement à cache-cache avec les virus. Les bonbonnes d'air finiront par s'épuiser, la nourriture me fera défaut, l'eau encore plus... En fait je suis fichue. »

À force de marcher la jeune fille avait atteint les limites de la ville. Elle s'immobilisa. Le désert commençait là, étendue jaunâtre qui courait jusqu'à la ligne d'horizon. Plissant les paupières, Sigrid scruta le paysage.

« Hé ! murmura-t-elle. Il y a quelque chose là-bas... Une espèce de tour. »

Elle saisit ses jumelles et les plaqua contre la vitre du casque. À travers le brouillard de poussière elle distingua de petites silhouettes en mouvement.

Des silhouettes humaines !

« Des survivants ! souffla-t-elle. Tout le monde n'est donc pas mort. Il faut que j'aille là-bas. Ces gens-là pourront peut-être m'aider ! »

Le cœur battant d'excitation, elle tourna le dos à la ville morte et s'enfonça dans le désert.

4

En quarantaine

Sigrid avançait d'un pas régulier, se retenant de courir. Elle craignait par-dessus tout que le vent ne se mette soudain à souffler, soulevant un tourbillon de poussière jaune qui lui ferait perdre le sens de l'orientation.

Elle avait conscience d'être en train de jouer sa dernière carte. Au fur et à mesure qu'elle avançait, les petites silhouettes devenaient plus précises.

« On dirait bien des humains vêtus de scaphandres, se dit-elle. Ils semblent monter la garde aux abords d'une espèce de bunker. Pourvu qu'ils ne me tirent pas dessus lorsqu'ils m'apercevront ! »

Le bâtiment autour duquel les sentinelles faisaient

le va-et-vient avait l'apparence d'une forteresse dépourvue de fenêtres. La seule ouverture trouant la muraille consistait en une porte blindée assez solide pour résister à la charge d'un troupeau de dinosaures.

Tout à coup, les sentinelles repérèrent la présence de Sigrid et se portèrent à sa rencontre. La jeune fille comprit alors qu'elle était en présence de robots.

— Qui êtes-vous ? nasilla une voix synthétique. Identifiez-vous ou nous ouvrons le feu.

— Je suis une naufragée, se dépêcha de crier Sigrid. Ma navette de sauvetage s'est écrasée au milieu de la ville. Ma combinaison est intacte, je ne suis pas contaminée. Je cherche de l'aide, et un refuge.

Les androïdes parurent se concerter.

« C'est un très vieux modèle, constata la jeune fille. On n'emploie plus des cyborgs de ce type depuis une éternité. J'ai l'impression d'être interrogée par des machines à laver ! »

— Si vous voulez bénéficier du droit d'asile, énonça le chef des robots, vous devez accepter les lois de la ville-cube.

— La ville-quoi ? bredouilla la jeune fille.

— La ville-cube est un abri antiépidémique installé dans le sous-sol du désert, expliqua l'androïde. Pour y être admise, vous devrez au préalable subir une période de quarantaine afin de déterminer si vous êtes ou non contaminée.

— Je ne le suis pas, insista Sigrid.

— Vous *croyez* ne pas l'être, corrigea la machine. Les médecins détermineront ce qu'il en est réellement.

— D'accord, fit la naufragée. Une fois à l'intérieur, me sera-t-il possible de lancer un appel au secours intergalactique pour qu'on vienne me récupérer ?

— Non, dit le robot. Quand on entre dans la ville-cube, on *n'en ressort jamais.*

— Quoi ? Mais ce n'est pas un refuge, c'est une prison ! protesta Sigrid.

— Je ne sais pas, répliqua le robot, cette réponse ne figure pas dans mon programme. Voulez-vous entrer, oui ou non ?

— Si je réponds non, vous ne m'aiderez pas ?

— Non, il vous faudra retourner en ville et vous débrouiller.

— C'est-à-dire mourir ! siffla Sigrid.

— Je ne sais pas, marmonna le robot. Je répète ma question : voulez-vous entrer ?

« Je n'ai pas vraiment le choix, songea la jeune fille. C'est la mort ou la prison... Mais tant que je serai vivante il me sera possible de m'évader. »

— D'accord, soupira-t-elle. Je réclame le droit d'asile. J'accepte de me soumettre aux lois de la ville-cube. Ça va comme ça ?

— Parfait, nasilla l'androïde. Suivez-moi. La porte que vous voyez là va s'ouvrir. Elle cache une cabine d'ascenseur. Vous y entrerez. La cabine plongera alors à 500 mètres sous la surface et vous amènera au seuil de la ville-cube. Une équipe d'accueil vous y attendra et vous indiquera la marche à suivre.

Sigrid hocha la tête.

« Je suis peut-être sur le point de faire une énorme bêtise, se dit-elle. Hélas, je n'ai pas vraiment le choix. Si je reste en ville, les virus finiront par avoir ma peau. »

La mort dans l'âme, elle pénétra dans la cabine, une vaste cage d'acier où dix gros camions auraient tenu à l'aise. Elle s'y sentit aussi minuscule qu'une souris dans la cale d'un cargo.

Aussitôt, la porte claqua et la cabine parut tomber au fond d'un précipice. Sigrid crut qu'elle allait vomir dans son casque.

Le voyage dura cinq minutes, puis le battant d'acier coulissa, démasquant un hall de béton. Six personnages en scaphandre anticontamination attendaient là. Ils étaient équipés de fourches métalliques destinées à empêcher la nouvelle arrivante de s'approcher d'eux. Les masques ne permettaient pas de distinguer leur visage.

« Ils ont peur de moi, réalisa Sigrid. S'ils le pouvaient, ils me repousseraient dans l'ascenseur et me réexpédieraient là-haut sans l'ombre d'une hésitation. »

— Vous allez entrer dans cette chambre de décontamination, déclara l'un des médecins. Vous ôterez tous vos vêtements et les entasserez dans le caisson d'incinération qui s'y trouve. Puis vous attendrez.

— Combien de temps ? s'enquit la jeune fille.

— Le temps nécessaire, répondit l'inconnu sans visage. Nous ne pouvons pas courir le risque de faire entrer des individus porteurs de virus dans l'enceinte purifiée de la ville-cube. Si les examens vous sont favorables, vous devrez suivre un stage d'apprentie citoyenne, mais nous n'en sommes pas encore là.

Sigrid hésita. Ces gens lui faisaient peur. Elle les devinait affreusement déterminés.

— D'accord, capitula-t-elle. Cessez de me menacer avec ces fourches, je vais entrer dans la cabine. Je vais collaborer. Je ne suis pas dangereuse, vous vous inquiétez pour rien.

Les médecins restèrent silencieux. Pressée d'en finir, Sigrid se dirigea vers la porte qu'on lui avait indiquée. Le battant s'ouvrit en coulissant dès qu'elle s'en approcha. De l'autre côté s'étendait une cellule blanche aux parois de plastique.

« On dirait un aquarium, pensa-t-elle. Pas franchement folichon. »

La porte se referma dans son dos. Hermétiquement. La cellule comportait une couchette, une cabine de douche, des W.-C. Tout était d'une blancheur immaculée. Le caisson d'incinération se trouvait dans le coin gauche. Sigrid entreprit de se dépouiller de son scaphandre dont elle jeta les pièces une à une dans la poubelle désintégrante. Quand elle fut nue, une voix sortant d'un haut-parleur lui ordonna d'aller prendre une douche et de revêtir le pyjama blanc suspendu à côté de la serviette-éponge.

— D'accord, souffla la jeune fille qui commençait à se sentir de plus en plus mal à l'aise.

Une fois lavée, elle enfila le pyjama blanc et s'assit sur la couchette. Elle laissa son regard courir sur le paysage qui l'entourait. Des dizaines d'autres cellules toutes semblables à la sienne formaient une sorte de ruche aux alvéoles transparents. Elles étaient vides, sauf une, située de l'autre côté d'un corridor dallé de blanc. Une jeune fille aux longs cheveux noirs l'occupait. Elle agita la main pour signaler sa présence à Sigrid.

— Salut ! cria-t-elle, je m'appelle Chloé, j'étais hôtesse de l'air sur un vaisseau de ligne. J'ai fait naufrage il y a un mois. Et toi ?

Sigrid se présenta. Elle devait crier pour se faire entendre car les parois de verre blindé étouffaient les sons. Dans ces conditions, il était difficile de tenir une conversation plus de quelques minutes.

— Tu es là depuis un mois, lança-t-elle. Ta quarantaine est presque achevée... Est-ce qu'on t'a fait du mal ?

— Non, répondit Chloé. Je n'ai jamais vu personne. La nourriture est apportée par un robot. Il n'y a rien à faire... Rien pour passer le temps, ni télé ni livres, rien du tout. Au début j'ai cru que j'allais devenir folle d'ennui.

— Qu'attendent-ils ?

— Que le virus se déclare. Si au bout de quarante jours tu n'as pas éternué, ils te libèrent. Sinon, le robot te désintègre avec son laser, et tu tombes en poussière.

Sigrid frissonna.

— Si tu es là depuis trente jours tu es sortie d'affaire, remarqua-t-elle.

Chloé secoua tristement la tête.

— Non, soupira-t-elle, ça ne veut rien dire. Le virus peut incuber jusqu'à 35 jours, et l'on se réveille en éternuant. Alors on est fichue.

— Ta combinaison de survie était-elle intacte ? s'inquiéta Sigrid.

— Je crois, fit Chloé en haussant les épaules. Mais ça ne veut rien dire. Il suffit d'un accroc minuscule pour que les virus se glissent dans ton scaphandre, tu sais. Je suis peut-être malade et je ne le sais pas encore. Et c'est la même chose pour toi.

« Voilà qui n'est guère encourageant », songea Sigrid.

Les deux jeunes filles durent bientôt se taire car elles avaient la gorge en feu à force de hurler.

À partir de cet instant les jours se suivirent, tous semblables, et d'une monotonie mortelle. Sigrid découvrit vite qu'à part dormir et faire de la gymnastique, on ne pouvait espérer aucune distraction. Le robot apportait les plateaux de nourriture mais n'échangeait jamais un mot avec les prisonnières. Sigrid aurait donné son pied droit en échange d'un livre. De temps à autre, elle bavardait avec Chloé sans en retirer de grandes satisfactions car la pauvre fille était de plus en plus terrorisée par l'imminence du 35e jour et se murait dans un silence obstiné.

— Tu t'inquiètes pour rien, lui criait Sigrid. Si tu étais malade, tu t'en serais déjà rendu compte.

Elle se trompait, car, le lendemain, elle fut réveillée par le premier éternuement de Chloé.

De l'autre côté du corridor, la jeune hôtesse de l'air était blême de terreur. Elle paraissait ne rien voir, ne rien entendre, et quand Sigrid l'interpella, elle ne répondit pas.

Presque aussitôt le robot apparut. Il n'amenait pas le petit déjeuner, cette fois, au lieu d'un plateau de nourriture, il tenait à la main un fusil laser verrouillé en position de tir.

Sigrid poussa un cri de protestation et se jeta contre la paroi de verre sur laquelle elle tambourina de toutes ses forces. L'androïde passa devant sa cellule sans lui accorder le moindre regard. Trois secondes plus tard, une lumière éblouissante inonda la salle de quarantaine. Le robot éteignit son arme et se retira, abandonnant Sigrid à ses vociférations.

Dans la cellule de Chloé, ne subsistait plus qu'un petit tas de cendres grises.

Dès lors, Sigrid cessa de réfléchir. Pour ne pas devenir folle elle passait ses journées à faire des exercices de musculation et d'assouplissement. Cette débauche d'énergie avait le mérite de la maintenir en forme. En outre, la fatigue physique lui permettait, le soir venu, de trouver le sommeil.

Un mois s'écoula à ce rythme. La fille aux cheveux bleus se croyait revenue à l'époque où elle suivait les classes d'entraînement militaire à l'orphelinat[1].

Comme elle n'avait rien pour écrire, elle prélevait chaque jour un petit pois dans son assiette et l'ajoutait à ceux qu'elle avait pris les jours précédents pour mesurer la fuite du temps. Quand elle eut 35 petits pois, elle devint très nerveuse. Au 38e, elle commença à se détendre. Au 39e, elle sut qu'elle était sauvée. Sauvée de l'enfer de la quarantaine, du moins, car elle ignorait tout de ce qui l'attendait de l'autre côté.

Au matin du quarantième jour, le robot vint la chercher. Il apportait des vêtements de couleur grise sur lesquels avait été imprimée la mention *Apprentie Citoyenne,* en lettres énormes.

— Habille-toi et suis-moi, ordonna-t-il de sa voix

1. Voir *L'Œil de la pieuvre.*

de boîte de conserve. Ton stage commence aujourd'hui. Fini les amusements, à présent tu dois apprendre à vivre dans la ville-cube.

5

Vivre dans une boîte à chaussures

— La ville-cube est comme un immeuble enterré dans le sous-sol du désert, expliqua Livia, un immeuble souterrain dont chaque appartement serait un petit pays.

Elle souriait beaucoup, mais ses yeux restaient froids.

Autour d'elle, dans la salle de classe décorée de dessins maladroitement coloriés, une douzaine de gamins hochèrent la tête.

Sigrid, elle, éprouvait bien des difficultés à s'imaginer la structure de la ville-cube. Comble de l'humiliation, on l'avait forcée à s'asseoir au milieu d'enfants de 5 ans qui suivaient, eux aussi, le cours de formation civique obligatoire. Elle passait désormais ses après-midi un crayon de couleur entre les doigts, à dessiner sur des morceaux de papier cette ville dont tout le monde parlait mais qu'on ne visitait jamais.

— C'est une ville à étages, récita Livia ; des *centaines* d'étages desservis par des *centaines* d'ascenseurs. À chaque niveau s'ouvrent plusieurs « logements » gigantesques qu'on appelle unité d'habitation, c'est dans l'un de ces logements que nous vivons en ce moment, c'est dans l'une de ces *unités* qu'a été construit le village où nous logeons. Vous comprenez, les enfants ?

Les gosses crièrent « oui ! » avec un bel ensemble ; Livia lança alors un regard perçant en direction de Sigrid. Celle-ci s'empressa de balbutier « oui », à son tour, de peur de passer pour une demeurée.

Lorsque la sonnerie annonça la fin des cours, elle sortit de la maison, s'assit sur le rebord du trottoir, et parcourut l'horizon d'un regard circulaire. Le hameau occupait le centre d'une salle dépourvue d'ouvertures, un rectangle de béton gris dont on avait badigeonné le plafond d'un bleu tendre et les quatre côtés de vert prairie. C'était comme une *boîte* hermétiquement close, une boîte dont on n'avait aucune chance de soulever un jour le couvercle.

— Alors, demanda-t-elle à Livia, il y a d'autres boîtes au-dessus et à côté de nous ? Si je comprends bien, c'est comme une pile de cartons à chaussures chez un marchand ?

— Oui, c'est presque ça, confirma la monitrice, et comme cette pile forme un cube parfait, on l'appelle la ville-cube.

Agacée, Sigrid lança :

— Pourquoi ne va-t-on jamais voir au-dessus ou au-dessous comment sont les autres villages dans les autres « boîtes » ?

À peine avait-elle posé cette question que Livia devint blême, détourna la tête et s'empressa d'entamer une conversation enjouée avec les enfants.

Deux jours plus tard Sigrid aperçut pour la première fois la porte de l'ascenseur : un panneau métallique d'un jaune à vous faire grincer des dents qui se découpait sur la muraille de béton telle une verrue sur le front d'une jeune fille.

— C'est l'ascenseur ? s'enquit-elle le doigt tendu. Pourquoi personne n'y monte jamais ?

Cette fois, Livia lui pinça le bras pour la faire taire.

Le soir même, Sigrid pénétra par inadvertance dans le cabinet de toilette collectif où Livia était en train de prendre un bain. Au moment où la monitrice se dressa dans la baignoire pour saisir une serviette, Sigrid distingua l'éclat d'une bille de chrome fichée dans ses reins, au bas de la colonne vertébrale. Naïvement, elle crut qu'il s'agissait d'un bijou.

Au début de la deuxième semaine du stage de formation, Livia remit à Sigrid son premier livre d'instruction civique. Un gros volume aux pages cartonnées couvertes d'illustrations effrayantes.

— Chaque logement est une sorte de petit pays, ânonnait Livia, mais comme ses habitants n'ont pour horizon que ses quatre murs, il ne peut être question pour eux d'aller porter la guerre chez leurs voisins ou d'envier le territoire d'un autre clan. L'étanchéité est la condition même de la paix, et l'interdiction de circuler sa garantie suprême... Tous ces « logements » forment un « immeuble », mais un immeuble enterré dans le sable du désert, loin de tout danger de contamination.

En entendant cela, Sigrid comprit enfin que l'accès et l'usage des ascenseurs étaient strictement interdits. La loi du cube se résumait en deux mots : « cloisonnement » et « immobilité ».

— Mais pourquoi ? s'entêta-t-elle à demander.

— Parce que la ville-cube est un abri, lui répondit Livia. Tu comprends ce mot ? Un abri hermétiquement clos, sans aucune ouverture sur l'extérieur, une sorte de coquille d'œuf qui nous protège de ce qui se trouve dehors. Il y a très longtemps, des choses épouvantables se sont déroulées à l'extérieur. Les hommes se sont affrontés au moyen d'armes bactériologiques. Ils ont répandu dans l'atmosphère des microbes terrifiants qui ont tout ravagé. Des maux atroces se sont abattus sur le monde : des fièvres si malignes qu'aucun médicament ne pouvait les soigner. Alors on a construit un abri géant : *la ville-cube.* Sans elle, nous serions tous morts depuis longtemps. La ville-cube est notre bouclier contre la mort. Le coffre-fort qui nous protège des virus.

« Voilà donc, songea Sigrid, d'où provient le goût immodéré de Livia pour les bains répétés, sa terreur des éternuements, ainsi que l'interdiction formelle d'embrasser quiconque ! »

— Bien sûr, tout cela remonte à presque deux siècles, observa Livia, mais le mal est toujours là ; voilà pourquoi il ne faut pas sortir. La ville est une sorte d'hôpital.

— Mais nous ne sommes pas malades ! protesta Sigrid.

— Nous, non, marmonna Livia, *mais que sait-on de nos voisins ?* Qui peut affirmer que ceux du dessus ou du dessous ne sont pas atteints de fièvre éternueuse ? Tu comprends pourquoi on a eu raison de nous interdire de voyager, de grimper dans les ascenseurs pour aller visiter les autres étages ?

— Mais alors à quoi servent les cabines ?

— Au transport des médecins. Eux seuls ont le

droit de les utiliser pour inspecter les unités. On les surnomme les libres-voyageurs.

— Tu les as déjà vus ? demanda-t-elle.

— Non, hoqueta la monitrice avec un frémissement d'horreur, et j'aime mieux pas ! C'est mauvais signe quand on les voit débarquer. D'ailleurs que viendraient-ils faire ici ? Tout le monde est en bonne santé chez nous, le cloisonnement nous préserve de la maladie. Nous sommes en sécurité.

Mais elle n'en semblait pas réellement certaine.

Aussitôt, Sigrid regretta de ne posséder aucune connaissance médicale. Si elle avait été infirmière, elle aurait pu voyager d'un « logement » à l'autre sans enfreindre aucune règle.

— Rien n'est superflu quand il s'agit de notre sécurité ! martela Livia. Le cloisonnement nous préserve aussi de la méchanceté des autres. Toutes les unités ne sont pas habitées par des gens civilisés, vous savez ! Il existe des barbares qu'on a dû emmurer à certains étages...

Elle leur raconta alors l'histoire du bagne de bois.

— Dans les premiers temps du cube, chuchota-t-elle, certains se sont mis dans la tête de contester le pouvoir du Directoire, qui siège très loin au-dessus de nous, à l'étage résidentiel des gouvernants. C'étaient des hommes cupides et cruels qui passaient leur vie à fomenter des complots, à fourbir couteaux et fusils dans l'attente d'un coup d'État. Il a fallu les exiler à jamais dans un logement privé de métal. Une cellule où il est impossible de se procurer un gramme de fer, et où tous les objets sont en bois ! Plus question de fabriquer des armes ! Ils vivent là comme des reclus dans leur monde de planches, telles des bêtes nuisibles dont on a limé les griffes. Que crois-tu qu'il se passerait si des créatures aussi malfaisantes arrivaient à prendre le contrôle des ascenseurs ? Heureusement, un implant leur interdit de grimper dans les cabines, il les protège contre eux-mêmes, et nous avec. Toi aussi tu auras un implant, dès que tu auras terminé ton stage de formation.

En prononçant ces mots, elle releva sa chemise, pour montrer la petite bille de métal incrustée dans ses reins. Cette perle de chrome que Sigrid avait prise pour un bijou.

D'une voix amusée, elle murmura :

— Ne fais pas cette tête, tu verras, ça ne fait pas mal !

— Les chefs du cube sont tous docteurs ? interrogea Sigrid.

— Oui, tous. Ils veillent sur nous, sur la solidité du cube, sur la paroi qui nous isole de l'extérieur.

— Ils vérifient qu'il n'y a pas de trous ?

— Exactement. Pas de trou, pas de crevasse. Rien qu'une enveloppe bien lisse, dure, solide, sans fenêtre, sans porte. Un œuf de pur métal que rien ne pourra casser, jamais.

Livia leur parla des « termites » trois semaines plus tard.

— C'est une vilaine histoire, annonça-t-elle, mais vous ne devez pas prendre peur. Voilà comment les choses se sont passées. D'abord, on entendit des bruits dans les murs. Au début, personne n'y prêta vraiment attention, puis des grignotements s'élevèrent des parois comme si quelque chose avait entrepris de forer la muraille. Parfois le bruit se rapprochait, ou s'éloignait. À certains moments, il était au-dessus de votre tête, à d'autres dans les cloisons ou dans le sol. La nuit on l'entendait distinctement, et cette menace invisible excitait les imaginations.

— C'étaient des taupes ! cria un petit garçon, derrière Sigrid.

— Des mineurs qui creusaient ! intervint une fillette.

— Plutôt une rame de métro ! proposa un autre gosse.

Ni l'un ni l'autre n'avait jamais vu de taupe, de mineurs, et encore moins de métro, mais ils se référaient aux photos des vieilles encyclopédies qu'on pouvait encore feuilleter dans les bibliothèques, aux films historiques que diffusait la télévision par câble. Leurs piaillements dissimulaient mal leur angoisse.

— Ce n'était rien de tout ça, fit Livia dont l'habituel sourire se fit plus mécanique qu'à l'ordinaire.

Laissez-moi poursuivre. « Le béton travaille ! clamaient les esprits forts. Rien de plus normal, n'avez-vous jamais entendu craquer une armoire ? » La vérité est beaucoup plus horrible. Une race d'insectes inconnue se déplace à travers l'architecture de la ville, creusant des galeries dans le béton comme des termites rongeant le bois d'un vieux meuble ! On ne sait rien d'eux, les observateurs les décrivent comme d'énormes bêtes caparaçonnées de chitine[1], et dont les mandibules peuvent percer les matériaux les plus durs. Une fois sorties de leur trou, il est difficile de les faire reculer, leurs pinces frontales sont capables de cisailler une poutrelle d'acier, quant à leurs pattes, elles sécrètent un acide effroyablement corrosif qui laisse sur leur passage de longues traces carbonisées.

Dans la classe, les enfants avaient cessé de s'agiter. Ils dévisageaient Livia avec inquiétude, attendant la fin d'une histoire qui leur plaisait de moins en moins.

La récréation sonna au bon moment. Pendant que les gosses se précipitaient dans la cour, Sigrid s'approcha de Livia afin d'obtenir des explications plus détaillées sur ces insectes géants vivant dans les murs.

La monitrice parut gênée.

— Que veux-tu que je te dise ? lança la monitrice avec mauvaise humeur. Il s'agit d'un inexplicable phénomène de mutation ! Probablement que ces termites

1. Matière organique qui constitue la carapace des insectes.

ont été soumis à des radiations néfastes qui leur ont permis d'acquérir des proportions colossales ?

— *Tu veux dire que c'est réel,* insista Sigrid. Il ne s'agit pas d'une légende ?

— Bien sûr que non, haleta Livia. C'est très grave. À toi, je peux bien le dire. Si ces bêtes creusent des trous au petit bonheur, c'en sera fini du cloisonnement ! Tout sera remis en question, les microbes circuleront en toute tranquillité !

Elle semblait prête à fondre en larmes.

Pour couronner le tout, on apprit trois jours plus tard que les fameux insectes géants avaient percé de part en part les cloisons de plusieurs unités d'habitation ; les barbares condamnés au bagne de bois en avaient profité pour se faufiler dans les trous ainsi creusés et dérober tous les objets de métal à leur portée. De ce jour, on ne les appela plus autrement que « les voleurs de fer ».

Les semaines passèrent. À la fin du stage Sigrid passa de nombreux tests d'aptitude. Elle ne revit jamais Livia.

Parfois, elle pensait aux termites qui rongeaient la ville, aux voleurs de fer qui se glissaient dans le sillage des insectes. Le plus souvent elle s'efforçait de ne penser à rien.

Enfin, l'ordinateur décida de son affectation.

Ce fut la salle de déblaiement. Waldo, le maître éboueur.

L'enfer de la dune.

Le cimetière des robots.

6

Le Royaume des ordures

La panique s'empara de Sigrid le jour où l'ordinateur d'orientation professionnelle afficha sa décision. Un instant plus tôt le programmeur de l'Agence pour l'Emploi avait nourri la machine avec les références de Sigrid, scolarité, diplômes, aptitudes physiques, tests psychotechniques.

— Vous étiez dans la marine ? avait-il énuméré en accompagnant ces mots d'un sourire incrédule. Plongeuse ? C'est cela ? L'ennui, c'est qu'il n'y a bien sûr aucune mer – donc aucun bateau – à cet étage de la ville-cube. Je doute que nous trouvions un emploi correspondant à vos capacités.

Quatre minutes après avoir digéré les informations

qu'on lui avait soumises, la console éjectait le carton jaune de la sentence : *Manœuvre au chantier de récupération. Section plastique et métaux à usage cybernétique.*

Il n'y avait rien à objecter.

Sigrid resta frappée de stupeur ; puis un garde du service médical vint la chercher. Elle quitta le dortoir du centre d'accueil sans saluer personne. Pour finir, on la traîna dans un bloc opératoire où une frêle doctoresse procéda à la greffe de l'implant. L'opération ne fut pas trop douloureuse. Elle consistait à connecter sur la moelle épinière du patient une puce de contrôle. L'objet se présentait sous la forme d'une perle d'acier incrustée au creux des reins, au niveau de la courbure lombaire. Une jolie petite boule aux reflets de chrome.

— La puce est là pour vous empêcher de monter ou de descendre dans les étages, récita l'infirmière. Elle vous interdit désormais de pénétrer dans un ascenseur et d'enfoncer la touche de mise en route. Si vous le faisiez, vous seriez prise de convulsions, de vomissements. Votre colonne vertébrale serait gravement lésée et cela pourrait entraîner une paralysie des membres inférieurs. Vous êtes désormais assignée à résidence[1]. Toutefois, la puce sera désactivée une fois par an pour vous permettre de profiter de votre temps de repos légal au centre de loisirs des travailleurs.

1. Terme juridique signifiant que le condamné n'a pas le droit de quitter son domicile.

7

Le cimetière des robots

C'était comme un champ de bataille à la tombée du jour. Une plaine de corps enchevêtrés, mêlés en un fouillis de bras, de têtes et de jambes. Parfois, au milieu de ce tapis de membres brisés, une main se mettait à pianoter, une bouche à former des mots sans suite. Mais ni Sigrid ni le chef éboueur n'y prenaient garde.

Le « logement » avait les dimensions d'une petite ville. C'était un univers de béton, avec un ciel de béton, un horizon de béton...

— Avec de bonnes jambes, il faut deux jours de marche pour atteindre le bout de la salle ! avait coutume de ricaner Waldo le chef éboueur. Et presque une semaine pour en faire le tour ; une sacrée excursion, pas vrai, petite ?

Généralement, Sigrid répondait par un grognement. La géographie de la soute d'évacuation éveillait en elle un sentiment d'étouffement.

— J'espère que tu n'es pas claustrophobe[1], ma jolie ! s'était esclaffé le gros Waldo lorsque la jeune fille s'était présentée pour la première fois. Quand on travaille dans un bloc de nettoyage, pas question de se payer des nostalgies de ciel bleu !

En entendant ces paroles, Sigrid avait immédiatement senti le poids du plafond sur sa nuque, comme une gigantesque pierre tombale qui lui aurait râpé les épaules. Parfois, le matin, lorsqu'elle s'extirpait du cagibi qui lui servait de dortoir, elle devait lutter contre une réelle impression d'asphyxie en découvrant le paysage tourmenté de la décharge, avec son plafond trop bas, ses angles lointains que la lumière insuffisante des lampes grillagées laissait dans l'obscurité...

Le « logement » était une geôle, une geôle aux dimensions colossales où débouchait, telle une monstrueuse trompe d'éléphant, le tuyau du vide-ordures desservant la ville-cube.

Sigrid se secoua. Elle était en retard. Sans même prendre le temps de tirer un sandwich du distributeur

---

1. Peur des lieux clos.

automatique, elle enfila la longue cotte de mailles destinée à la protéger des éraflures et passa son crochet d'éboueuse à sa ceinture.

Au centre de la salle, les corps des robots en miettes avaient fini par former une colline dont le sommet frôlait le plafond. Sigrid se lança dans l'escalade du monticule, se servant des têtes, des bras et des mains empilés comme des marches d'un escalier. Les cartilages plastifiés craquaient sous ses semelles, les nez s'aplatissaient, les phalanges de métal se retournaient. Au début, elle avait eu peur de sombrer dans une crevasse, de s'enfoncer au cœur des débris, de mourir étouffée au sein de ce formidable amoncellement de têtes tranchées, de visages déboîtés, de crânes vomissant leur bouillie de puces informatiques. Avec le temps, elle avait appris à se déplacer en souplesse, à repérer les points d'appui. À présent le fouillis métallique n'avait plus de secret pour elle.

Waldo l'attendait au sommet. C'était un homme chauve auquel une consommation immodérée de bière avait donné l'apparence d'une saucisse se tenant en équilibre sur ses pattes de derrière (en admettant, bien sûr, qu'une saucisse puisse avoir des pattes !). Son ventre distendait sa cotte de mailles et le gênait dans ses mouvements. Il soufflait, le visage violacé.

— Alors ? Enfin debout, bonne à rien ! jura-t-il en apercevant Sigrid. Aide-moi, sacredieu !

Il était occupé à fendre l'enveloppe dermique d'un androïde femelle, une jolie « fille » brune à laquelle les techniciens s'étaient amusés à donner une allure de *top model* particulièrement réaliste. Le scalpel de Waldo s'enfonça dans la poitrine et courut en crissant jusque sur le ventre piqueté de taches de rousseur. Sigrid serra les dents. Le caoutchouc imitait à ce point la chair qu'on croyait assister à un crime. Maintenant l'éboueur saisissait à pleines mains les lèvres de la « plaie » et tirait en écartant les bras, pour écorcher le robot. Sigrid déglutit. La peau avait été rabattue sur les poignets de la « jeune femme », comme une veste semée de fin duvet et de grains de beauté.

— Ils se mettent vraiment à fignoler ! ricana Waldo. Non, mais regarde-moi ça !

Sigrid suivit la direction du doigt planté dans la rondeur de la hanche droite, et aperçut le tracé blanchâtre d'une fausse cicatrice d'appendicite.

Elle hocha la tête. Les esthéticiens du bureau de création cybernétique ne négligeaient rien pour renforcer l'illusion.

Soufflant comme un phoque, Waldo récupéra le vêtement de chair-plastique, abandonnant le mannequin de métal aux pinces de sa coéquipière. Il ne subsistait du « top model » qu'une armure bleuie où les réseaux de fils électriques remplaçaient les veines et les nerfs. Sigrid s'agenouilla. Elle connaissait les points faibles de la mécanique et, en une dizaine de coups de levier, ouvrit le torse de l'androïde comme les valves d'un coquillage. Les circuits n'offraient aucun intérêt, c'était d'eux neuf fois sur dix que provenait la condamnation du robot. À partir du moment où un pantin cybernétique n'était plus capable de s'autoréparer convenablement, on s'en débarrassait. L'acier et les plastiques rares étaient récupérés par les employés du service de déblaiement souterrain et rachetés au poids par les fabricants de pantins électroniques.

Sigrid désarticula un bras, une épaule. Elle travaillait les mâchoires crispées, un peu de sueur au front. « Quinze minutes ! avait l'habitude de répéter Waldo. Tu ne dois jamais mettre plus de quinze minutes pour démantibuler ces foutues marionnettes ! Si tu dépasses ce délai tu auras affaire à moi ! »

La jeune fille releva la tête juste au moment où un nouvel androïde jaillissait du tube d'évacuation, six mètres au-dessus d'elle. « Un de plus », songea-t-elle.

Elle eut un soupir de résignation et pataugea au milieu des débris, se frayant un chemin en direction de l'arrivant, un robot garde du corps, qu'une rixe avait à demi carbonisé.

— Si tu lambines, expliquait souvent Waldo, tu verras tes vacances fondre à vue d'œil, quart d'heure par quart d'heure, et à la fin du semestre, au lieu de grimper dans l'ascenseur pour aller te bronzer au soleil artificiel de l'étage des loisirs, renifler le vent parfumé des ventilateurs et flirter avec les garçons, tu resteras ici à piocher dans la ferraille pour rattraper ton retard.

Ils s'échinèrent jusqu'au soir, écorchant, disséquant, maniant pinces et tenailles sans discontinuer. Quand le coup de sirène rituel annonça la fin de la journée, Sigrid ne sentait plus ses bras. Sitôt dans son réduit, elle se débarrassa de la cotte de mailles et courut se laver dans le coin douche. L'eau qui coulait de la pomme d'arrosoir était visqueuse comme si elle avait mariné dans une citerne en plein soleil pendant des mois, mais c'était mieux que rien. Waldo, lui, ne tournait jamais le robinet d'un lavabo autrement que pour se nettoyer les mains.

— Cette flotte, c'est une saloperie, décrétait-il avec application ; de l'urine recyclée, oui ! Rien d'autre. Quand tu te laves avec, tu es encore plus sale qu'avant !

8

Des visiteurs malintentionnés

Sigrid se réveilla bien avant que l'appel de la sirène ne retentisse. Malgré les corrections apportées au réglage de la climatisation, il régnait dans le « logement » une moiteur de serre. Les tempes bourdonnantes, elle sortit de la cabine de repos et fit quelques pas au bas de la dune de ferraille. Elle remarqua avec étonnement que le chef éboueur était déjà levé. Penché au-dessus d'un établi, il s'affairait en ahanant, son T-shirt taché de larges auréoles de sueur. Apercevant la jeune fille, il eut une crispation du visage, comme un enfant pris en faute, et esquissa un salut gêné.

Un androïde vêtu de blanc reposait sur la table. Un « homme » jeune en chemisette et short de tennisman, une raquette dans la main droite. Waldo achevait de revisser la plaque d'accès aux circuits de réglage.

— Regarde ce que j'ai récupéré ce matin ! s'exclama-t-il d'un ton faussement scandalisé. Un androïde de loisir sportif. Impeccable ! Je t'assure, j'ai tout vérifié, il fonctionne à la perfection. Quel gâchis tout de même !

Sigrid haussa les épaules.

— Si on l'a balancé dans le vide-ordures, lâcha-t-elle, c'est qu'il a un vice de fabrication, vous le savez bien !

Le gros homme fronça les sourcils avec colère.

— Un vice ! Un vice ! Tu t'y connais mieux que moi peut-être ? Tu ne serais pas fichue de réparer un moulin à café, allez, dégage !

Sigrid s'éloigna. Il était inutile d'insister, l'éboueur n'en ferait qu'à sa tête. Il bricolerait l'androïde et le revendrait en cachette à des bourgeois miteux désireux de s'assurer un certain standing mais incapables d'acheter un automate neuf. De telles pratiques étaient interdites. Tout robot arrivant dans la salle de déblaiement devait être scrupuleusement démonté. Mais Waldo passait outre, rafistolant les spécimens à peu près présentables et les fourguant à prix réduit aux « clients » qui venaient lui rendre visite le dimanche matin.

Un claquement sec fit sursauter la jeune fille. Tournant la tête, elle vit que son compagnon avait remis le tennisman sur ses pieds. Le bruit était celui de la première balle cinglée par la raquette. Propulsée par un revers foudroyant, la boule de caoutchouc avait traversé la salle dans toute sa longueur pour aller se perdre dans l'obscurité.

— Il tape trop fort ! observa Sigrid, ses tenseurs dynamiques sont fichus.

Waldo lui répondit par un juron. Déjà l'androïde avait plongé la main dans sa poche, en tirant un nouveau projectile. Les balles étaient fabriquées à la demande dans son abdomen, un tube coudé les amenait par une déchirure de l'étoffe directement dans la poche de son short. La raquette siffla, cueillant la *Moonlup* spéciale au vol. Sigrid eut l'illusion d'entendre siffler un boulet de canon.

— Qu'est-ce que tu lui reproches ? râla Waldo en coupant le contact, il est parfait.

Sigrid haussa les épaules. Elle n'avait aucune envie de discuter. Elle enfila rapidement sa cotte de mailles, boucla sa ceinture et marcha vers le chantier. Une nouvelle journée de labeur l'attendait. L'appât du gain rendait le chef éboueur de moins en moins prudent. Un vice de fabrication était un vice de fabrication. Si on avait jugé bon de se débarrasser des androïdes, c'est qu'on les jugeait dangereux et peu fiables, même après réparation.

Ils travaillèrent jusqu'à deux heures de l'après-midi sans échanger un mot ; *c'est à ce moment précis que Sigrid entendit les termites.* Waldo pâlit et courut chercher le fusil de service qu'il conservait bouclé au fond d'un placard métallique.

À présent un grignotement sourd faisait vibrer les parois de la salle comme si quelque chose se déplaçait à l'intérieur des murs, déglutissant la maçonnerie bouchée par bouchée.

Sigrid n'avait jamais vu les termites autrement que sur des films ou des bandes dessinées, mais l'aspect de ces scorpions géants, que précédait le fouillis buccal des pinces broyeuses dégoulinantes d'acide, l'avait glacée. On disait qu'une colonie de ces bêtes cauchemardesques s'était répandue à travers la ville-cube, forant les murailles, perçant galerie sur galerie au point de miner les bases de certaines unités d'habitation. La cave de déblaiement constituait une de leurs cibles favorites car elles étaient friandes du fil de cuivre composant la majeure partie des circuits emplissant les robots. Lorsque leurs pinces frontales émergeaient de la muraille, cisaillant poutrelles d'acier et maçonnerie, il était impossible de les faire reculer. Waldo prétendait les avoir repoussées à deux reprises en leur tirant entre les yeux plusieurs balles perforantes conçues pour percer des plaques de blindage de trois centimètres ; mais Sigrid n'avait jamais pu déterminer s'il s'agissait de faits réels ou de fantasmes guerriers nés d'un abus de bière.

Ils demeurèrent un long moment immobiles, la sueur aux tempes, cherchant à localiser le déplacement des insectes. La trépidation monstrueuse faisait vibrer le sol comme une peau de tambour, ébranlant la montagne de ferraille, faisant naître çà et là des avalanches de têtes et de mains. Puis la tourmente s'éloigna sans qu'aucune cloison ne cède la place à l'invasion des mangeurs de murailles.

Waldo cessa d'étreindre la crosse du fusil et ses pommettes retrouvèrent leur habituelle couleur violacée.

— On a eu chaud, petite ! hoqueta-t-il. Sacrément chaud ! J'ai cru que ce coup-ci on était bons !

Il courut replacer l'arme sur son support et, dans le mouvement, décapsula trois bouteilles de bière brune dont il engloutit le contenu sans reprendre haleine.

Le soir même, le chef éboueur ayant retrouvé son courage, ils entamèrent une ronde d'inspection le long de la paroi sud. Ils marchèrent une heure durant, Sigrid en tête, la lampe-tempête brandie à bout de bras, Waldo sur ses talons, le fusil à la hanche, une balle dans le canon.

Ils butèrent enfin sur un monceau de gravats noircis derrière lequel s'ouvrait la découpe circulaire d'un tunnel aux parois recouvertes de suie. Il en montait une odeur acide dont les émanations irritaient les yeux.

— Saloperie ! gronda Waldo en se reculant prudemment. Ces sales bestioles sont quand même venues nous rendre visite !

Le lendemain était un dimanche, aussi se levèrent-ils fort tard. Un couple de bourgeois fauchés se présenta, mal à l'aise dans ses vêtements de jour de fête.

« Des infirmiers, songea Sigrid, en tout cas des paramédicaux jouissant du privilège de libre déplacement. »

Après maints palabres, Waldo réussit à leur vendre les deux robots bricolés qu'il gardait en réserve : le joueur de tennis et un masseur défaillant rejeté par un institut de beauté quelques semaines plus tôt.

L'homme s'enthousiasma à la vue du sportif, sa femme à celle du kinésithérapeute. Le marché conclu, les visiteurs chargèrent leurs acquisitions dans l'ascenseur, disparurent dans les étages, convaincus d'avoir réalisé une bonne affaire.

Deux heures après, Sigrid qui faisait la sieste fut réveillée par une détonation toute proche. Comme elle bondissait sur ses pieds, elle vit accourir Waldo, hors d'haleine.

— *Les voleurs de fer !* hoqueta le bonhomme. Encore eux ! Tu parles d'un culot ! Je crois que j'en ai descendu un.

La jeune fille se frotta les yeux. Ces dernières semaines, les voleurs de fer n'avaient cessé de défrayer la chronique. Le Directoire qui les avait bannis en raison de leurs menées belliqueuses n'avait pas réussi pour autant à juguler leur agressivité notoire. Un implant semblable à celui des éboueurs les condamnait en principe à une vie sédentaire, les assignant à résidence quelque part dans l'un des multiples « logements » de la ville-cube, malgré cela ils n'avaient pas renoncé à leurs vieux projets de conquête. Mettant à profit les ressources de leur unité d'habitation qui n'était peuplée que d'objets en bois, ils avaient fabriqué des pieux, des arcs, des flèches. Pour voler du fer, ils prenaient des risques énormes. Utilisant les boyaux creusés par les termites, ils rampaient jusqu'au cimetière de robots qui se trouvait situé au même étage ; là, ils subtilisaient des morceaux d'acier et disparaissaient aussitôt au creux des tunnels.

Beaucoup avaient péri de s'être retrouvés nez à nez avec un insecte furieux aux mandibules crissants. Mais leurs congénères ne renonçaient pas pour autant. Chaque pièce de métal était fondue, martelée, travaillée à la lime avec des outils volés. Et les lingots de fer devenaient dagues, épées.

Sigrid enfila sa cotte de mailles et suivit Waldo qui trépignait d'impatience.

— J'en ai eu un ! répéta-t-il en brandissant le fusil dont le canon fumait encore. Si ça se trouve, j'aurai une prime !

Ils escaladèrent la dune, courbés, s'aidant de leurs mains pour conserver leur équilibre malgré les têtes qui roulaient sous leurs semelles ou les mains des robots qui se refermaient sur leurs chevilles.

Le voleur était couché sur le dos, une tache sombre en travers de la poitrine, là où l'avait atteint la balle. Il portait un curieux casque de bois semblable à ceux utilisés par les mineurs et pareillement muni d'une petite lampe à réflecteur. Un gourdin pendait à sa ceinture, ainsi qu'un poignard d'os. Dans la musette accrochée à son épaule ils trouvèrent plusieurs plaques de métal brillant.

— Salaud ! grogna Waldo en guise d'oraison funèbre.

Au même moment une flèche fendit l'air, frappant de biais la cotte de mailles de Sigrid.

La jeune fille se jeta à plat ventre, s'écorchant le visage. Waldo épaula, fit feu au hasard, mais la balle se perdit au fond de la salle. Avant d'avoir pu réagir, ils virent un jeune garçon bondir vers l'ouverture de la galerie et disparaître en rampant, traînant derrière lui arc et carquois.

— Il a compris la leçon ! ricana Waldo. On ne le reverra pas de sitôt !

Sigrid était moins optimiste. La flèche avait glissé sur les mailles du vêtement de protection sans parvenir à les entamer. Elle s'en tirait à bon compte.

Saisissant le cadavre par les pieds et les poignets, ils lui firent dévaler la colline de ferraille. Une fois en bas, Waldo se précipita sur la console de l'ordinateur pour savoir si une prime était octroyée à l'occasion de la mort d'un rebelle, mais la machine crépita une réponse négative, alléguant qu'il s'agissait d'un pur acte de légitime défense et qu'en aucun cas la tête des voleurs de fer n'était mise à prix. Cette nouvelle provoqua la colère du chef éboueur, c'est à coups de talons qu'il précipita le corps de sa victime dans la gueule de l'incinérateur de service.

9

Les pantins assassinés

Le lundi débuta de façon curieuse. Sigrid était penchée au sommet de la colline depuis plus d'une heure, pinces coupantes en main, quand l'ascenseur bourdonna, annonçant l'arrivée d'un visiteur en provenance des étages supérieurs. C'était un fait rarissime pendant les jours ouvrables, et elle se raidit, pressentant qu'il s'agissait d'une visite officielle.

Elle ne se trompait pas. La porte de la cabine coulissa sur deux gardes en tenue de combat, le casque à visière rabattu sur les yeux, la hanche flanquée d'un pistolet exploseur. Une douzaine d'hommes et de femmes se tenaient dans leur dos, raides et muets. Les miliciens leur commandèrent de sortir et – au ton employé – Sigrid devina qu'il s'agissait d'androïdes. C'étaient des robots de grand prix à la finition impeccable dont la moindre palpitation de narine avait été programmée. En les observant, Sigrid repéra tout de suite une dizaine de mimiques fort naturelles qui avaient dû demander de nombreuses semaines de travail aux ingénieurs : les femmes se mordaient la lèvre inférieure ou rejetaient leurs cheveux sur leurs épaules d'un mouvement nerveux de la nuque, les hommes sifflotaient ou claquaient des doigts. Leurs vêtements réduits au minimum se composaient en tout et pour tout de maillots de bain en lamé or.

— Service spécial, lança d'une voix sans appel le plus âgé des deux gardes, une destruction prioritaire et totale à effectuer sur-le-champ.

C'était inhabituel, voire inquiétant. Waldo dansait d'un pied sur l'autre, fasciné par la beauté des androïdes, et la gamme de leurs possibilités gestuelles. S'il avait pu mettre de côté un seul de ces petits bijoux cybernétiques, il en aurait obtenu une fortune auprès de ses acheteurs clandestins. De telles mécaniques n'étaient pas en vente libre, la plupart du temps on les construisait sur commande spéciale à destination d'une clientèle aisée.

— On les brûle ? balbutia le gros homme. Mais d'habitude...

— Vous les incinérez, coupa le policier, *sans pratiquer aucune récupération.* Ce sont des robots criminels mêlés à un complot contre la sûreté de l'État. On ne sait pas dans quelle mesure on a pu les programmer pour une éventuelle action terroriste. Leur propriétaire fait l'objet d'une poursuite devant la haute cour de justice. Ne vous mêlez pas de politique et faites votre travail !

Waldo battit aussitôt en retraite et courut activer le four.

— Voilà, expliqua-t-il servilement, il faut attendre un petit quart d'heure... Vous boirez bien quelque chose ?

Les gardes se détendirent. L'un d'eux alla même jusqu'à déboucler son casque.

— Sigrid ! clama le chef éboueur. Occupe-toi des pantins dès que l'incinérateur sera prêt !

La jeune fille dévala la pente accidentée, salua rapidement les deux soldats qui s'attablaient déjà devant leurs boîtes de bière, et marcha vers les robots dont les yeux vides fixaient un point invisible. C'était vraiment de belles pièces, au grain parfait, et la pensée que le four allait les réduire en flaques grésillantes lui fut réellement désagréable. Sigrid les commanda à voix basse, leur ordonnant de se mettre en file indienne comme pour une visite médicale. Soudain, alors qu'elle s'approchait du dernier androïde, la main de celui-ci se serra sur son poignet... Il s'agissait d'un adolescent au visage de lutin, attendrissant, encadré de cheveux roux.

« On dirait Peter Pan, songea Sigrid. Comme il est mignon ! »

Le robot avait l'apparence d'un gamin de 12 ans, mais il était frêle, fragile et ses lèvres tremblaient.

— *Aide-moi !* souffla-t-il d'une voix tremblante. Je t'en supplie, aide-moi !

Sigrid retint à grand-peine un cri de surprise. Était-ce un garçon « réel » ? Un être humain mêlé aux robots !

Elle recula, tendit les doigts, effleurant la poitrine du gosse. Sous la peau tiède, le cœur palpitait follement.

« Ça ne veut rien dire, se dit-elle, des automates de ce calibre sont équipés de réchauffeurs dermiques et de simulateurs cardiaques. »

Pourtant jamais un golem n'aurait pu prendre l'initiative d'un appel au secours. Les machines n'avaient pas d'âme, pas d'affectivité, et leur destruction éventuelle ne les émouvait en aucun cas. Le comité d'éthique avait, de tout temps, formellement interdit qu'on considère les androïdes comme des humains, voire des animaux domestiques. Selon les termes de la loi, ils n'avaient pas plus de droits qu'une cafetière électrique ou une bouilloire.

À présent le four ronflait comme une forge, allumant des éclats rouges dans la salle.

— Aide-moi, répéta le jeune garçon, vite ! *Je ne*

suis pas un robot... Je suis victime d'un complot, on essaye de m'assassiner...

Sigrid resta figée.

Sans plus réfléchir, elle désigna la porte de la remise où Waldo cachait ses spécimens de contrebande et jeta un coup d'œil inquiet en direction des soldats. Mais personne ne faisait attention à elle.

Lorsqu'elle tourna la tête, l'étrange gamin avait disparu. Sigrid se secoua, fit coulisser le volet de l'incinérateur en criant : « Et d'un ! » Les gardes sursautèrent.

— Hé ! clama le sergent, ne commence pas sans nous !

La bière avait empourpré ses pommettes.

— Excusez-moi, plaida Sigrid, je ne voulais pas vous déranger ; c'était important ?

Le milicien eut un geste vague et serra les mâchoires, furieux de s'être laissé surprendre en flagrant délit de négligence.

— Allez ! Continue !

— Reculez-vous un peu, fit la jeune fille faussement aimable, des fois, il y a des flammèches et je voudrais pas abîmer vos beaux uniformes...

Elle empoigna le premier androïde en se demandant si son rôle de godiche était convaincant. Les soldats obtempérèrent, impressionnés par la gueule rouge de l'incinérateur dont l'haleine brûlante irritait la peau.

— Et de deux ! hurla Sigrid pour dominer les craquements du foyer.

Une gerbe d'étincelles fusa, tornade crépitante.

— Ça va ! coupa Waldo, on sait compter !

Sigrid baissa le nez, affichant un air contrit, et prit la main du second robot pour le conduire au bord de la fosse. D'une poussée sur les omoplates, elle le fit basculer dans la fournaise.

Brusquement une pensée atroce clignota dans son esprit, lui couvrant les bras de chair de poule :

« Et s'ils étaient tous HUMAINS ? »

Elle déglutit avec peine. Fou ! C'était fou ! Non, une pareille chose paraissait impossible... Impossible mais pourtant réalisable ; il aurait suffi d'une drogue, par exemple, pour endormir la volonté des victimes et les amener à se conduire comme des pantins de métal habillés de plastichair. Une drogue, pas davantage...

Sigrid s'aperçut qu'elle tremblait. Elle dut faire un effort pour maîtriser ses doigts. Un crime ! N'était-elle pas en train de commettre un crime épouvantable ? Elle se mit à scruter la peau des victimes, y cherchant des traces de sueur. Toutefois la transpiration ne constituait pas une preuve irréfutable car les pantins hautement perfectionnés étaient capables de tels « jeux de scène ».

Les mains et la face rougis par le souffle desséchant

de l'incinérateur, elle s'appliqua à retrouver la maîtrise de ses gestes. Quand le dernier robot eut sauté dans les flammes, elle réalisa qu'elle avait les sourcils et les cheveux roussis.

— Tu sens le poulet grillé ! ricana Waldo.

Les policiers firent écho. L'exécution n'avait pas pris plus de six minutes. En refermant le volet protecteur, Sigrid se surprit à constater qu'aucune odeur de chair grillée ne s'échappait du brûleur. « C'étaient bien des robots ! » pensa-t-elle, soulagée. Mais, la seconde suivante, le doute revint : la chaleur du four était telle – et les objets s'y consumaient si rapidement – qu'on n'avait jamais le temps de percevoir la moindre odeur.

La jeune fille serra les poings. Elle étouffa un gémissement en notant que des cloques se soulevaient sur ses phalanges.

— C'est rien, commenta Waldo, va prendre la pommade.

— Bon, conclut le soldat, maintenant faut signer le procès-verbal. Inscrivez vos noms et matricules dans la case du bas.

Il tira un carnet de sa poche et griffonna. Sigrid risqua un coup d'œil prudent en direction de la remise. Bon sang ! qu'allait-elle faire du gosse à figure de lutin ? Dans quel pétrin s'était-elle fourrée ? Elle signa rapidement le formulaire et ouvrit l'armoire à pharmacie. Le tube de baume cicatrisant était vide.

— Allez, salut !

Les miliciens avaient regagné l'ascenseur dont le battant chuinta en se refermant.

— Assez joué, lança Waldo, au boulot !

La quotidienneté reprenait ses droits. Sigrid s'en trouva réconfortée. Pourtant, à une ou deux reprises au cours de la journée, elle perçut le regard de son coéquipier sur sa nuque. L'éboueur se doutait-il de quelque chose ? Il faudrait faire sortir le gosse de la remise sans trop attendre, le cacher dans un angle obscur de la salle, au creux d'un trou de ferraille. Oui, *mais après ?*

Torturée par ses préoccupations, Sigrid commit plusieurs fautes de démontage et faillit s'écraser la main droite. Une angoisse sourde s'installait en elle. Dans quel engrenage mortel venait-elle de mettre le doigt ? « Un complot », avaient dit les gardes. Le mot la terrifiait. Depuis son affectation à la brigade de nettoyage, elle avait perdu tout contact avec le monde du cube, son univers avait progressivement rétréci pour s'ajuster aux proportions de la cave.

Il lui semblait que la nuit ne viendrait jamais, aussi, quand la sirène fit entendre son sifflement libérateur, poussa-t-elle un soupir de soulagement. Toutefois elle dut patienter deux heures devant la tache bleue du téléviseur avant que Waldo daigne se coucher. Jusqu'à minuit, Sigrid n'osa bouger. À travers la cloison séparant sa chambre de celle de l'éboueur, elle écoutait le bruit sifflant émis par les poumons du gros homme.

Quand elle fut certaine de l'inconscience de son chef, elle sortit de la cabine de repos, une combinaison de travail sous le bras, et s'approcha de la remise. Le gosse s'était recroquevillé, les bras croisés sur la poitrine, les épaules enveloppées dans les mains. Il tremblait, tel un farfadet perdu dans la neige. Quand il releva la tête, Sigrid reçut de plein fouet le choc de ses yeux clairs, magnifiques.

— J'ai froid, haleta-t-il en claquant des dents, Dieu, que j'ai froid...

— C'est la réaction, murmura Sigrid, le contrecoup de la peur.

Elle lui tendit la combinaison graisseuse. Le gamin l'enfila avec maladresse, visiblement peu accoutumé à ce genre de vêtements. C'est vrai qu'on l'imaginait davantage habillé en petit prince, en page ou en damoiseau du Moyen Âge. Sigrid dut l'aider à régler la longueur des bretelles.

— Les autres, souffla-t-elle au bout d'un moment, c'étaient des... robots ?

La question la torturait depuis le matin.

— Non..., murmura l'enfant. Des hommes réels, de vraies femmes. Des partisans. On les avait drogués. Ce n'est pas la première fois qu'ils utilisent cette technique. Déjà à deux reprises dans d'autres salles du déblaiement. C'est si facile... Qui irait vérifier ?

Sigrid crut qu'elle allait s'évanouir.

— Mais toi... pourquoi ? hoqueta-t-elle.

— Pourquoi je n'étais pas sous l'influence des drogues ? compléta le jeune garçon. J'ai subi un traitement d'accoutumance progressive aux hypnotiques, de sorte que ces produits ne me font plus rien. Je suis... Comment pourrais-je dire ? Un agent secret de haut niveau.

Il se frictionna les bras.

— Par tous les dieux, gémit-il, il fait toujours aussi froid ?

Sigrid ne répondit pas, abasourdie par la révélation. Ainsi, elle avait poussé des humains dans les flammes. Des êtres vivants. Des êtres de chair et de sang... Elle se laissa tomber sur le sol.

— Je ne pouvais pas m'échapper, expliqua l'enfant, ils étaient armés, ils m'auraient abattu sans hésiter. Tu as vu leurs exploseurs ?

— Ils connaissaient la nature réelle de leurs prisonniers ?

— Non, on leur avait mis dans la tête que nous étions des androïdes programmés pour détruire la ville. J'ai joué le jeu jusqu'au bout, espérant un miracle.

Ils restèrent une minute sans parler, recroquevillés dans la semi-obscurité de la cabane.

— Je m'appelle Pumpkin, dit enfin le jeune garçon

pour rompre le silence qui devenait pesant, à cause de la couleur de mes cheveux et de la chanson[1], et toi ?

— Sigrid Olafssen. Je ne suis pas née dans la ville-cube. Mon vaisseau spatial a fait naufrage et j'ai échoué ici par hasard. En fait, je suis une étrangère. Je découvre vos coutumes peu à peu.

— Merci, Sigrid, dit le jeune garçon. Je ne veux pas être cruel, ce serait mal te remercier, mais tu viens de te mettre dans un sacré pétrin. Si jamais ils découvrent que tu m'as aidé, ils te détruiront comme les autres.

— Je sais, mais à quoi bon épiloguer ? De toute façon, si j'avais su qu'il s'agissait d'êtres humains, je n'aurais pas obéi...

Soudain, la porte s'ouvrit, percutant le mur de la remise. Pumpkin s'était dressé, raidi par la surprise. Waldo tourna le commutateur, inondant le réduit d'une lumière blanche qui blessait l'œil.

— Petite saleté ! rugit-il la bouche en coin. J'en étais sûr ! *Tu en as piqué un !* Tu crois que je n'avais pas repéré ta manœuvre ? Un robot assassin ! Tu veux notre mort ?

Sigrid tenta de protester, mais le poing de l'éboueur la frappa à l'épaule, la déséquilibrant.

— Tu vas le flanquer dans l'incinérateur, tu entends ? hurla le gros homme au comble de la colère.

---

1. *Pumpkin* : « citrouille », en anglais. *Peter, Peter, Pumpkin eater...* est une comptine bien connue des enfants anglo-saxons.

Immédiatement ! Va allumer le four, je ne veux pas d'histoires avec la police. De la récupération, d'accord si c'est juste pour se faire un peu de gratte, mais fourguer des robots terroristes, ça jamais !

— Écoute...

— Tais-toi ! Et grouille-toi !

Le petit garçon s'était figé au garde-à-vous ; tel un farfadet égaré chez les humains, et ne sachant quel parti prendre. Waldo alla le regarder sous le nez.

— D'accord, il est superbe, observa-t-il un peu radouci, du boulot comme ça tu n'en reverras pas de sitôt. Je comprends que tu te sois laissé tenter, mais maintenant c'est fini. Branche l'incinérateur...

— Bon Dieu, écoute-moi ! haleta Sigrid. Ce n'est pas un androïde, c'est un gamin ! Un vrai petit garçon !

Waldo haussa les épaules.

— Bien sûr, pauvre idiote ! C'est ce qu'il t'a raconté pour se servir de toi ! Des modèles de cette classe disposent de toute une gamme de programmes stratégiques. Ils savent mentir, jouer la comédie, c'est inscrit dans leurs circuits-mémoire. S'il a une mission à remplir, il a le devoir de survivre par tous les moyens. Mais ce n'est qu'une machine à café.

— On peut lui demander une preuve, insista la jeune fille, je ne sais pas moi : pique-lui le bras, s'il est humain il saignera !

— Et qui me prouvera que ce sera du *vrai* sang ? ricana Waldo de plus belle.

Puis il tourna les talons et sortit de la baraque en marmonnant.

— Ça va s'arranger, balbutia Sigrid à l'adresse de Pumpkin, laisse-moi faire.

Elle fonça dans le sillage de l'éboueur, la sueur au front. Elle admettait le bien-fondé des objections de son compagnon de travail : il serait impossible de connaître la nature réelle du gamin tant qu'on ne l'aurait pas autopsié !

— Je vais te montrer, moi, ce qu'il a dans le ventre, ton lutin ! grasseya Waldo en surgissant de la cage vitrée, un marteau à la main.

— Non ! hurla Sigrid. Ne fais pas ça ! Arrête !

Elle se précipita sur le gros homme, le saisissant au collet, mais la main droite de ce dernier la faucha à la tempe, et la jeune fille bascula en arrière. À travers le brouillard de l'évanouissement, elle devina que Waldo mettait Pumpkin en joue.

— Viens un peu, mon tout beau ! railla la voix du chef de chantier. Je vais te mettre les circuits à l'air !

Pumpkin hurla de douleur, le projectile l'avait atteint de plein fouet. Rassemblant toutes ses forces, la jeune fille réussit à s'agenouiller.

— Pas de simagrées avec moi ! grondait Waldo. Tu ne m'auras pas en jouant la comédie du gosse qui pleurniche. Prends plutôt ça.

Sigrid se jeta en avant, heurtant les jarrets de l'éboueur qui perdit l'équilibre et chuta en jurant.

— Petite chienne !

À présent il écrasait la fille aux cheveux bleus de son poids, aveuglé par la colère et l'alcool. Totalement paralysée, Sigrid vit un poing se lever au-dessus de son visage. Au moment où la masse allait s'abattre, les traits de Waldo prirent une étrange expression étonnée, puis du sang jaillit de ses narines. Il roula sur le dos en poussant un soupir épuisé, libérant Sigrid.

— Ça va ? fit la voix flûtée de l'enfant.

Pumpkin était agenouillé, un mètre en arrière, la main plaquée sur l'épaule, là où avait dû l'atteindre le projectile lancé par le maître de la dune. Sigrid s'ébroua.

— Ça va, haleta-t-elle, et toi ?

— Le marteau m'a juste effleuré, éluda le gosse, rien de grave. Une belle ecchymose en perspective. Mais lui...

— Lui ?

La jeune fille sursauta, prenant soudain conscience de l'immobilité de l'homme. Waldo s'était abattu de travers, dans une curieuse posture. Une mare rouge grandissait sous sa nuque...

— Il allait te tuer ! plaida Pumpkin. Je l'ai frappé avec ça... Trop fort, je crois.

Du menton, il désigna une grosse clef à molette dont le poids devait frôler les cinq kilos.

À nouveau Sigrid se sentit assaillie par le doute. N'était-ce pas un peu lourd pour un gamin aussi frêle ? Immédiatement après, elle réalisa que Waldo était mort et la nausée lui tordit l'estomac. En douze heures, elle avait réussi à se rendre complice de deux crimes punis de la peine capitale.

Une immense fatigue s'empara d'elle.

— Il faut partir, murmura l'enfant ; maintenant tu es réellement en danger.

— Je dirai qu'il est tombé, souffla Sigrid, un accident... Oui, ça reste plausible.

— Pas après l'exécution camouflée de ce matin ! observa Pumpkin. Ils se douteront de quelque chose. La coïncidence sera trop énorme. Ils n'aiment pas prendre de risques, tu sais ! Un suspect est toujours moins dangereux mort, et puis le four est si pratique ! Tu pourrais, toi aussi, être victime d'un « accident de travail », non ?

Sigrid se mordit les lèvres. Ce gosse un peu trop beau essayait-il de lui forcer la main ?

— Je n'ai pas d'implant, renchérit Pumpkin, je suis un prince, j'appartiens à la caste des libres-voyageurs mais il ne me sera guère possible de trouver un étage sûr. Personne ne voudra prendre le risque de me cacher. À la minute même où l'on m'a arrêté, mes amis ont immédiatement oublié mon existence.

— Je ne peux pas monter dans l'élévateur, coupa Sigrid, j'ai un implant, moi ! Je serais immédiatement paralysée. Je suis condamnée à vivre au même niveau, sans jamais descendre ou m'élever au-dessus de cet étage.

— De toute manière, je serais moi aussi très rapidement repéré, observa Pumpkin. Je suis trop connu. J'étais une vedette des émissions enfantines sur le circuit de télévision intérieur. J'ai joué dans plusieurs séries. Que peut-on faire ?

— Je ne sais pas, maugréa Sigrid, mais il faut agir vite. Dès demain le responsable des ordures s'inquiétera de ne pas recevoir le rapport que Waldo expédiait chaque soir. Sa comptabilité en quelque sorte. Je ne connais pas le code qui permet d'accéder à l'ordinateur, impossible, donc, de me substituer à lui. Devant notre silence, ils dépêcheront une patrouille, et alors...

Elle se tut, réfléchissant à toute vitesse. Au bout d'une minute son visage s'éclaira.

— Il y a peut-être un moyen ! souffla-t-elle. Un moyen dangereux, mais qui leur ôtera l'envie de se lancer à notre poursuite.

— Ça me paraît un peu inespéré..., fit Pumpkin en écarquillant ses yeux clairs.

— Pas tant que ça ! rétorqua Sigrid. Je vais t'expliquer, mais quand j'aurai fini tu regretteras peut-être de ne pas avoir sauté dans le four !

10

Le chemin des monstres

— Voilà !

Sigrid leva la lampe-tempête, projetant le halo de lumière jaune sur l'entrée du tunnel. Pumpkin fronça le nez, humant les relents acides qui montaient de la galerie.

— Qu'est-ce que c'est ?

— Une des mille voies d'accès à la termitière ! Tu ne sais pas que les fondations de la ville sont aussi trouées qu'une éponge ? Le seul danger vient de ce que nous risquons de nous y heurter à deux types d'ennemis : les voleurs de fer et les insectes. D'un autre côté, personne n'osera nous suivre dans ce *no man's land.*

Le garçonnet hocha la tête.

— O.K., murmura-t-il ; ça nous laisse davantage de chances que le four.

Ils passèrent l'heure suivante à rassembler leur paquetage. Sigrid aurait voulu emmener le fusil de Waldo, mais l'arme se trouvait bouclée dans son coffre anti-mutinerie blindé et la serrure électronique ne s'ouvrait qu'à l'aide d'un chiffre secret dont seul le chef éboueur avait connaissance. Les deux fugitifs tirèrent du distributeur alimentaire un grand nombre de bouteilles de soda qui formèrent un fardeau encombrant. La nourriture soulevait plus de difficulté ; ne pouvant stocker des denrées périssables, ils se rabattirent sur une impressionnante quantité de tablettes de chocolat, de biscuits secs et de lait en tube. Pour finir, Sigrid rafla tout le matériel d'éclairage qu'elle put trouver. Craignant que la suie tapissant les parois du tunnel ne soit corrosive, elle insista pour que Pumpkin enfile les gants de cuir de Waldo et se protège les genoux avec des chiffons. Elle fit de même.

Ces précautions prises, ils se coulèrent dans la galerie. Le boyau n'était pas assez large pour leur permettre de tenir debout et ils durent avancer à quatre pattes. C'était pénible et angoissant car, en cas de fuite, ils ne pourraient se mettre à courir et l'insecte se déplacerait plus vite qu'eux sur sa triple paire de pattes.

Il paraît que les termites ont à ce point creusé le sol de certains « logements », que le plancher a cédé, expliqua Sigrid, leurs habitants se sont écrasés à l'étage du dessous qui, lui-même rongé, a cédé à son tour. Et ainsi de suite sur quatre ou cinq niveaux ! Ces éboulements ont formé de véritables gouffres infranchissables. Si notre tunnel débouche dans l'un d'eux, nous n'aurons plus qu'à faire demi-tour... Ou à sauter.

— Que c'est rassurant ! ricana Pumpkin dans son dos. Tu connais beaucoup d'histoires semblables ?

Ils rampèrent deux heures puis s'octroyèrent une pause.

Ils se tassèrent l'un contre l'autre et Sigrid éteignit la lampe pour économiser les batteries. La suie – effectivement corrosive – faisait courir des fourmillements désagréables sur la peau de son visage, et ses lèvres étaient boursouflées. Elle brûlait de demander à Pumpkin des explications au sujet du complot auquel il avait fait allusion, mais comme le jeune garçon restait discret sur les raisons qui l'avaient conduit à l'incinérateur, elle préféra garder le silence. Peut-être se méfiait-il encore ?

Sigrid jura. Elle avait mal aux bras et aux reins. Malgré le rembourrage de chiffons, ses genoux étaient devenus affreusement sensibles.

— Les dimensions de la ville sont gigantesques,

observa soudain son petit compagnon d'un ton songeur. Quand on est dans les étages, on ne s'en rend pas compte.

— Exact, soupira la jeune fille. C'est comme un empilement de caisses, dans un entrepôt. Des centaines de caisses, à ce qu'on raconte.

Ils reprirent leur reptation. L'uniformité du boyau était telle qu'ils n'avaient pas la sensation d'avancer. Aucun accident de terrain, aucun détail nouveau ne leur permettait de mesurer leur progression. C'était comme s'ils avaient fait du surplace sur un tapis roulant défilant en sens inverse. À deux reprises, ils se figèrent, écoutant résonner dans le lointain le grignotement des insectes géants. Puis ils recommencèrent à ramper dans la lueur dansante de la torche que Sigrid avait fixée sur sa poitrine. La jeune fille n'osait penser à ce qui se produirait s'ils venaient soudain à se trouver nez à nez avec la fourche cornée d'un « termite », ces redoutables pinces capables de forer le ciment le plus dur.

À bout de force, ils firent une nouvelle pause.

— Et si nous finissions par déboucher dans une autre unité d'habitation ? interrogea Pumpkin.

Sigrid haussa les épaules.

— Difficile de passer inaperçus. Tous les habitants d'une cellule se connaissent. Je doute qu'on nous accueille à bras ouverts. On nous prendra plutôt pour des voleurs de fer et on nous jettera des pierres !

— Réjouissant !

— Le système du cloisonnement a développé la peur de l'incursion étrangère, murmura Sigrid. À mon arrivée, on m'a enseigné que les cellules étanches ont été conçues à l'occasion d'une gigantesque épidémie.

— Peut-être... Je ne sais pas. Dans mon unité d'habitation, j'étais un prince, je vivais au milieu des fêtes perpétuelles, avoua Pumpkin en baissant le nez. J'étais assez insouciant... Un jour, on m'a confié un secret, et mon existence a changé. Tout le monde s'est mis en tête de me tuer. On ne m'a pas demandé mon avis. Je suis passé du rôle d'idole des adolescentes à celui d'espion en fuite. Je dois te paraître très ignorant, mais c'est que j'ai mené la vie d'un enfant gâté.

— Quoi qu'il en soit, reprit Sigrid, l'arrivée d'un étranger est toujours synonyme de malheur dans le monde de la ville-cube. Où que nous allions, nous ne ferons pas exception à la règle.

Elle se tut, un nouveau grignotement emplissait les ténèbres.

— Ça vient par ici ! haleta-t-elle.

— Non, observa Pumpkin, c'est au-dessus de nous. Très près, mais au-dessus.

— Tu as une bonne oreille ! souffla Sigrid.

Mais elle pensa : « Une bonne oreille ou un détecteur phonique à haute sensibilité ? » Malgré elle, le poison instillé dans son esprit par Waldo continuait à faire ses ravages. Pumpkin était-il humain ou bien s'agissait-il d'un robot déguisé en enfant afin de mieux manipuler les adultes ? Il était si gracieux, si beau, que Sigrid se sentait gagnée par le doute.

Ils avancèrent encore une heure, puis s'abattirent sur le ventre, les bras sciés par l'épuisement.

Sigrid se recroquevilla, essayant de trouver une position confortable pour la nuit. Elle était trop fatiguée pour manger.

Ils s'endormirent, la main sur la lampe, prêts à pousser l'interrupteur au moindre bruit suspect.

La journée du lendemain ne différa guère de la veille. Ils piétinèrent dans la suie durant un temps inappréciable, s'interrompant par moments pour écouter le déplacement des insectes sous leur ventre ou au-dessus de leur tête. Les genoux de Sigrid étaient devenus très douloureux. Pumpkin, lui, ne manifestait aucun symptôme. Mais il était plus jeune.

Brusquement, alors que le sol amorçait une pente, le boyau devint moins sombre. Éteignant sa torche, Sigrid vit qu'une lueur bleuâtre en nimbait les parois...

— Je crois que nous approchons de la sortie, chuchota-t-elle, espérons que la chance sera de notre côté.

La lumière avait un aspect irréel, c'était comme si un projecteur teinté les inondait de son faisceau.

Cinq minutes après, ils réalisèrent qu'ils mouraient de froid. Sigrid claquait des dents ; jetant un coup d'œil par-dessus son épaule, elle vit que son petit compagnon en faisait autant. Une seconde, elle s'en trouva rassurée, mais le doute revint, sournois : Pumpkin n'était-il pas en train d'*imiter* son attitude ?

Elle n'eut guère le loisir d'y réfléchir car la température amorça une nouvelle chute vertigineuse. Combien faisait-il ? – 10°, – 20° ? Chaque pas vers la sortie semblait les rapprocher d'un enfer de glace. Sigrid s'arrêta, les poumons brûlés par l'air froid. Un nuage de vapeur s'échappait de sa bouche. Elle tenta de se réchauffer les mains en les blottissant sous ses aisselles, mais la cotte de mailles donnait l'impression d'avoir été taillée dans une peau de phoque gelé, elle l'enveloppait d'un cocon de neige qui engourdissait sa chair.

— Il faut bouger ! gémit Pumpkin dans son dos.

Du givre s'accumulait sur les parois du boyau, recouvrant la suie d'une pellicule blanche. Sigrid dérapa, dévalant la pente comme un toboggan. Pumpkin ne tarda pas à suivre le même chemin. L'inclinaison et le verglas ne leur permettaient plus de conserver leur équilibre. Ils jaillirent du tunnel comme l'obus d'un canon et roulèrent emmêlés sur une épaisse couche de givre craquante. La lumière bleue éclairait la salle d'un éclat fantomatique.

— Mon Dieu ! hoqueta Sigrid, où sommes-nous ?

C'était un entrepôt enneigé, une cave de métal semblable au compartiment d'un congélateur colossal. Des aquariums géants emplis d'une gelée bleuâtre s'entassaient jusqu'au plafond, formant des piles parfaites que séparaient des allées verglacées évoquant le sol d'une patinoire.

En s'approchant davantage, la jeune fille distingua au centre de chaque aquarium l'ombre d'une mystérieuse silhouette. Tous les cubes de verre étaient étiquetés, elle saisit l'une des fiches, la frotta du coude pour la débarrasser de sa couche de cristaux et en déchiffra l'inscription : *Proboscidiens. Elephantus. Mâle.*

Elle jeta un coup d'ceil au garçonnet et se pencha vers le récipient. Une ombre énorme s'y tenait embusquée, mais le liquide opalescent qui l'enveloppait empêchait d'en distinguer les traits.

— Un éléphant, chuchota Sigrid, c'est un animal. Nous sommes dans un zoo. Un zoo cryogénisé.

— Cryo... quoi ? gémit Pumpkin de sa voix de lutin bien élevé.

— La conservation par le froid, expliqua précipitamment la jeune fille. On les a plongés dans de l'azote liquide. Avant que la pollution ne détruise totalement l'extérieur, on a prélevé différents échantillons de l'espèce animale pour les archiver. Comme on ne pouvait pas se permettre de les laisser en liberté dans les sous-sols de la ville, on les a congelés. Regarde la date, ils sont là depuis près de deux cents ans ! En vie suspendue. Endormis. C'est une arche de Noé surgelée !

Sigrid fit quelques pas, épousseta d'autres cartons. Des mots sans signification défilèrent sous ses yeux : *Orang-outan*... La plupart n'évoquaient rien, d'autres la renvoyaient à de vagues souvenirs de lecture. Quand elle avait quitté la planète Terre, à l'âge de dix ans, il ne restait déjà pratiquement plus d'animaux vivants. La pollution les avait presque tous exterminés.

— Je croyais qu'il s'agissait de légendes, fit Pumpkin un peu perplexe, tu dis qu'ils sont vivants ?

— Probablement. Ce sont des archives, mais des archives en bon état. Un jour peut-être on les sortira de l'inconscience. À moins qu'on ne les ait totalement oubliés. Viens, il faut bouger ou nous allons nous transformer en statues !

Sigrid se secoua. À une centaine de mètres, accolée à la muraille, elle repéra une sorte de casemate aux allures de bunker. Saisissant l'enfant par la main, elle l'entraîna vers l'abri. Elle remarqua que le visage du gosse était bleu et ses lèvres violettes.

La bâtisse se révéla un igloo de béton destiné au personnel d'entretien. Une épaisse couche de poussière y recouvrait chaque objet mais il y régnait une température acceptable. Dans un placard ils découvrirent trois combinaisons de nylon matelassé, ainsi que des cagoules en laine.

— Regarde ! s'exclama Pumpkin en se penchant sur un registre administratif. La dernière inspection a eu lieu il y a cinquante ans. Personne n'est venu depuis...

La lueur bleuâtre émanant du dehors donnait à son visage un aspect irréel. Plus que jamais, il ressemblait à un elfe sorti d'un conte.

« Il ne lui manque que les oreilles taillées en pointe », songea Sigrid agacée de se sentir si remuée par la beauté du gosse.

Ils s'habillèrent et rabattirent les capuchons sur leur tête. Les vêtements étaient bien trop grands mais ils s'en accommodèrent. Ouvrant un coffre, la fille aux cheveux bleus mit la main sur une bouilloire et un pot de café soluble. Ils durent toutefois rapidement déchanter car le robinet d'approvisionnement d'eau refusa de tourner. Pumpkin eut alors l'idée de ramasser de la neige pour la faire fondre ; hélas, la bouilloire à peine branchée, la résistance sauta. Tout le matériel était vétuste. Sigrid se laissa tomber sur une chaise, découragée.

Pumpkin restait calme. Il s'installa près de la fenêtre, feuilletant les bordereaux de contrôle comme il l'aurait fait d'un album d'images. Au bout d'un moment, il ferma le dossier et reporta son regard vers l'extérieur.

— Une jungle entière, murmura-t-il ; ils ont entassé ici la faune d'une forêt vierge. Trois mille animaux, tu te rends compte ?

Sigrid fit la moue. Malgré la combinaison elle grelottait.

Ils mangèrent en silence des biscuits et du chocolat, burent des sodas glacés, et se ratatinèrent chacun dans un coin. La lueur bleue pénétrait par les fentes des meurtrières, inondant l'abri d'un éclat électrique qui blessait les yeux. À l'instant où Sigrid sombrait dans l'engourdissement, la voix ensommeillée de Pumpkin vint chanter à ses oreilles :

— Qu'est-ce que nous allons faire maintenant ?

La jeune fille étouffa un bâillement.

— Traverser la salle, répondit-elle. Localiser l'endroit par où est ressorti l'insecte et recommencer à ramper. La mort de Waldo est aujourd'hui connue, il faut nous éloigner le plus possible de la dune de ferraille.

Elle s'endormit avant d'avoir pu en dire davantage.

Lorsqu'elle s'éveilla, Pumpkin était déjà debout. Décidément ce gosse avait une résistance à toute épreuve ! Cette constatation la mit mal à l'aise. Elle n'aimait pas l'idée d'être manipulée par un robot.

« Je me montre stupidement méfiante, songea-t-elle. Pourquoi un robot aurait-il besoin de mon aide ? Si Pumpkin était un androïde, il pourrait se débrouiller tout seul. On l'aurait programmé pour se déplacer sans problème à travers la ville-cube... En quoi une humaine lui serait-elle utile ? Elle risquerait, au contraire, de le retarder ! »

Ils quittèrent l'abri sans avoir échangé un mot et s'enfoncèrent entre deux piles d'aquariums.

— Pourquoi par là ? demanda le garçonnet, les mots jaillissant de sa bouche dans un nuage de vapeur.

— Parce que les termites affectionnent les trajets rectilignes, à ce qu'on m'a dit, lâcha Sigrid. Ils sont lourds et peu mobiles. Il y a fort à parier qu'une fois à l'air libre la bestiole a continué tout droit. S'il n'y avait pas cette neige nous verrions ses traces...

— Et si elle est morte, tuée par le froid avant d'avoir pu traverser la salle ?

— Dans ce cas nous buterons sur son cadavre, et nous serons dans un beau pétrin parce qu'elle n'aura pas eu le temps de creuser le tunnel qui doit nous servir de porte de sortie...

Ils avançaient difficilement sur le sol glissant. À plusieurs reprises ils faillirent perdre l'équilibre et s'étaler. Les cloisons de glace dégageaient un froid intense. Sans les combinaisons, ils seraient morts gelés. Sigrid était inquiète, Pumpkin avait soulevé un problème de taille. Si l'insecte avait succombé, ils n'auraient d'autre solution que de revenir en arrière, ce qui reviendrait à se jeter dans les bras des soldats lancés à leur poursuite.

Un cri du gamin lui arracha un sursaut. Elle pivota sur elle-même en essayant de ne pas déraper. Pumpkin était à genoux dans la neige, il examinait les flancs des récipients d'azote posés sur le sol.

— Ces traces ! fit-il alors que Sigrid s'approchait. Qu'est-ce que c'est ?

La jeune fille baissa les yeux. Des crevasses striaient les aquariums, des lézardes carbonisées disposées en lignes parallèles, et qui avaient attaqué la paroi sur plusieurs centimètres... Elle eut une illumination.

— *L'acide !* souffla-t-elle. L'acide sécrété par les pattes des termites. En remontant l'allée, l'insecte en a aspergé les vivariums !

Pumpkin était devenu blême.

— Le revêtement est rongé, haleta-t-il, il suffirait d'un rien pour que les récipients éclatent ! Une vibration, une secousse... *Le bruit de nos pas !* Si cela se produit, l'azote liquide nous submergera. Nous serons congelés en deux secondes.

Ils se regardèrent, n'osant échanger une parole.

— Il faut filer, répéta Pumpkin. Chaque fois que nous posons le pied sur le sol, les lézardes s'agrandissent.

Ils se redressèrent avec d'infinies précautions et s'éloignèrent à pas lents. Malgré le froid, Sigrid sentait la sueur imprégner sa combinaison. « Si tu glisses, songea-t-elle soudain, si tu tombes, le choc se répercutera dans les aquariums, et alors... » Elle chassa cette pensée de son esprit et se concentra sur le terrain, évitant les plaques de gel dangereusement lisses. Peu à peu la hauteur des murailles diminuait, les sarcophages bleutés n'étaient plus disposés en piles mais côte à côte, comme les tombes d'un cimetière, pourtant le danger restait le même.

Sigrid avait l'impression de marcher depuis une semaine quand elle aperçut enfin le mur bétonné de la salle à une centaine de mètres devant. Un trou rond le perçait au ras du sol. *Le mangeur de murailles était bien ressorti !* Alors qu'elle allait se retourner vers son compagnon, sa semelle accrocha quelque chose. Un débris de verre recouvert de cristaux de givre. Un morceau d'aquarium ! Elle se figea, une boule dans la gorge. Pumpkin vint à sa hauteur, s'appuya contre son épaule. Un cube avait explosé, probablement miné par les lézardes dues aux sécrétions naturelles de l'insecte.

— Voilà ce qui aurait pu arriver, souffla le petit garçon.

— Mais il est vide, souffla Sigrid. La bête qui l'habitait, *où est-elle passée ?*

Pumpkin fit la moue.

— N'étant plus baignée par l'azote, je suppose qu'elle est sortie de son engourdissement, dit-il.

— Qu'est-ce que c'était ?

L'enfant se baissa, cherchant l'étiquette. Lorsqu'il l'eut trouvée, sa bouche se crispa.

— Un tigre, murmura-t-il ; un tigre de Sibérie. Je ne vois pas très bien de quoi il s'agit. Un animal de compagnie, peut-être ?

— Non, murmura Sigrid d'une voix sourde. Un félin très dangereux et bien adapté aux basses températures. J'espère que cet accident a eu lieu il y a longtemps... et qu'il est mort de faim ! Viens, ne traînons pas !

Ils durent se retenir pour ne pas franchir les derniers mètres en courant. Dès qu'ils furent à l'intérieur du tunnel ils poussèrent un soupir de soulagement. Très rapidement ils eurent trop chaud et durent ôter les combinaisons protectrices.

Cette fois la galerie se ramifiait. Un autre insecte l'avait traversée à angle droit, les deux trajectoires avaient donné naissance à un carrefour. Les jeunes fuyards hésitèrent à l'embranchement des trois routes encore inexplorées qui s'ouvraient devant eux.

— Laquelle ? interrogea Pumpkin en levant les sourcils.

— Tout droit, décida Sigrid. Il y a peu de chances que notre perceuse de murailles revienne sur ses pas.

Comme ils traversaient le croisement, le gosse s'immobilisa, le visage tourné vers l'une des galeries latérales.

— Là ! hoqueta-t-il le doigt tendu.

Sigrid s'approcha. Un casque de bois traînait sur le sol. Un casque de voleur de métal agrémenté d'une petite lampe encore allumée. L'homme gisait un peu plus loin, brisé, déchiqueté par des griffes puissantes. Des marques de morsures marquaient le torse et les membres, dénudant les os.

— Il a été à moitié dévoré, observa Sigrid ; ce n'est pas le travail d'un insecte. Ils ne mangent pas de viande. Et puis il aurait été brûlé par les acides... Je ne comprends pas.

Les ongles de Pumpkin s'enfoncèrent dans son épaule.

— Le tigre, balbutia le gamin ; le tigre. *Il est vivant.*

11

Ce qui hantait les tunnels

La nuit suivante ils n'osèrent pas fermer l'œil. Sigrid avait éteint la torche, espérant du même coup se rendre invisible, mais Pumpkin assurait que ce genre d'animal voyait probablement dans l'obscurité et qu'ils ne seraient nulle part à l'abri tant qu'ils se déplaceraient sur son territoire.

— Il doit hanter les galeries, nota la jeune femme, les voleurs de fer constituent une proie rêvée pour un fauve de cet acabit.

Ils repartirent, toujours en ligne droite. Le tunnel présentait de nombreuses ramifications, là où les insectes s'étaient entrecroisés en un va-et-vient hasardeux.

— La muraille est complètement poreuse, observa Sigrid ; un vrai morceau de gruyère. Les fondations sont de plus en plus malades, un jour tous les étages vont s'aplatir les uns sur les autres !

— As-tu songé qu'à nous déplacer ainsi nous risquons de tomber dans un compartiment infesté de malades ? Une cellule contaminée ? fit soudain remarquer le gosse.

Sigrid haussa les épaules.

— Ça ou le four..., siffla-t-elle. De toute manière, les termites sont en train de rétablir la libre circulation des microbes.

Au moment où elle prononçait ces mots, elle fut la proie d'une brusque illumination.

— Les aquariums endommagés ! s'exclama-t-elle. Un jour ou l'autre ils éclateront ! Les piles bascule-ront, s'entraînant les unes les autres. Tous les cubes de cryogénisation se fracasseront, libérant leur contenu. Tu imagines ce qui se passera alors ? Les animaux réveillés fuiront le froid, et s'engouffreront dans les galeries creusées par les termites ! La jungle gelée va émigrer à travers toute la cité ! Il y aura des gorilles dans les ascenseurs, des lions dans l'épaisseur des murs ! Des éléphants galopant à travers les tunnels...

Pumpkin pouffa nerveusement. Sigrid allait l'imiter quand un feulement rauque et lointain les fit s'aplatir contre la paroi. L'oreille tendue, ils essayèrent de localiser l'emplacement du félin, mais le silence les entourait de nouveau, lourd de menaces. Sigrid se saisit de son crochet d'éboueur sans nourrir d'illusions sur son efficacité.

— Si au moins nous pouvions faire du feu, gémit-elle. S'il approche de nous, nous ne l'entendrons même pas arriver !

Elle reprit sa reptation. La sueur accumulée dans ses sourcils lui piquait les yeux. De plus la transpiration semblait réveiller les propriétés corrosives de la suie, et des élancements lui dévoraient les pommettes.

— *De la lumière !* souffla-t-elle tout à coup. Nous approchons d'une sortie !

Aucune bise glaciale ne les accueillit cette fois. La galerie débouchait au ras d'une pelouse synthétique. Une grande villa blanche de style colonial s'élevait à une cinquantaine de mètres de la muraille, leur barrant l'horizon.

— Une unité d'habitation, chuchota Pumpkin, il va falloir jouer serré.

S'aidant des coudes, les deux fugitifs progressèrent sur le gazon mais aucun dispositif de sécurité ne semblait défendre les abords de la maison. Un bouquet de palmiers plastifiés se balançait mollement sur la gauche. Quelque part un oiseau chanta. À présent qu'ils se trouvaient en pleine lumière, les jeunes fuyards constataient à quel point ils étaient couverts de suie de la tête aux pieds et présentaient un aspect peu engageant.

— S'il y a un comité d'accueil, nous n'allons pas lui faire bonne impression ! observa Pumpkin en essayant d'épousseter ses vêtements.

— C'est maintenant que tout se joue, constata Sigrid ; ou bien ils nous accueillent à bras ouverts, ou ils nous remettent aux gardes du service d'hygiène de l'étage...

— Et dans ce cas ?

— Tout est à redouter. Ils peuvent décider de nous passer au lance-flammes ou de nous noyer dans une baignoire de désinfectant. Au choix...

Ils se redressèrent. Sous leurs pieds le gazon avait une consistance caoutchouteuse pour le moins bizarre.

— Nous raconterons que notre unité a été envahie par les termites, commença Sigrid, et que nous avons fui au hasard. C'est une histoire plausible, et tout le monde a peur des insectes. Avec un peu de chance, ils nous prendront en pitié.

— Et si nous restions cachés ? proposa le garçonnet.

— En attendant quoi ? De mourir de faim ? Nos provisions sont épuisées. Et si une patrouille nous découvre alors que nous essayons de nous dissimuler, on nous prendra pour des voleurs de fer !

— O.K. ! soupira le gosse. Que la chance soit avec nous.

Ils avaient traversé la moitié de la pelouse quand un feulement rauque leur glaça le sang dans les veines.

Le tigre était là, la tête pointant hors du tunnel. Son pelage jaune taché de suie donnait l'impression qu'il avait servi à ramoner une cheminée. Son museau se plissa sur un rugissement, dévoilant ses crocs humides. Les muscles roulaient sous sa fourrure, dessinant des bosses impressionnantes. Il se ramassa sur lui-même, puis bondit hors de la galerie et amorça un mouvement tournant. Ses yeux verts lançaient des flammes, puis ses pupilles se dilatèrent, annonçant l'imminence de l'attaque. Sigrid saisit la musette qui contenait leurs ultimes provisions et la jeta en direction de la bête qui fit un écart et se plaqua au sol, la queue battante.

— Cours à la villa ! commanda Sigrid. Essaye d'obtenir de l'aide !

Mais Pumpkin était figé, les membres raidis par la terreur, sourd à toute injonction. Sigrid s'écarta et fléchit les jambes, le crochet bien en main. Elle siffla entre ses dents, essayant d'attirer l'animal sur elle. La réaction ne se fit pas attendre. Un éclair jaune et noir passa au-dessus de la jeune fille qui s'était jetée à terre. Des griffes crissèrent sur sa cotte de mailles, entamant le vêtement d'acier. Levant le bras, elle frappa au hasard, la pointe du crochet se piqua dans la cuisse du félin qui fit un bond en arrière. L'odeur du sang emplit l'air. La bête soufflait avec colère, le mufle plissé. « Deuxième passage », songea Sigrid en se préparant au choc.

Cette fois elle se coucha sur la hanche, mais le crochet lui fut arraché des mains et resta planté dans le flanc du fauve. C'était une blessure sans gravité qui n'avait guère entamé que le cuir. Le tigre s'ébroua, tentant de se débarrasser du corps étranger qui lui battait les côtes, et reprit sa posture d'attaque. Ses griffes labouraient l'herbe synthétique, mettant la trame de la moquette à nu. Sigrid se sentait paralysée, incapable d'une quelconque initiative. « C'est fichu », pensa-t-elle en se redressant le plus lentement possible. Une flaque humide lui poissait le ventre, elle comprit que la cotte de mailles ne l'avait pas entièrement protégée. D'ailleurs cela n'avait plus guère d'importance puisque dans trente secondes elle serait morte...

Elle poussa un hurlement démentiel et tapa du pied, provoquant un sursaut du félin. C'était puéril. Depuis une minute un curieux bruit de métronome lui emplissait les oreilles. S'agissait-il des battements de son cœur ?

Le tigre se coula à terre. Ses cuisses vibraient comme des ressorts et ses pupilles dilatées ne quittaient plus la gorge de la future victime. Il s'envola d'une détente prodigieuse, griffes en avant, gueule ouverte. Comme dans un rêve Sigrid entendit un sifflement aigu déchirer l'air, puis quelque chose de blanc vola vers la tête de la bête féroce qui boula sur le sol, fauchée dans son élan par un projectile mystérieux. Le grand corps rayé de noir eut un sursaut puis les pattes se raidirent et la queue cessa de fouetter l'air pour retomber, inerte. Sigrid déglutit, essayant de retrouver l'usage de ses cordes vocales. Le bruit du métronome emplissait toujours ses oreilles.

— Il a eu le crâne défoncé ! balbutia Pumpkin d'une voix blanche. Quelqu'un lui a jeté une pierre !

Sigrid s'accroupit. Le front du tigre était enfoncé de plusieurs centimètres. Du sang accompagné de matière cervicale lui coulait par les narines. La fille aux cheveux bleus tendit la main vers le caillou qui avait roulé dans l'herbe et sursauta. Ce n'était pas une pierre mais une balle de tennis ! Une balle de tennis extraordinairement dure. Le tigre avait été tué par une *Moonlup spéciale compétition* ! C'était fou... Elle renonça à comprendre.

— En tout cas, ça venait de la villa ! précisa Pumpkin en touchant la sphère de caoutchouc dont le poids atteignait celui d'une boule de pétanque.

— Allons-y, décida Sigrid.

Pumpkin la prit par le bras pour la guider vers le mur de pierre blanche. Le danger passé, la douleur se réveillait sous la cotte de mailles de la jeune fille, lui brûlant le haut du ventre comme un fer rougi. À l'instant où les deux fugitifs atteignaient le portillon, une nouvelle balle fila au-dessus de leurs têtes avec un miaulement d'obus. Ils franchirent la clôture et s'immobilisèrent, frappés de stupeur.

Au milieu d'un court de tennis entouré de grillage, un homme en short et chemisette cinglait le vide à coups de raquette, expédiant avec une force prodigieuse des balles qui perçaient le filet, crevaient la résille de fer faisant le tour du terrain, et allaient se perdre hors de la villa. Sigrid reconnut l'androïde sportif récupéré par Waldo, le tennisman qu'un vice de fabrication avait condamné à la décharge. Imperturbable, le joueur mécanique plongeait la main dans sa poche à intervalles réguliers, en tirait un nouveau projectile, et le frappait d'un revers foudroyant.

Sans un mot, Pumpkin pointa le doigt en direction d'un corps affaissé dans un angle du court.

Sigrid identifia sans peine l'homme qui était venu rendre visite à Waldo, un dimanche matin, et avait marchandé l'achat des deux androïdes bricolés par le contremaître : le tennisman et le kinésithérapeute. Du sang maculait son polo, il étreignait contre son ventre une raquette brisée. Le sommet de son crâne avait disparu, laissant la place à une plaie béante. On eût dit un œuf à la coque à moitié mangé. Il avait connu la même fin que le tigre.

— J'en étais sûre ! grogna Sigrid. Je l'avais dit à Waldo. Ses tenseurs dynamiques sont fichus. En outre, il fabrique des *Moonlups* plus dures que la pierre.

— Quoi ? gémit l'enfant.

En deux mots elle expliqua à Pumpkin la provenance du joueur et le différend qui l'avait opposée au maître des ordures.

— *Une partie ?* proposa soudain la voix nasillarde de l'androïde qui se dirigeait vers eux.

Les jeunes gens battirent en retraite à l'instant même où le tennisman détraqué les bombardait d'un service d'une puissance effrayante. Sigrid sentit passer le souffle de la balle une seconde avant que celle-ci ne creuse un trou dans le mur.

— Vite ! hurla-t-elle. À la villa !

Ils prirent leurs jambes à leur cou tandis que de nouveaux boulets sifflaient autour d'eux, décapitant les palmiers nains, faisant exploser la vasque de la fontaine. À peine arrivés dans le hall, ils se jetèrent sur la porte dont ils tirèrent le loquet. Toutefois une autre *Moonlup spéciale compétition* creva le battant, faisant pleuvoir une gerbe de débris sur leurs épaules. Puis le battement de métronome ralentit son rythme, le robot se calmait.

— On dirait qu'il se « rendort »..., constata Pumpkin.

— Personne ne le lui reprochera ! soupira Sigrid.

Le hall était occupé par un jet d'eau parfumée. Un escalier de faux marbre conduisait aux étages supérieurs. Ils décidèrent d'explorer la maison. Elle était vide. Seul, dans une pièce attenant à l'une des trois salles de bains, le robot masseur continuait son ouvrage, achevant de broyer entre ses mains d'acier le corps d'une femme ensanglantée. Les mécaniques bricolées de Waldo avaient tué par deux fois.

— Alors ? interrogea Pumpkin qui attendait assis au sommet de l'escalier.

— Morts tous les deux, annonça Sigrid. La villa est isolée, un rideau de sapins artificiels la coupe du reste de la cellule d'habitation. Il s'agit sûrement d'une unité résidentielle appartenant à des gens riches. En tout cas personne n'est venu les visiter depuis un bon moment. Curieux.

— J'ai trouvé ça ! fit l'enfant en présentant sa main paume ouverte. Un insigne de la confrérie des médecins. Le bonhomme faisait partie de la caste des seigneurs de l'ascenseur. Pas d'implant. Droit de grimper à tous les étages...

— Le libre voyage, fit Sigrid, songeuse. Je me demande s'ils avaient des voisins.

— Tu ne préférerais pas dormir dans un vrai lit, ne serait-ce que pour une nuit ?

— D'accord.

Ils dénichèrent une seconde salle de bains dans l'aile sud de l'habitation. Abandonnant Pumpkin à son exploration, Sigrid se dépouilla de sa cotte de mailles en grimaçant. Bien qu'ayant beaucoup saigné, les blessures qui barraient son ventre en diagonale s'avérèrent superficielles.

Elle se doucha, improvisa un pansement avec le petit nécessaire de premiers soins de l'armoire à pharmacie. Puis elle sortit dans le couloir et ouvrit une à une les portes des chambres. Elle s'allongea sur le premier lit qu'elle trouva.

Elle sombra immédiatement dans l'inconscience.

12

Les barbares

Sigrid rêvait que le sifflet d'appel au travail retentissait tout près de son oreille et que Waldo l'injuriait en brandissant un énorme marteau. La sirène enflait, mugissait, couvrant les vociférations de l'éboueur dressé au sommet de la dune de ferraille.

Sigrid bondit dans son lit, hagarde. Le cri lui vrillait les tympans, provenant de la chambre voisine. Sans prendre le temps de s'habiller, elle fonça, ouvrit le battant à la volée et aperçut Pumpkin aux prises avec le robot masseur. L'androïde l'avait saisi par les pieds pendant son sommeil et lui pétrissait la chair avec la conscience professionnelle d'un hachoir à viande. Le petit garçon se débattait, s'accrochant aux rebords du matelas, ruant de toute la force de ses jarrets. Des stries rosâtres zébraient sa peau là où les mains du kinésithérapeute cybernétique s'étaient déjà posées. Encore deux minutes de ce traitement et il aurait l'allure d'un écorché ! Sigrid contourna la machine folle et abaissa l'interrupteur placé entre ses épaules. Le robot abandonna aussitôt son entreprise d'équarrissage pour se figer en un garde-à-vous réglementaire. L'enfant se palpa prudemment les jambes en ravalant ses larmes.

— Je crois qu'il avait dans l'intention de m'écarteler ! dit-il avec une grimace comique. Merci de lui avoir fait entendre raison.

— Oui, mais pour combien de temps ? grommela Sigrid. Quand je pense que Waldo était persuadé du bon fonctionnement de ces mécaniques ! Je vais perquisitionner la villa, tu m'accompagnes ? J'aimerais bien mettre la main sur une arme.

Ils remontèrent le couloir, se partageant la tâche, vidant tiroirs et armoires. Ils ne trouvèrent rien de satisfaisant. Les vêtements, trop larges, leur donnaient l'allure de gosses déguisés avec des oripeaux récupérés dans un grenier. Les dossiers du médecin ne contenaient aucun plan de la ville-cube.

— Cela nous aurait pourtant aidés, maugréa Pumpkin en enfilant une veste qui lui descendait jusqu'aux pieds.

Sigrid, elle, s'était rabattue sur un survêtement de

sport qui flottait sur elle comme un ballon dirigeable dégonflé. Ils s'examinèrent en fronçant les sourcils et éclatèrent de rire. Par bonheur le distributeur automatique de nourriture était resté branché et ils purent se restaurer sans problème.

— C'est tout de même étrange que personne n'ait découvert les cadavres, observa Sigrid la bouche pleine ; ils n'étaient tout de même pas les seuls à vivre dans cette unité !

— Pourquoi pas ! objecta Pumpkin. Certains grands personnages possèdent une cellule d'habitation pour leur seul usage.

— Dans ce cas la maison serait plus grande et située au milieu de l'unité, répliqua la jeune fille. Non, j'ai plutôt l'impression que nous nous trouvons à la périphérie d'un village résidentiel. Il y a probablement d'autres bâtiments du même type derrière le rideau de pins. Je crois que nous devrions explorer le terrain avec précaution. Je vais récupérer ma cotte de mailles.

Au moment où ils sortaient de la maison, les deux fugitifs se trouvèrent nez à nez avec le tennisman qui, de sa voix nasillarde, leur proposa « une partie »...

Ils durent battre en retraite sous une pluie de balles et filer par l'arrière.

Une petite allée coulait en pente douce jusqu'au

rideau de pins artificiels. Les bouches d'aspiration pointillant le plafond de la cellule de béton soufflaient un vent tiède et parfumé, chaque villa pouvait ainsi déterminer son environnement olfactif : odeur d'herbe coupée, de terre mouillée, d'algue, de vase.

Dès que Sigrid et le garçonnet s'engagèrent sous les basses branches, le tapis d'aiguilles crissa sous leurs semelles. Un oiseau s'envola avec un bruit de plumes très réaliste. Mais peut-être était-ce un véritable oiseau après tout ? Un petit square apparut avec ses bancs, sa fontaine et son kiosque vert.

— Attention ! murmura Pumpkin en désignant une voiture d'enfant immobilisée au milieu d'une allée.

Sigrid lui serra le poignet et s'immobilisa. Une femme se tenait près du landau, assise sur un banc elle leur tournait le dos, offrant à leur regard la montagne blonde d'un chignon vertical d'où s'échappaient quelques mèches rebelles. Elle ne les avait pas entendus venir.

Sigrid franchit les derniers mètres en essayant désespérément de mettre au point une formule de salutation. À la seconde où elle ouvrait la bouche les mots s'étranglèrent dans sa gorge. La femme était morte. Une flèche à empenne rouge l'avait clouée au dossier du banc.

— On a emporté l'enfant, constata Pumpkin après un coup d'œil au landau vide.

— *Les voleurs de fer !* siffla Sigrid. Ils ont envahi l'unité. Voilà pourquoi il n'y avait personne dans les rues. Ils peuvent nous tomber dessus d'une seconde à l'autre.

D'un même mouvement ils plongèrent dans les buissons bordant la route. Au bout d'une centaine de mètres ils atteignirent un bosquet surélevé offrant une vue plongeante sur l'étendue de l'unité.

La place du village était couverte de cadavres. Hommes et femmes s'étaient abattus, fauchés dans leur course par des volées de flèches empennées d'écarlate. Un peu plus loin des adolescents arborant des casques de bois emplissaient une charrette à l'aide d'objets de métal. Cela formait un amoncellement hétéroclite où se mêlaient casseroles et bicyclettes. « On dirait des Vikings occupés à piller un village », songea Sigrid. Une grappe d'enfants gémissants attendaient à l'écart, les mains liées dans le dos. On leur avait passé un nœud coulant autour du cou, les liant les uns aux autres comme des animaux.

— Nous sommes tombés en pleine razzia, chuchota la jeune fille ; les barbares récupèrent le métal et emmènent les gosses pour en faire des soldats. Dans quelques heures ils repartiront par où ils sont venus : la termitière. Il faut rester cachés jusque-là.

— Mon Dieu ! sanglota Pumpkin, le visage dans les mains, nous avons échoué...

Sigrid fronça les sourcils. De quoi parlait-il au juste ?

— À quel échec fais-tu allusion ? demanda-t-elle. Tu veux parler du complot auquel tu es mêlé ?

Pumpkin eut un petit geste d'exaspération et se détourna.

— Tais-toi ! cracha-t-il, tu ne peux pas comprendre !

Sigrid haussa les épaules, l'heure n'était pas à la discussion. Plus que jamais elle éprouvait le besoin de posséder une arme mais l'unité d'habitation en était sans aucun doute dépourvue, sinon les envahisseurs n'auraient pas aussi facilement remporté la victoire.

Les barbares n'avaient épargné personne. Des pendus se balançaient aux basses branches des arbres bordant la rue principale. Le saccage était à son comble ; des fenêtres explosaient sous la poussée des meubles basculés dans le vide, des vitrines éclataient. Un peu partout des ballots de ferraille s'entassaient. Les tenailles crissaient à tous les étages, arrachant poignées de portes, charnières, gonds. Les petites cuillères volaient dans les airs, lancées à pleins tiroirs, et ce butin dérisoire s'accumulait au niveau du sol en amas scintillants.

— Mais que veulent-ils enfin ? ragea Pumpkin.

— Du fer ! souffla Sigrid. Tu n'as pas encore compris ? Ils veulent de quoi fondre des armes, des cuirasses, des épées. On les a exilés dans un monde de bois il y a des décennies de cela, comme des irresponsables. Aujourd'hui ils se vengent. Les termites, en rompant l'étanchéité des cellules, leur ont permis de se répandre à travers les étages. Voilà le résultat... On dit qu'ils rêvent de conquérir les unités d'habitation les unes après les autres. Jusqu'à présent ils se contentaient de resquiller à droite à gauche et on les considérait comme des illuminés. Je crois qu'ils ont décidé d'aller jusqu'au bout de leur folie.

Ils se turent car un groupe d'hommes casqués remontaient l'allée. Ils portaient des carquois en bandoulière, des arcs et des dagues. Ces dernières révélaient un travail rudimentaire rappelant les armes des primitifs, elles n'en paraissaient pas moins redoutablement efficaces.

Sigrid serra les dents quand les bottes de la patrouille firent jaillir la poussière du sol à deux mètres d'elle. Il suffisait que l'un des pillards tourne la tête... Les cheveux orange de Pumpkin devaient faire une tache très repérable au milieu des feuilles ; quant à la cotte de mailles, elle luisait probablement comme les écailles d'un poisson exposé au soleil. Par bonheur, les soldats s'éloignèrent sans un regard.

— Ils vont dans la direction de la villa, souffla la jeune fille, un peu plus et ils nous cueillaient en plein sommeil.

Pumpkin eut un frisson de peur rétrospective.

— J'espère que le tennisman leur cassera la tête ! marmonna-t-il d'un ton plein de hargne.

Sur la place du village les membres du commando achevaient de fixer les sacs contenant le fruit de leur pillage sur de curieux traîneaux de bois. « Des luges de transport, songea Sigrid, ils les feront glisser au long des galeries. »

Les enfants furent pris en laisse par un géant bardé de plaques de fer qui se mit à les traîner comme des petites chiens.

— Leur départ est imminent, murmura-t-elle à son compagnon, encore un peu de patience et nous serons saufs.

Au moment où elle prononçait ces paroles, un poids énorme la cloua au sol. Elle entendit Pumpkin hurler, mais déjà une main de fer lui serrait la nuque.

— Alors ? ricana une voix grasseyante, tu vois bien que j'avais vu quelque chose ! Je l'égorge ?

— Non ! commanda une autre voix, regarde sa cotte ! C'est une éboueuse, elle a sûrement tué nombre des nôtres ; il ne faut pas qu'elle meure trop vite !

Les bras retournés dans le dos, poignets tirés à la hauteur des omoplates, Sigrid fut descendue sur la place du village. Avant qu'elle ait recouvré ses esprits on l'avait liée à un réverbère. Venus de toute part, des dizaines de poings s'abattirent sur son visage. Un ordre incompréhensible modéra enfin l'ardeur des assaillants et la grêle de coups s'arrêta. Tout de suite après des adolescents casqués entourèrent la prisonnière. Ils tenaient des torches crépitantes qui répandaient une odeur de résine. Dansant autour du réverbère, ils commencèrent à promener leurs brandons sur la cotte de mailles de Sigrid. Au début, la jeune fille ne sentit rien, puis le métal devint progressivement brûlant telle une casserole vide oubliée sur le feu, enserrant sa poitrine dans un carcan de flammes.

— Combien des nôtres as-tu tués ? hurlait-on à ses oreilles. Combien ? Dis, sale racaille d'éboueuse !

Le vêtement d'acier comprimait ses côtes, roussissant l'étoffe des habits. La fille aux cheveux bleus songea qu'une fois la mince couche de coton consumée, les anneaux rougis se plaqueraient en grésillant sur sa chair, le tatouant d'une multitude de croisillons noircis.

— Ça suffit ! commanda quelqu'un qu'elle ne voyait pas. Il faut la faire durer !

Les torches s'éloignèrent et le contenu d'un seau d'eau s'abattit sur sa poitrine avec un chuintement de vapeur. Elle perdit connaissance.

Lorsqu'elle émergea de l'inconscience, un peu plus tard, elle était toujours enchaînée au réverbère. Pumpkin était assis au bord du trottoir les pieds dans le caniveau et l'air désemparé.

« Ce n'est donc pas un robot, songea Sigrid. Sinon,

il m'aurait secourue. Même lorsqu'ils ont l'apparence d'un enfant, les androïdes possèdent une force surhumaine. »

La jeune fille jeta un rapide coup d'œil alentour. Le saccage continuait. On avait amené d'autres traîneaux, d'autres sacs.

« Ces barbares nous tueront lorsqu'il ne restera plus un gramme de fer à cet étage », songea amèrement Sigrid.

Au bout d'un moment, celui qui semblait être le chef de la horde réapparut, suivi de deux jeunes pillards remorquant les différents éléments d'une curieuse armure de bois.

— J'ai un cadeau pour toi ! ricana le « Viking ». Tu as déjà entendu parler du bois pyrophore ? Non, c'est évident. Toi, tu connais le métal, le plastique, le caoutchouc. Le bois c'était juste bon pour nous, les barbares, les dégénérés ! Nous allons t'offrir une petite leçon de sciences naturelles.

Il claqua des doigts. Aussitôt deux gardes se précipitèrent pour délier Sigrid. Sans lui laisser le temps de respirer, ses tourmenteurs entreprirent aussitôt de la cadenasser à l'intérieur de ce qui semblait être une cuirasse taillée dans un bois très dur et pourtant humide. Des vis grossières furent enfoncées aux jointures, scellant les deux moitiés de l'armure, puis un adolescent s'approcha et se mit à barbouiller chaque interstice avec une sorte de glu qui durcissait à vue d'œil.

— Plus moyen de t'en débarrasser ! ricana le chef. C'est une colle végétale qui résiste à tout. Quand nous aurons fini, tu ne feras plus qu'un avec ta carapace. Tu seras devenue une tortue humaine enfermée dans une coquille de bois !

Il éclata d'un rire tonitruant pendant que les pillards s'activaient, fixant bras et jambières à petits gestes précis. Rapidement, Sigrid comprit que le scaphandre dont on la recouvrait pesait très lourd, et qu'elle aurait les plus grandes difficultés à se redresser. La matière ligneuse, mal poncée, lui écorchait les épaules et les reins au point qu'elle avait l'impression d'être enfermée à l'intérieur d'un arbre. Le but de cette cérémonie lui échappait totalement.

— Nous destinions cette armure au chef de cette unité d'habitation, expliqua le barbare, mais nous l'avons trouvé mort sur son court de tennis, le crâne défoncé par le robot qui lui servait de partenaire.

Lorsque Sigrid fut harnachée comme un chevalier en partance pour les croisades, le « Viking » se pencha sur elle, les lèvres plissées par la haine.

— Comme je te l'ai dit, ce carcan a été taillé dans un bloc de bois pyrophore, un bois dont les fibres sont saturées de phosphore, une matière qui s'enflamme au contact de l'air dès que l'écorce commence à sécher, et que son taux d'humidité n'est plus assez élevé. C'est une sorte de bûcher de sorcière à retardement, si tu préfères !

Sigrid tressaillit.

— Tu devras t'asperger toutes les heures, reprit le barbare, sinon l'armure va sécher. Tu commenceras alors par ressentir des démangeaisons sur tout le corps, puis une impression d'échauffement. Enfin la cuirasse s'enflammera, te grillant comme un poulet dans un four ! C'est de cette façon que nous punissons nos criminels, en utilisant cette matière obtenue par greffes, bouturages et injections de phosphore. Nos pères étaient passés maîtres dans l'art d'utiliser le bois dans toutes ses applications !

Il fit un geste. Un jeune guerrier s'approcha et posa sur le sol un seau rempli d'eau. Sigrid essaya de s'asseoir mais le poids de la cuirasse la tenait clouée à terre. Sa gesticulation impuissante de tortue renversée sur le dos provoqua les rires de l'assemblée.

— Rappelle-toi ! cria le chef en s'éloignant, *toutes les heures !*

La place se vidait. Bientôt il ne resta plus au centre du village que Sigrid, Pumpkin et le seau.

Sigrid chercha Pumpkin des yeux. Le petit garçon était toujours prostré au bord du trottoir, grelottant de peur. Un hématome marbrait sa pommette gauche, comme si on l'avait giflé. Un instant, la jeune fille avait espéré que le gosse pourrait l'aider, se saisir du récipient et l'asperger à intervalles réguliers en attendant qu'ils aient trouvé une solution pour se débarrasser de l'armure de bois, mais son attitude lui laissait peu d'espoir. L'enfant paraissait en état de choc.

Les derniers pillards s'engouffrèrent dans le tunnel creusé par les termites, tirant leurs curieux chariots sur skis.

Pendant cinq minutes, Sigrid écouta décroître le raclement des luges chargées de métaux de récupération, puis le silence se réinstalla, seulement troublé par le murmure des ventilateurs jouant dans le feuillage des arbres. Elle tenta une nouvelle fois de remuer, s'écorchant la peau aux contours mal rabotés de la cuirasse. Il lui sembla que le bois était déjà moins humide et que des picotements naissaient sous ses aisselles.

— Pumpkin ! appela-t-elle. Ressaisis-toi ! Viens m'aider !

Elle banda ses muscles et parvint à se relever sur un coude. Elle se faisait l'effet d'une huître peinant pour s'arracher du rocher où elle est incrustée. Le seau, distant de quatre mètres, paraissait aussi inaccessible que l'horizon sur la toile peinte d'un décor de théâtre. Une autre traction lui permit de s'asseoir. Elle avait chaud. Anormalement chaud, sans pouvoir déterminer si cette élévation de température provenait de ses efforts ou de l'assèchement de l'armure. Le scaphandre de bois l'immobilisait plus sûrement qu'une chaîne et son boulet, il lui aurait fallu des heures pour empoigner l'anse du récipient salvateur, or elle ne disposait que d'un délai ridiculement court.

Sigrid se concentra sur le but à atteindre. À présent la sueur l'inondait de la tête aux pieds. Peut-être cette humidité corporelle ralentirait-elle l'assèchement de l'armure ? La jeune fille se jeta en avant, progressant d'une cinquantaine de centimètres. Toutes ses articulations lui faisaient mal et d'effroyables démangeaisons parcouraient ses reins. Avec horreur elle découvrit que les auréoles constellant la cuirasse diminuaient. Le bois était en train de prendre un aspect blanchâtre, sec.

— Pumpkin ! hurla-t-elle. Ça va bientôt flamber, secoue-toi, par pitié !

L'enfant ne répondit pas, ses yeux fixaient les choses sans les voir, comme l'aurait fait un somnambule.

« Finalement, songea-t-elle, c'est peut-être un robot, après tout. Les voleurs de fer l'ont bousculé – comme le prouve l'hématome qui marbre sa joue – et il est tombé en panne... »

Elle n'eut pas le temps d'y réfléchir davantage, car des brûlures fulgurèrent sur sa peau. Elle plissa les narines, humant l'air. Une odeur de poudre montait de l'armure. Un relent de linge oublié sous un fer à repasser et qui commencerait à roussir.

Elle ferma les yeux. C'était la fin, dans deux

minutes les fibres allaient se mettre à craquer de façon menaçante, des étincelles parcourraient la surface de la cuirasse, des flammèches qui laisseraient çà et là des marques de suie ; puis les premières flammes perceraient le bois tels des feux follets...

Tout à coup Pumpkin parut revenir à la vie, comme si la panne momentanée qui l'avait immobilisé s'était enfin autoréparée. Il empoigna le seau et en renversa le contenu sur sa compagne. Immédiatement, la sensation de brûlure qui dévorait la peau de Sigrid diminua.

Pumpkin se passa la main sur le visage et tenta de sourire.

— Excuse-moi, balbutia-t-il. J'ai disjoncté. Je ne suis pas habitué à côtoyer tant de violence. Je me suis réfugié dans mon univers intérieur. C'est un processus d'autohypnose que m'a enseigné mon professeur de yoga.

Disait-il la vérité ? Sigrid demeurait dubitative.

« Pourquoi les barbares ne l'ont-ils pas emmené avec les autres gosses ? se demanda-t-elle. Ont-ils compris qu'il s'agissait d'un robot... ou bien l'ont-ils pris pour un enfant anormal incapable de faire un bon guerrier ? »

Les deux fugitifs restèrent un long moment face à

face, puis le garçonnet entreprit de saisir Sigrid sous les aisselles et de la relever. Ce fut assez difficile mais la jeune fille parvint à tenir debout, adossée contre un mur. Sans prendre le temps de souffler Pumpkin courut remplir le récipient. Il semblait avoir recouvré sa vivacité habituelle.

— Il faudra le garder à portée de la main, haleta-t-il, du moins tant que nous n'aurons pas réussi à scier cette fichue coquille.

— Ce ne sera pas facile, observa Sigrid ; un coup de lame un peu appuyé et je serai découpée en même temps qu'elle !

Pumpkin haussa les épaules.

— De toute façon nous n'avons pas le temps de nous en occuper maintenant. Il faut filer au plus vite.

— Mais pourquoi ? Les voleurs de fer ne reviendront pas, et...

— Il ne s'agit pas de ça, coupa l'enfant. Mais tous les habitants de l'unité sont morts, il n'y a aucun survivant. Nous ne comptons pas puisque nous n'appartenons pas à ce niveau. En tant qu'étrangers, les détecteurs vont nous assimiler à des virus. L'ordinateur d'étage va conclure à une épidémie, comprends-tu ? L'ancienne programmation est toujours en vigueur, rien n'a changé depuis l'époque des guerres bactériologiques ! Très rapidement les détecteurs de palpitations cardiaques vont constater que 100 % des rythmes enregistrés se sont brusquement éteints.

Dans la mémoire des cerveaux électroniques cela ne peut signifier qu'une chose : *épidémie galopante*. Dans ce cas de figure il n'existe qu'une seule réponse appropriée : la désinfection générale...

— Mais..., bredouilla Sigrid.

— Sais-tu ce qu'implique la désinfection totale d'une cellule contaminée ? martela Pumpkin. Une pluie d'acide pour désintégrer les cadavres et les objets, le terrain entièrement balayé au lance-flammes par les robots du service de prophylaxie. Pendant deux mois un arrosage permanent de désinfectant et de détersif. Après quoi l'ordinateur central décrétera cette unité à nouveau habitable, on y transplantera les habitants d'un étage surchargé. Comment veux-tu que nous survivions à un tel traitement ?

— Je ne savais pas, balbutia Sigrid ; mais comment faire ? Si nous reprenons le chemin de la termitière, nous risquons de retomber sur les voleurs de fer, en outre je ne pourrai pas me déplacer tant que je serai prisonnière de cette carapace !

Pumpkin hocha la tête. Sigrid s'aperçut qu'il examinait le plafond.

— J'ai peur de la pluie d'acide, expliqua l'enfant ; je ne sais pas au bout de combien de temps le processus se déclenche. À certains étages on utilise une mousse dissolvante qui recouvre le paysage de ses flocons, comme de la neige, et digère tout...

Sigrid s'agita, mal à l'aise.

— Il n'y a qu'une solution, décida Pumpkin, les locataires de cette unité étaient des privilégiés nantis du pouvoir de libre circulation, *l'accès à l'ascenseur n'est donc pas protégé.* Il faut nous y engouffrer avant que les portes n'en soient bloquées, ce qui arrivera dès le début de la désinfection.

— Mais l'armure ? L'eau ? s'inquiéta Sigrid.

— Il y en aura dans l'ascenseur, répondit Pumpkin. Les cabines de première classe sont toujours équipées d'un cabinet de toilette.

Glissant le bras droit de la jeune fille par-dessus ses épaules, l'enfant lui fit prendre le chemin de la cabine de transport. Sigrid avançait pas à pas, poussant un pied après l'autre, attentive à ne pas perdre l'équilibre. « Pluie d'acide », les mots dansaient dans son crâne, éveillant des échos d'épouvante.

Ils traversèrent le village. Malgré les efforts de Sigrid, leur avance prenait l'allure de ces courses de cauchemar où le rêveur s'enlise sans parvenir à gagner un mètre sur ses poursuivants. Ils étaient couverts de sueur et n'échangeaient plus une parole. Par moments, Pumpkin relevait la tête et jetait un furtif coup d'œil en direction du plafond. Signe inquiétant, les ventilateurs avaient cessé de tourner. L'armure semblait peser de plus en plus lourd sur les épaules de la jeune fille et elle avait la curieuse sensation d'être enfermée au creux d'une armoire. Les jambières, non articulées, paralysaient ses genoux, la contraignant à adopter une démarche de pantin. Elle aurait voulu se hâter, mais la crainte d'un faux pas la retenait d'accélérer. Si elle basculait, Pumpkin mettrait plus d'un quart d'heure à la relever et ils ne pouvaient se permettre pareil contretemps.

Ils sortirent du village par un chemin en pente douce bordé de pierres blanches. Un grand nombre de cadavres occupaient la chaussée. Des hommes et des femmes qui, paniqués, avaient tenté de rejoindre l'ascenseur pour échapper aux pillards. Les flèches empennées de rouge les avaient fauchés en pleine course.

— On arrive ! hoqueta Pumpkin d'une voix presque inaudible.

La porte à hublot de l'élévateur dessinait un rectangle jaune vif sur la paroi de béton. Sigrid n'eut pas la force de répondre et se contenta de battre des paupières. Il leur fallut encore une vingtaine de minutes pour atteindre le mur et presser sur le bouton d'ouverture. Le battant chuinta en coulissant, révélant l'intérieur de la cabine. C'était un cube spacieux de 35 mètres carrés, équipé pour les voyages à longue distance. Des fauteuils de cuir avaient été disposés en demi-cercle autour d'une table.

Sigrid se laissa choir sur l'un d'eux pendant que la porte se refermait. Pumpkin resta debout, le front appuyé au hublot. Son visage luisait de transpiration. « Si sa peau sécrète de la sueur c'est qu'il est humain, songea Sigrid. À moins qu'il ne s'agisse d'un subterfuge habile. »

— Ça y est ! déclara l'enfant. Il pleut...

Il disait vrai. De grosses gouttes jaunes mitraillaient à présent le toit des maisons, les arbres et les corps étendus. La pluie s'abattait dans un concert de grésillements sinistres. Les pelouses se dissolvaient, les cadavres fondaient comme des poupées de cire. Les habitations bouillonnaient en sifflant tels des morceaux de craie aspergés de vinaigre. L'enfant se détourna. Des cernes de fatigue soulignaient ses yeux. Il se força à sourire et entreprit l'inventaire de l'ascenseur.

Un placard vitré dissimulait une douche dont l'eau véhiculait un puissant désinfectant, des tiroirs disposés çà et là contenaient des alcools, des cigares ainsi qu'une impressionnante quantité de sandwiches surgelés. Il y avait aussi des livres et des couchettes pliables, un projecteur et une pile de films enregistrés sur microdisques. On se serait cru dans la cabine de luxe d'un navire de croisière intergalactique.

— Les libres voyageurs aiment leurs aises ! observa Sigrid ironique.

— Tu sais, personne ne connaît vraiment la hauteur de la ville ! fit distraitement Pumpkin. On raconte que certains étages sont si éloignés qu'il faut parfois trois heures de course pour les atteindre. Personne n'a envie de rester debout pendant un tel trajet.

Le petit garçon se laissa tomber sur un siège.

— En attendant, ton problème d'humidité est résolu, soupira-t-il en désignant la douche ; jusqu'à un certain point, du moins. La cabine doit être équipée d'un réservoir dont elle fait le plein à chaque escale.

— Combien de temps pourrons-nous tenir ?

— Je ne sais pas, quatre jours. Cinq ou six en nous rationnant, mais le réservoir sera vide d'ici là, et s'il ne se remplit pas automatiquement, tu te retrouveras dans une position délicate...

Pumpkin se tut et se dirigea de nouveau vers le hublot. Une vapeur jaunâtre masquait à présent le paysage, mais l'averse continuait son œuvre purificatrice, gommant les formes une à une. Bientôt il ne resterait plus de la cellule résidentielle qu'une plaine de béton désertique.

— Il va falloir prendre une décision, fit-il en regardant Sigrid dans les yeux ; descendre ou monter d'un étage, car nous ne pourrons pas rester ici plus d'une semaine.

Sigrid crispa les doigts sur les accoudoirs du fauteuil.

— Dès que l'ascenseur va bouger, mon implant sera activé, dit-elle d'un ton sourd ; tu le sais bien.

Que je monte ou que je descende, l'effet sera le même : la paralysie, l'électrocution, la mort... Je ne pourrai pas.

— Il faudra choisir, répliqua durement Pumpkin, car si nous restons à ce niveau nous mourrons de faim.

13

Au pays du bifteck

Depuis trois jours Sigrid vivait encastrée dans la cabine de douche, ne dormant que d'un œil. Dès que les picotements annonciateurs d'embrasement lui dévoraient les aisselles et le ventre, elle tendait la main vers le robinet, ouvrait la vanne et laissait pleuvoir sur la cuirasse une dizaine de litres d'eau. Cette besogne accomplie, elle retombait dans sa torpeur. Le climat à l'intérieur de l'ascenseur s'était dégradé, Pumpkin ne lui adressait plus la parole, jugeant son entêtement ridicule.

Dehors une averse d'alcool avait succédé à la pluie

d'acide, il ne restait du village et de ses habitants qu'un amas de poussière grise.

— Bientôt les lance-flammes achèveront de purifier l'unité, avait expliqué l'enfant, et la chaleur va devenir intenable. Nous allons rôtir vifs dans cette cabine !

Sigrid savait que le gosse avait raison (d'ailleurs les provisions seraient bientôt épuisées). Pourtant, à la simple idée d'enfoncer le bouton de descente, elle sentait une sueur glacée lui couvrir le front. Elle ne se faisait aucune illusion, dès que l'ascenseur bougerait l'implant enregistrerait la différence de niveau, et des ondes électriques vrilleraient sa moelle épinière, lui faisant subir des dommages irréparables. Tous ceux qui avaient tenté de passer outre à l'interdiction de changer d'étage avaient fini leur vie dans une chaise roulante (c'est du moins ce que n'avait cessé de lui répéter Waldo, le chef éboueur). Et encore s'agissait-il des cas les plus optimistes, mieux valait ne pas parler des fuyards qu'on découvrait au fond des élévateurs, tordus par les spasmes, ne touchant le plancher que de la tête et des talons. La plupart mouraient, la colonne vertébrale rompue à force de convulsions.

Pumpkin prétendait qu'en cas de descente, la réaction de l'implant serait moins forte, le bathymètre[1] incorporé réagissant plus lentement qu'au cours d'une élévation, mais Sigrid n'était guère convaincue.

---

1. Appareil mesurant la profondeur.

Parfois, la nuit, elle songeait à Waldo, au chantier de récupération. Tout cela lui semblait si lointain aujourd'hui. Comme un rêve, vivace à l'instant du réveil, et qui s'efface au fur et à mesure que passent les heures. Que faisait-elle avec Pumpkin ? À quel complot le gosse se trouvait-il mêlé ? Y avait-il un rapport avec les voleurs de fer ?

— Plus tu attends et plus ta condition physique se délabre, observa le garçonnet, la fatigue te rendra le choc encore plus difficile à supporter. Crois-moi, il faut risquer le tout pour le tout sans tarder !

Hélas, la fille aux cheveux bleus ne parvenait pas à se décider.

Le cinquième jour, la douche cessa de fonctionner, résolvant le problème à sa place. Désormais il fallait trouver de l'eau coûte que coûte avant que l'armure de bois pyrophore ne prenne feu. Pumpkin l'aida à s'extraire du recoin destiné aux ablutions et l'allongea sur le sol.

— La cuirasse va te protéger, expliqua-t-il ; elle forme un corset qui contiendra les convulsions. Emprisonnée comme tu l'es, tu ne pourras pas te casser les reins.

Par mesure de précaution, il glissa entre les dents de Sigrid un morceau de mousse arraché au rembourrage d'un fauteuil, immobilisant ainsi ses mâchoires.

Quand tout fut prêt, l'enfant s'avança vers le pupitre de mise en marche et s'absorba dans la contemplation des boutons. C'était l'instant crucial. Les chiffres gravés dans le métal ne signifiaient rien pour Sigrid. Qui logeait au trente-huitième étage ? Au trente-septième ? Au... ? Des amis ? Des ennemis ?

De toute manière, le voyage se devait d'être bref, dans le cas contraire, Sigrid aurait peu de chances de survivre à l'épreuve.

D'un commun accord ils décidèrent de descendre d'un niveau, ce qui représentait un voyage d'un quart d'heure. Pumpkin esquissa un petit geste d'encouragement à l'intention de la jeune fille... et enfonça un bouton sur le pupitre de contrôle.

Tout de suite, Sigrid fut traversée par un formidable élancement. C'était comme une aiguille de feu qui l'aurait transpercée des reins au nombril, faisant d'elle un papillon piqué sur une plaque de liège. Des décharges électriques contractaient ses muscles à un rythme de plus en plus rapide. Sans la carapace de l'armure, elle se serait tordue jusqu'à se briser les reins.

Obéissant à une mécanique invisible, ses mâchoires s'ouvraient, se refermaient, de plus en plus vite, broyant le tampon de caoutchouc mousse. Une main géante lui tirait la tête en arrière, pliant sa nuque selon un angle insensé. Elle crut que ses vertèbres allaient céder, s'éparpiller comme les perles d'un collier dont le fil vient de se rompre. Elle hurla. Penchée au-dessus d'elle, Pumpkin remuait les lèvres mais Sigrid, tout à ses tourments, ne comprenait pas ses paroles. La douleur augmentait de minute en minute, puis, soudain, elle bascula dans un trou noir vaste comme le cosmos.

Lorsqu'elle reprit conscience, Pumpkin tentait de la hisser sur le plateau d'un miniporteur à chenilles. Il faisait noir. En se redressant sur un coude, Sigrid vit la cabine de l'ascenseur briller d'une lumière jaune incongrue à une dizaine de mètres de l'endroit où elle se tenait. Elle était étendue sur un trottoir de béton, le dos appuyé au train chenillé d'un véhicule de levage. Pumpkin haletait, les cheveux collés sur le front par la transpiration.

— On a réussi ? demanda Sigrid sans trop y croire.

L'enfant lui mit un doigt sur les lèvres.

— Oui, mais ne parle pas si fort, chuchota-t-il. Ici c'est la nuit. Je ne sais pas où nous sommes, je vais essayer de trouver une cachette en attendant le jour.

Tant bien que mal la jeune fille réussit à s'installer à l'avant du tracteur électrique. Son corps n'était plus qu'une masse douloureuse.

Pumpkin manœuvrait l'engin avec habileté, se faufilant au milieu des ombres chinoises dessinées par un invraisemblable fouillis de canalisations. À chaque carrefour une veilleuse bleue jetait une tache vacillante, éclairant une perspective de tuyaux rouillés et de vannes géantes.

— Qu'est-ce que c'est ? s'inquiéta Sigrid en cherchant le regard de son petit compagnon.

— Un système d'irrigation probablement, expliqua l'enfant. Je crois que nous sommes dans une unité de production alimentaire. Une des vingt cellules qui nourrissent la ville-cube en permanence.

Ils plongèrent dans le tunnel, louvoyant entre les flancs oxydés des pipe-lines.

Au bout d'une dizaine de minutes, ils bifurquèrent en direction d'un parking jalonné de bacs de métal disposés à intervalles réguliers. Dans chacun des récipients bourgeonnait une masse molle et sanguinolente, qui ressemblait à un cactus géant de chair crue.

— De la viande artificielle, annonça l'enfant, des protoplasmes de synthèse. On prend une cellule de bœuf et on la force à se reproduire par prolifération accélérée. Avec dix centimètres carrés de chair initiale, on peut nourrir ainsi toute une population.

Une odeur fade montait des bacs. Sigrid se pencha, examinant la boule informe et palpitante. Il lui semblait voir les cellules se scinder à toute vitesse, se multiplier, grouiller, s'amalgamer les unes aux autres sans but précis, sans architecture, et elle se sentit gagnée par la nausée.

— En théorie, le procédé permet de vaincre définitivement la famine, reprit Pumpkin à voix basse. Il suffit de quelques échantillons de tissus animaux conservés par congélation pour alimenter une ville entière pendant des siècles. En réalité les choses sont moins roses, car plus les cellules prolifèrent, plus elles perdent leur pouvoir nutritionnel. On peut ainsi obtenir des biftecks de trois ou quatre cents kilos mais leur apport calorifique est voisin de zéro, ce qui revient à fabriquer du vent. On stoppe généralement la croissance du bourgeon à cent cinquante kilos, mais certains producteurs trichent pour gagner de l'argent et jettent sur le marché une viande anémiée. Il a fallu instaurer des contrôles sévères.

Il se tut et enfonça l'accélérateur.

Ils croisèrent deux robots qui circulaient entre les cuves, mais les automates ne prêtèrent aucune attention aux fugitifs. Pumpkin avisa un petit hangar désaffecté et y engagea le tracteur. C'était un cube de tôle rouillée. Des poutrelles avaient cédé, provoquant un effondrement partiel du toit. Un robinet gouttait dans un coin. L'enfant finit par découvrir un vieux bidon grâce auquel elle put humidifier la cuirasse de Sigrid qui s'asséchait dangereusement.

— Dès demain, il faudra trouver des outils, murmura le gosse en se laissant tomber sur le sol ; en finir avec cette coquille...

— Il n'y avait pas de gardes à la sortie de l'ascenseur ? demanda Sigrid.

— Non, répondit Pumpkin, mais ça n'a rien d'étonnant, c'était une cabine de seigneurs. On ne surveille jamais ce type d'ascenseur.

Le petit garçon se recroquevilla, les genoux au menton, la tête dans les bras.

— Réveille-moi dans une heure, ordonna-t-il, j'irai voler de la viande et des légumes hydroponiques. Je ne sais pas combien de temps il nous faudra rester cachés.

Sigrid tenta de bouger pour trouver une position plus confortable, y renonça et reporta son regard à l'extérieur par une déchirure de la tôle. La nuit artificielle ne permettait pas de se faire une idée des dimensions de l'unité. Une grappe de points lumineux semblaient indiquer la présence d'une ville.

Elle ferma les yeux. La douleur fourmillait par tout son corps, déferlant en vagues régulières. Elle n'osait pas remuer de peur de découvrir qu'elle était paralysée.

Un peu plus tard, Pumpkin se coula dans l'obscurité, seulement armé d'un couteau de poche.

Il réapparut une heure après, serrant contre sa poitrine un énorme fragment de viande flasque et quelques fruits. Ils mangèrent en silence. La viande était faisandée[1] et les baies fades.

— Quelque chose ne marche pas ici ! constata Pumpkin. Ou les installations sont défectueuses, ou les techniciens inaptes, mais ces produits sont impropres à la consommation.

Comme les autres nuits, Sigrid ne dormit que d'un œil, son bidon d'eau à portée de la main, s'aspergeant dès que l'échauffement de l'armure devenait insupportable.

Elle vit l'aube se lever dans le halo bleuté de la première couronne de projecteurs fixés au plafond, mais elle dut attendre avant de pouvoir distinguer les limites de l'unité d'habitation. C'était une « boîte » gigantesque longue de près d'un kilomètre, haute de 300 mètres. Le plafond en avait été peint en bleu ainsi que les quatre murs, et de gros nuages dessinés au pochoir s'étalaient à l'« horizon », donnant à ce paysage industriel une fraîcheur factice. Au milieu s'élevait la ville avec ses tours de verre, ses buildings. Le moutonnement vert d'un parc artificiel la ceignait de toutes parts, l'isolant de la jungle de tuyaux et de réservoirs qui tissaient au ras du sol un labyrinthe aux relents d'abattoir.

Lorsque Pumpkin s'éveilla, les projecteurs annonçaient midi, pourtant – curieusement – la cité ne don-

1. En voie de pourrissement.

nait aucun signe d'effervescence. De rares ouvriers traînaient entre les rangées de bacs, les mains dans les poches, désœuvrés. Sigrid en fit la remarque à son jeune compagnon qui fronça aussitôt les sourcils.

— Il se passe quelque chose d'anormal, observa l'enfant en scrutant les alentours, on dirait que l'exploitation tourne au ralenti. Personne ne s'occupe des cultures biologiques. C'est comme si la production avait été stoppée.

— On dirait qu'ils attendent, nota Sigrid, un ordre ou une décision importante...

Jusqu'au soir, le paysage ne se modifia guère. Des groupes se formaient, discutaient avec de grands gestes, puis se séparaient, l'air sombre.

— Une grève ? interrogea Sigrid qui se rappelait avoir lu le mot dans un vieux roman.

Pumpkin haussa les épaules.

— Impossible ; les robots du service d'ordre ne le permettraient pas.

Vers le soir, toutefois, une vague de panique parut déferler sur la ville. Une foule hirsute commença à se masser le long des faubourgs, envahissant les rues. La distance étouffant les cris, cette fuite massive paraissait se dérouler dans un silence irréel, comme au ralenti.

Pumpkin grimaça.

— Je n'aime pas ça, murmura-t-il. On dirait que quelqu'un vient de donner un coup de pied dans une fourmilière. Il va peut-être falloir filer. Je vais essayer de trouver des outils pour en finir avec cette armure.

Il disparut, laissant Sigrid en proie à une affreuse angoisse.

Il revint enfin, porteur d'un laser de découpage dont les ouvriers d'entretien se servaient couramment pour les travaux de tôlerie, et d'une trousse à outils.

— Je n'ai rien pu apprendre, haleta-t-il en déballant son attirail, les installations sont pratiquement désertes. On dirait que tout le monde a pris la fuite !

Sigrid l'écoutait d'une oreille distraite, la vue du minuscule canon laser la faisait frissonner. Pour découper la cuirasse, Pumpkin devrait régler la longueur du rayon au millimètre près. Une simple erreur de manipulation, un geste inconsidéré, et le trait de feu lui ouvrirait la poitrine en grésillant, cisaillant les os comme de la guimauve.

Le jeune garçon estima approximativement l'épaisseur du bois et régla le rayon au minimum. Cela donnait une flamme bleu électrique guère plus haute que celle d'un antique briquet à gaz, mais dont le pouvoir de pénétration dépassait tout ce qu'on pouvait imaginer.

Sigrid serra les dents, elle se sentait dans la peau d'une tortue dont on va scier la carapace.

Pumpkin lui jeta un bref coup d'œil.

— Il va falloir que tu asperges la cuirasse pendant toute la durée de l'opération, murmura-t-il, sinon la chaleur du rayon va l'assécher en dix secondes et elle prendra feu.

Sigrid hocha la tête sans répondre, incapable d'articuler une parole.

Pumpkin se pencha, collant le canon de la scie laser sur le bois rugueux. La flamme rectiligne entra comme dans du beurre et Sigrid éprouva une impression de brûlure diffuse entre les clavicules. La main du gosse se déplaçait rapidement vers le bas tandis que Sigrid déversait le contenu du bidon à un rythme régulier assurant à l'armure un taux d'humidité acceptable. L'écorce pétillait, s'ouvrait au passage de la scie en une blessure aux lèvres noircies.

Lorsqu'il eut atteint la base de la cuirasse, Pumpkin s'attaqua aux jambières. Sigrid retenait son souffle, s'attendant à ce que la lame de feu fasse fondre ses muscles au moindre faux mouvement.

Quand chaque partie du carcan fut fendue dans le sens de la hauteur, Pumpkin se saisit d'un pied de biche, le glissa dans l'entaille et pesa de tout son poids. La coquille éclata avec une détonation sèche, criblant d'échardes les reins de la jeune fille qui ne put retenir un cri.

Sans prendre le temps de souffler, l'enfant renouvela l'opération sur chacun des membres, et le corps de Sigrid apparut enfin à l'air libre, marbré de brûlures et d'hématomes divers. Pumpkin saisit la jeune fille par les épaules pour l'entraîner à l'écart.

Une odeur de soufre leur sauta aux narines tandis qu'une multitude de crépitements montaient des tronçons épars de la cuirasse asséchée. L'armure s'embrasa dans un craquement de bûcher. Une flamme jaune fusa vers le plafond et lécha les tôles du hangar. Pumpkin et Sigrid s'étaient reculés, fuyant le brasier dont le rayonnement leur cuisait la peau et leur roussissait les cheveux.

Durant trois minutes ils eurent l'illusion d'avoir élu domicile dans la cheminée d'un haut fourneau, puis, aussi rapidement qu'il s'était déclaré, l'incendie cessa, les noyant dans une bouffée de fumée. Le sol et les parois avaient été badigeonnés d'une épaisse couche de suie. Il ne restait rien de la carapace de bois qui s'était entièrement consumée, mais la chaleur dégagée avait gondolé la tôle du hangar.

Une fois à l'extérieur, ils constatèrent qu'ils souffraient tous deux de brûlures au premier degré sur les avant-bras, les cuisses et les épaules. De plus Sigrid présentait d'impressionnantes colonies de cloques là où les échardes fichées dans sa chair s'étaient enflammées en séchant.

Couverts d'estafilades et de suie, ils offraient une image peu reluisante, aussi le premier souci de Pumpkin fut-il de partir à la recherche d'une prise d'eau.

Ils n'eurent aucun mal à trouver ce qu'ils désiraient. Un baraquement réservé au personnel de surveillance leur offrit le service de ses cabines de douches. Une fois nettoyés, ils firent main basse sur des vêtements de travail accrochés au flanc d'une roulotte.

— Il faut savoir ce qui se passe, attaqua aussitôt Pumpkin, nous ne pouvons pas rester plus longtemps dans le flou.

— J'ai bien l'impression qu'il s'agissait d'émeutes, observa Sigrid qui grimaçait à chaque pas, une révolte est-elle envisageable ?

Pumpkin fit la moue.

— Je n'y crois pas.

Traversant le complexe de production désert, ils atteignirent les premiers fourrés de la forêt artificielle. Situé sur une colline, le bois dominait quatre routes disposées en étoile, et dont chacune reliait la ville à l'entrée d'un ascenseur géant.

— Des monte-charge réservés aux transports industriels, expliqua Pumpkin en baissant la voix ; des cabines énormes conçues pour acheminer la viande vers les autres unités d'habitation.

— On dirait que toute la population de l'étage a l'intention de s'y engouffrer, observa Sigrid. C'est idiot. Où pourraient-ils aller puisque aucun d'entre eux n'appartient à la caste des libres-voyageurs ?

— Je ne sais pas, avoua l'enfant. Tu as raison, c'est bizarre.

Pour l'heure, les routes étaient encombrées par une multitude de voitures encastrées les unes dans les autres. Les hurlements des klaxons explosaient sur ce champ de bataille en une cacophonie insupportable. Abandonnant leurs véhicules, les hommes fuyaient comme des fourmis, traînant dans leur sillage un invraisemblable amoncellement de bagages qu'ils finissaient par laisser choir au bout de quelques mètres. Submergés, les robots du service d'ordre tentaient d'organiser les fuyards en groupes distincts, mais la foule débordait de chaque côté de la route, escaladait les talus, galopant vers les ascenseurs en une course folle.

— J'ai bien peur que nous ne soyons fourrés dans un sacré pétrin, observa Pumpkin ; la réponse se trouve probablement en ville.

Sigrid se figea.

— Et si c'était une épidémie ?

Elle eut l'impression que son petit compagnon lui décochait un coup d'œil ironique, aussi préféra-t-elle ne pas insister.

« Ce gosse est vraiment trop intelligent pour son âge, songea-t-elle. Mais peut-être s'agit-il d'un surdoué... »

Se déplaçant entre les troncs, les deux fugitifs prirent la direction de la cité déjà aux trois quarts vide.

Ils débouchèrent enfin dans un petit square agrémenté de jets d'eau. Des paquets éventrés jonchaient les rues, vomissant vêtements et bibelots. Les traînards zigzaguaient au milieu de ce parcours accidenté, essayant de ne pas trébucher sur un sac à main, une mallette oubliée, et le bruit de leur course se répercutait le long des façades de la ville morte comme les derniers battements d'un cœur qui s'éteint.

Sigrid fut gagnée par une désagréable sensation d'angoisse. Au centre d'une petite place ils avisèrent enfin une affiche jaune encore gluante de colle.

LOI DE L'ENCLUME proclamaient les deux premières lignes. Sigrid leva les sourcils en signe d'incompréhension.

Pumpkin, lui, devint blême.

— La loi de l'enclume ! haleta-t-il à bout de souffle, nous ne pouvions pas tomber plus mal ! Il aurait encore mieux valu rester en compagnie des voleurs de fer !

La jeune fille sentit un frisson glacé lui râper l'échine.

14

La loi de l'enclume

Au même moment, un homme de haute taille déboucha d'une rue voisine. Il portait des lunettes et avait les cheveux coupés très court.

— Hé ! lança-t-il, vous n'êtes pas d'ici, j'en mettrais ma main à couper. Vous débarquez d'un autre étage, n'est-ce pas ? Mauvaise idée ! Il fallait vous arrêter n'importe où sauf ici. Je suis désolé de vous apprendre que vous venez de débarquer en enfer... Oh ! à propos, je m'appelle Dorian, et je suis un condamné à mort...

— Moi c'est Pumpkin, fit l'enfant, cette jeune fille est mon professeur d'hygiène, elle se nomme Sigrid. Pouvez-vous nous expliquer ce qui se passe ici ?

— Oui, c'est très simple, soupira l'homme en passant nerveusement la main dans ses cheveux. Cette unité d'habitation a été condamnée à la pire des sanctions parce que la viande qu'elle produisait n'était plus d'assez bonne qualité.

— La loi de l'enclume est une très ancienne punition, expliquait Dorian. Elle a été conçue pour écraser dans l'œuf toute tentative de rébellion ou manque de productivité. C'est un glaive suspendu au-dessus de chaque unité de fabrication. Le Directoire nous en menaçait à chaque baisse de production.

— Qu'est-ce qui s'est passé ? interrogea Sigrid.

Ils étaient assis, à la terrasse d'un café au beau milieu de la ville fantôme, et ce spectacle avait quelque chose de surnaturel. Dorian fit la moue.

— Un virus probablement. Le pouvoir nutritif de la viande que nous fabriquons est tombé de plus en plus bas. Certains jours il aurait fallu en manger une centaine de kilos pour obtenir la valeur calorifique d'un œuf dur. Malgré tous nos efforts, la courbe n'est pas remontée. En haut on a commencé à nous accuser de sabotage délibéré, de complot. Les choses ont empiré, puis la sentence s'est abattue comme un couperet : *loi de l'enclume.* Quelle panique !

— Je voudrais bien comprendre ! intervint Sigrid. En quoi consiste exactement le châtiment dont vous parlez ?

Dorian se renversa sur sa chaise et pointa un doigt au-dessus de sa tête.

— Vous voyez le « ciel » ? Je veux dire : le plafond ? Eh bien, au cours des jours qui viennent, il va s'abaisser chaque heure un peu plus, jusqu'à toucher terre. Il va descendre vers nous, comme un marteau-pilon, écrasant les maisons, les installations, aplatissant les forêts, les ponts, tout ce qui se dresse au-dessus du sol. L'unité entière va se transformer en enclume. Le plafond est monté sur d'énormes vérins hydrauliques dont rien ne peut ralentir la course. Cette punition a cela d'exemplaire, qu'elle frappe l'imagination des foules, terrorise les femmes et les enfants. Ceux qui ont vécu cela une fois n'ont aucune envie de recommencer. Quand on ramènera la population de cette cité, on l'abandonnera au milieu d'une plaine de décombres avec ordre de tout reconstruire, de repartir à zéro. Et croyez-moi, cela sera fait en un temps record ! On rivalisera de zèle. Dans six mois l'unité fonctionnera à plein rendement.

— Mais où sont passés les autres habitants ? demanda Sigrid.

— Les ouvriers et leurs familles ont été autorisés à trouver refuge dans les ascenseurs. Leur implant a été momentanément désactivé pour leur permettre de survivre au voyage. Les cabines vont s'élever de deux ou trois étages et s'immobiliseront, portes verrouillées, le temps que le plafond touche le sol, après quoi ils auront le droit de revenir ici.

— Mais combien sont-ils ? s'étonna la jeune fille. Les cabines sont donc si vastes ?

— Oui, elles servent au transport des pièces de viande, mais il ne faut pas se leurrer, beaucoup mourront étouffés ou piétinés.

— Mais vous, pourquoi n'êtes-vous pas avec eux ?

— Moi ? Je fais partie des ingénieurs condamnés. Le Directoire a jugé notre conduite suspecte. Lors de l'évacuation on n'a pas désactivé nos implants, ce qui nous interdit de grimper dans les ascenseurs et de prendre part à la fuite. Nous devons rester là, attendre que le ciel nous tombe sur la tête. À nous de nous débrouiller pour survivre.

— C'est possible ?

— Nous allons rapidement le savoir puisque nous sommes tous trois sur le même bateau. L'unité est totalement isolée, coupée du reste du monde. Derrière les portes d'accès aux ascenseurs c'est le vide. Des puits de plusieurs kilomètres. Les cabines, elles, ne redescendront qu'une fois la sentence exécutée.

— Vous êtes seul ? interrogea Pumpkin.

— Non, nous devons être une vingtaine de condamnés. Tous responsables de haut niveau. Pour l'instant ils se terrent, mais une fois le choc passé vous les verrez sortir. Je connais le processus, j'ai déjà survécu à un laminage.

— Comment ?

— Par miracle. Une faille dans le sol, une crevasse. Je m'y suis jeté au moment où le plafond frôlait mes cheveux. Je suis resté là une journée entière, dans l'obscurité, à écouter la terre et les gravats s'ébouler autour de moi. Un vrai miracle.

L'ingénieur s'ébroua comme s'il désirait chasser les miasmes d'un mauvais rêve.

— Venez, lança-t-il d'un ton faussement joyeux, nous allons écumer les magasins pour vous vêtir. Ensuite nous essaierons de manger.

Il entraîna les fugitifs dans une boutique de luxe, insistant pour qu'ils choisissent des toilettes d'apparat. Sigrid se retrouva bientôt engoncée dans une robe « haute couture », les pieds gainés de fins escarpins, avec l'impression de vivre une illusion. Le spectacle de la cité déserte ôtait toute réalité aux actes. Elle en arrivait à oublier les blessures qui constellaient son corps. Une heure plus tôt, alors qu'elle s'était plainte, Dorian avait pénétré dans une pharmacie, bousculé les étagères pour finir par brandir triomphalement un tube de comprimés analgésiques. Depuis, ils remontaient l'avenue principale, s'arrêtant dans tous les bars, y expérimentant chaque fois un nouveau cocktail. Peu habituée à l'alcool, Sigrid sentait son équilibre devenir précaire.

— Tout cela est puéril, ricanait Dorian qui jouait à présent les barmen en agitant un shaker d'argent, mais il n'est pas mauvais de satisfaire quelques fantasmes ! Qui n'a jamais rêvé de faire ce que nous faisons en ce moment ?

Ils échouèrent dans les salons d'un hôtel des plus luxueux et Sigrid fut heureuse de trouver enfin un lit pour s'écrouler.

15

La fin du monde au troisième top...

Lorsqu'ils reprirent conscience, la fausse euphorie de la veille s'était dissipée. Silencieuse et vide, la ville leur parut lugubre. Ils demeurèrent prostrés sur un banc, dans un jardin public, les yeux fixés sur le mince jet d'eau d'une fontaine. Sigrid grelottait, fiévreuse. Les vêtements de Pumpkin étaient froissés, ce qui lui donnait l'allure d'un Pinocchio sinistre. Quant à Dorian, il semblait avoir le plus grand mal à contrôler le tremblement de ses mains.

Ils restèrent ainsi jusqu'à une heure avancée de la matinée, n'osant lever la tête vers le ciel, puis ils reprirent leur déambulation. Sigrid découvrit un homme pendu à un réverbère, Pumpkin une femme suicidée dans les toilettes du restaurant où ils avaient fait halte pour prendre un café. Tous deux étaient de proches collaborateurs de Dorian. L'ingénieur ne prononça pas un mot, mais devint blême. La fête était finie.

Un peu plus tard ils dépassèrent un groupe d'hommes en costume-cravate qui tentaient vainement de défoncer le sol à l'aide de marteaux piqueurs.

— Ils veulent se creuser un abri, commenta Dorian, mais ils perdent leur temps, personne n'a jamais réussi à entamer le béton des cellules d'habitation. Je doute d'ailleurs qu'il s'agisse de béton. Plutôt un matériau réfractaire conçu pour résister à toutes les agressions mécaniques, et sur lequel les lasers entrent en réverbération grâce à une multitude de billes de verre noyées dans la masse, des prismes spécialement traités pour...

Il se tut, conscient de bavasser comme un perroquet. Émergeant d'une rue perpendiculaire, un inconnu se traînait sur la chaussée, se déplaçant comme un reptile, le ventre collé à l'asphalte, les bras et les jambes à demi fléchis. Sigrid nota avec stupeur qu'il avait la tête recouverte d'un sac en papier opaque, un sac d'emballage sur lequel s'étalait en lettres rouges le nom d'un grand magasin. À présent l'homme rampait avec difficulté, zigzaguant sur le trottoir sans but précis. Son costume n'avait pas résisté à l'usure d'une reptation prolongée et ses coudes et ses genoux salis pointaient hors de l'étoffe trouée.

— Vous allez en voir d'autres ! ricana l'ingénieur en notant la surprise de ses compagnons. Ce sont nos hommes lézards. Quand la sentence a été rendue publique, certains condamnés ont tenté de bricoler leur implant, ou de le faire désactiver par un médecin véreux. Si l'opération avait réussi, ils auraient pu se faufiler dans les ascenseurs avec les ouvriers, sans crainte de mourir un étage plus haut ! Malheureusement ces manipulations chirurgicales ont échoué, et les systèmes d'autodéfense des implants ont privé les fraudeurs du sens de l'équilibre. Ils ne peuvent plus se tenir debout. Certains même se contorsionnent jour et nuit, incapables de déterminer le haut et le bas. D'autres ne supportent plus la vue des grands espaces sans vomir, et doivent s'enfermer la tête dans un sac pour retrouver un monde à leurs dimensions. Nous appelons ça « le complexe du terrier ». Le vertige ! Ils vivent au cœur d'un vertige permanent. Pour eux, être assis sur une chaise équivaut à se tenir en équilibre sur le parapet d'un pont enjambant un abîme sans fond. Atroce.

Trois minutes plus tard, ils butèrent sur un second malade, recroquevillé, lui, au fond d'un tonneau métallique ayant jadis contenu du goudron. Il avait les yeux bandés.

— D'autres s'enferment dans leur frigidaire, commenta Dorian d'un ton désabusé.

Vers midi, un épouvantable crissement leur fit lever la tête. Sigrid sentit son ventre se nouer en réalisant que le « ciel » était à présent si bas qu'il venait de tordre la grande antenne émettrice se dressant au sommet de la maison de la radio.

— Ce soir le plafond touchera le toit des immeubles, constata Pumpkin d'une voix sombre. Dorian, avez-vous projeté quelque chose ?

— Oui : boire un verre en votre compagnie, et même plusieurs !

Sigrid s'efforça de discipliner sa respiration pour lutter contre le flux de panique qui se répandait en elle. Le fatalisme de l'ingénieur l'horrifiait. Elle pensait, bien sûr, à l'ascenseur qui les avait amenés ici. Pumpkin aurait pu l'emprunter pour s'enfuir...

« Moi, c'est impossible, songea-t-elle. Seule l'armure de bois m'a empêchée d'avoir les reins brisés. Maintenant qu'elle a brûlé, plus rien ne me protégerait des convulsions, ma colonne vertébrale se romprait au bout de trente secondes. »

Comme la veille, ils s'assirent à la terrasse d'une brasserie et burent en silence. De l'endroit où elle se tenait, Sigrid pouvait voir les cuves de production du complexe industriel. La viande, que plus personne ne récoltait, continuait de bourgeonner, s'épanouissant en énormes champignons de chair crue au milieu du réseau de canalisations. On eût dit qu'une forêt de muscles écorchés avait entrepris de pousser au-dessus des réservoirs. Son estomac menaça de chavirer. Dorian, qui avait avalé plusieurs whiskies, somnolait. Pumpkin se leva, repoussant rageusement sa chaise, et arpenta la place.

— Si seulement tout avait été au point, murmura-t-il comme pour lui-même.

Sigrid s'approcha.

— Que veux-tu dire ? interrogea-t-elle.

L'enfant eut une imperceptible hésitation puis lâcha :

— Je pensais aux termites.

Sigrid fronça les sourcils, ne comprenant pas à quoi le gosse faisait allusion. Soudain la lumière se fit dans son esprit.

— Tu veux dire que le complot... ? balbutia-t-elle.

Pumpkin haussa les épaules.

— Oui, soupira-t-il. À quoi bon faire des secrets au point où nous en sommes ! Les termites sont une création artificielle. *Notre création.* Tout est parti d'un petit groupe d'entomologistes en désaccord avec le gouvernement. Un hasard au cours d'une expérience a fait d'eux des comploteurs. Des conjurés. Tu vois comme ça paraît simple à dire ! Mes parents en faisaient partie. À l'époque, ils travaillaient sur des insectes congelés, des animaux semblables au tigre qui a failli nous dévorer. Mon père a découvert le moyen de développer certains insectes, de les faire muter de manière qu'ils attaquent le béton ! C'est ainsi que sont nés les mangeurs de murailles.

— Mais pourquoi ?

— Pour rompre l'isolement, bien sûr ! Pour en finir avec le système des compartiments, du cloisonnement ! Tu n'en as pas assez de vivre dans une prison, dans une cellule ? Entre quatre murs ? Dans un premier temps, leur objectif était d'établir le contact entre plusieurs unités situées au même étage. Les termites en forant leur tunnel ouvriraient des routes, des circuits de communication. Dans l'esprit de mes parents, les gens allaient se découvrir, fraterniser, s'unir.

— Mais toi, quel était ton rôle là-dedans ?

— Je servais d'agent de liaison. Je transportais des messages, des produits chimiques, des larves de termites mutants. En tant qu'enfant vedette, il m'était facile de circuler d'un étage à l'autre. Je te l'ai déjà dit, on m'invitait partout. J'étais insoupçonnable. Je jouais à merveille mon rôle de petit crétin souriant, de farfadet chantant. Hélas, les choses ont mal tourné...

— Comment ça ?

— Tu le sais bien ! Les gens ont eu peur d'emprunter les galeries, de partir à l'aventure. Le système du cloisonnement, la crainte des épidémies les tenaient cloués sur place. Seuls les voleurs de fer ont compris l'avantage qu'ils pouvaient retirer des tunnels ! Ils ont utilisé les nouvelles voies de communication ainsi créées pour satisfaire leur soif de vengeance, pour se répandre d'unité en unité et se livrer au pillage. Qui plus est, les termites ont fini par échapper à notre contrôle. Ils ont cessé de répondre et d'obéir aux stimuli radio qui nous permettaient de les guider. Ces fichus insectes se sont mis à creuser dans tous les sens, transformant la ville en gruyère...

Sigrid se laissa tomber sur le bord du trottoir, éberluée.

— Tes parents étaient sûrement animés de bonnes intentions, observa-t-elle, mais ce sont tout de même des rêveurs ! Ils ont déclenché un sacré foutoir !

— C'est ce qu'ont dit ceux qui les ont dénoncés, murmura Pumpkin en baissant les yeux. Le complot a été découvert. Mon père, ma mère et tous leurs compagnons ont fini dans les incinérateurs des cimetières de robots et...

Sa voix s'étrangla sous les sanglots. Sigrid l'attira contre elle et le serra dans ses bras.

— Rien ne sert d'en discuter, soupira-t-elle, maintenant il est trop tard puisque le processus est enclenché.

— Mes parents avaient coutume de dire que rien ne différenciait cette ville d'un pénitencier, et que nous en étions les prisonniers volontaires, dit Pumpkin.

— Tu peux encore t'enfuir, souffla Sigrid. Puisque tu es un libre-voyageur tu peux sauter dans l'ascenseur qui nous as amenés ici et filer vers un autre étage.

L'enfant se blottit contre elle.

— Non, haleta-t-il. Je ne veux pas te quitter. J'en ai assez de fuir, j'en ai assez d'être tout seul.

Un craquement menaçant l'interrompit. Le « ciel » venait de toucher le toit du plus haut building, la tour du Comité de contrôle, broyant les cheminées de ventilation, écrasant le trentième étage.

Dorian sursauta dans son fauteuil, s'éveillant enfin.

— Ça va plus vite que je ne le pensais ! grogna-t-il en bâillant.

Très loin au-dessus d'eux des vitres explosèrent sous la pression, faisant pleuvoir dans la rue un déluge de verre brisé. Pour la première fois depuis leur arrivée, Sigrid sentit la peur la paralyser. Pumpkin lui serra le bras.

— Il n'y a que les termites qui pourraient nous sortir de là ! haleta-t-il contre sa tempe.

Puis se tournant vers l'ingénieur :

— Dorian, avez-vous eu à souffrir à un moment ou un autre d'une incursion de termites ?

— Non, répondit l'homme, on nous a fait passer

une note à ce sujet, mais les détecteurs n'ont jamais rien signalé. Je pense qu'il s'agit d'une légende...

— Il faut vérifier ! coupa Sigrid. Faire le tour de l'unité en longeant la paroi. Si par miracle un insecte avait réussi à s'infiltrer à votre insu nous pourrions profiter du tunnel qu'il a creusé.

— Je ne pense pas que les miracles se produisent sur commande ! se moqua l'ingénieur. Enfin, si vous y tenez... De toute façon, il faut bien se donner l'illusion de faire quelque chose !

Ils eurent beaucoup de mal à trouver un véhicule, et encore plus à sortir de la ville tant les accès en étaient encombrés. Pendant deux heures ils longèrent la muraille sur ses différentes faces. En vain. Le béton était partout intact. Pour finir, la voiture tomba en panne sèche et ils durent rejoindre la cité à pied, à travers le dédale des canalisations et les bourgeons de viande dont certains commençaient à atteindre la dimension d'une petite colline.

Dorian secoua la tête.

— Les probabilités sont assez faibles pour qu'au cours des prochaines heures « vos » termites viennent percer une galerie sous notre nez, comme ça, par hasard ! Pour nous faire plaisir !

Sa plaisanterie tomba à plat. Le jour diminuait. Comme les réverbères s'allumaient les uns après les autres, ils décidèrent de se rendre dans un restaurant où l'on pouvait trouver des plats tout préparés. Mais une fois attablés, ils réalisèrent qu'ils n'avaient pas faim. Dorian se remit à boire pour oublier la peur et finit par sombrer dans une torpeur alcoolique qui l'abattit sur la table. Sigrid quitta le restaurant, et s'immobilisa au milieu d'un passage clouté. Elle enrageait de se trouver réduite à l'impuissance. Ce n'était pas dans sa nature d'attendre passivement qu'une catastrophe lui tombât dessus.

— Il faut trouver un plan ! rugit-elle les yeux étincelants de fureur contenue. Nous ne pouvons pas nous laisser aplatir comme des crêpes !

Quelque part dans la nuit un pan de mur s'éboula. La ville se défaisait lentement sous la pression du plafond qui continuait à descendre.

— Dès que les immeubles vont s'écrouler, la situation va devenir intenable, observa la jeune fille ; il faudra se garder de tous les côtés, nous serons écrasés par les décombres bien avant que le plafond ne nous atteigne !

— Je sais, murmura Pumpkin, mais j'ai beau me creuser la cervelle, je ne vois pas ce que nous pourrions faire, à part sauter dans l'ascenseur qui nous a amenés ici et filer vers un autre étage, mais cela te tuerait. C'est déjà un miracle que tu aies survécu au premier voyage.

— Tu pourrais t'échapper, toi, répéta Sigrid, puisque tu n'as pas d'implant... Rien ne t'oblige à rester ici.

— Non, je ne t'abandonnerai pas, souffla l'enfant en glissant sa main dans celle de la jeune fille.

— Cet après-midi tu parlais de contrôle radio ? dit pensivement Sigrid. Tes parents téléguidaient les termites ?

— Oui, répondit le petit garçon, au début. Mais ça n'a pas marché. Les insectes ont rapidement cessé d'obéir. Rien à espérer de ce côté-là...

Sigrid cracha, dépitée. Une seconde, elle aperçut leurs reflets dans la vitrine d'un grand magasin : elle en robe du soir décolletée jusqu'au nombril, lui en smoking rose et nœud papillon phosphorescent. Tous deux arrêtés au beau milieu d'un passage clouté, grotesques.

— Allons dormir ! soupira Pumpkin en pivotant sur ses souliers vernis. Et prions pour que l'inspiration nous vienne en rêvant.

Sigrid pénétra dans l'immeuble qui se dressait juste à côté du restaurant, pressa un bouton au hasard et s'installa dans le premier appartement dont la porte voulut bien s'ouvrir. Une fois étendue sur le lit, elle ne put toutefois trouver le sommeil tant les révélations du gamin tournaient dans sa tête. Ainsi les termites avaient été conçus pour devenir les instruments d'un complot ! Ces bêtes qui dévoraient les assises de la ville, tuaient tous ceux qui les approchaient, avaient eu pour mission de tirer un trait d'union entre les cellules, de faire découvrir aux hommes du cube les joies de la communication ! La chose aurait pu faire rire si les conséquences de la conjuration n'avaient pas été aussi dramatiques.

Quant aux voleurs de fer, si par malheur l'un d'entre eux trouvait une quelconque astuce pour neutraliser les implants, la tribu en furie ne se contenterait plus de coloniser un étage mais partirait bel et bien à la conquête des niveaux supérieurs ! Bloquer ou rappeler les ascenseurs ne servirait à rien puisque les barbares pourraient désormais emprunter les galeries creusées par les insectes.

Sigrid s'agita. Le fracas d'un éboulement tout proche l'arracha à ses pensées. Le plafond poursuivait sa descente, achevant de pulvériser la tour du Comité de contrôle. Elle n'arrivait pas à se persuader qu'elle allait mourir.

Elle se redressa d'un coup de reins, renversant la lampe de chevet dont l'ampoule explosa, produisant un éclair éblouissant. Sigrid tâtonna le long du mur pour localiser l'interrupteur commandant le plafonnier. La lumière revint. La jeune fille se pencha pour ramasser les débris de la lampe, elle remarqua alors que la gaine plastique recouvrant le câble d'alimentation avait en partie fondu sous l'effet du court-circuit, dévoilant un double toron de fil de cuivre. Elle s'immobilisa, frappée par la foudre. *Le fil de cuivre !* Pourquoi n'y avoir pas pensé plus tôt ? Se ruant hors de la chambre, elle dévala l'escalier de service, se rua dans la rue, criant le nom de Pumpkin à tue-tête.

L'enfant dormait sur un banc, près d'une fontaine. Sigrid le secoua pour le réveiller. En haletant elle lui exposa sa découverte. Comme le gosse la regardait, interdite, elle insista :

— Mais oui, bon sang ! *Le fil de cuivre !* Quand je travaillais à la décharge, Waldo disait toujours que les termites en raffolaient et qu'ils étaient capables de le sentir à travers un mur de dix mètres d'épaisseur ! Tu ne comprends pas ?

— Je crois que si..., balbutia le gosse. Si tu as raison nous tenons peut-être là le moyen de...

Ils s'empressèrent d'aller trouver Dorian. L'ingénieur s'éveilla en maugréant, peu convaincu de l'utilité d'une telle agitation. Sigrid s'empressa de le mettre au courant.

— Si nous réussissons à amasser contre un mur un tas de cuivre suffisant pour éveiller la gourmandise d'un insecte, nous avons une petite chance que celui-ci se mette aussitôt à forer un tunnel dans notre direction...

— Tu es sûre de cette histoire de cuivre ? interrogea Pumpkin les yeux brillants.

— Waldo en parlait tout le temps, répondit la jeune fille. Qu'est-ce qu'on risque à tenter le coup ?

Ils se tournèrent vers Dorian, lui demandant s'il serait capable de localiser les différents stocks de l'unité ; l'ingénieur les orienta vers la compagnie d'électrification. Il leur fallut ensuite se procurer un camion, ce qui exigea d'interminables recherches. Dans les entrepôts de la maintenance, ils mirent la main sur une dizaine de rouleaux de câble qu'il leur fallut charger. Par bonheur un robot magasinier se trouvait là qui put effectuer la besogne sans problème.

Lorsqu'ils quittèrent le hangar, leurs vêtements empestaient la transpiration. Les mains crispées sur le volant, Dorian zigzaguait à travers la ville en quête d'une sortie qui ne fût pas bloquée par un amoncellement d'épaves.

— Il aurait fallu ausculter les murs au sonar, haleta-t-il en s'essuyant le front d'un revers de manche, essayer de déterminer si l'un d'eux montrait les symptômes d'une présence interne. Cela nous aurait évité de pêcher au hasard...

— Vous avez ce qu'il faut ? coupa Sigrid.

L'autre haussa les épaules.

— Il y avait du matériel au vingtième étage du Comité de contrôle, si tu avais eu ton éclair de génie ne serait-ce que ce matin...

Sigrid faillit répondre vertement qu'elle, au moins, n'avait pas passé son temps à se saouler pour oublier sa peur, mais elle se contint. L'atmosphère était déjà assez tendue, il ne servait à rien de jeter de l'huile sur le feu.

Le camion, trop chargé, faillit verser dans un virage.

Sigrid jura, provoquant la colère de l'ingénieur. Une seconde ils furent à deux doigts de s'envoyer des gifles ; heureusement, Pumpkin les sépara. Ce fut l'enfant qui choisit l'un des murs, au hasard. Le robot déchargea les rouleaux en vingt minutes et reprit sa place dans le véhicule.

— Et maintenant ? aboya Dorian.

— Il faut continuer ! martela Sigrid. Écumer toute l'unité pour ramener le plus de cuivre possible. Plus l'appât sera important, plus nous aurons de chance d'éveiller la gourmandise des termites.

Ils grimpèrent dans le camion et prirent la route de la fabrique de viande.

— Il y a pas mal de tuyauterie ou de conducteurs en cuivre, grommela Dorian, des plots d'électrolyse aussi, mais tout ça épars. Il faudra chercher.

Ils passèrent la nuit au milieu du dédale de canalisations, tordant, cisaillant. Les mains constellées d'ampoules. Rien ne comptait plus que ces quelques mètres de conduits, ces câbles, ces fils. Sigrid s'ébouillanta l'avant-bras en coupant un serpentin. Un peu partout des liquides vitaux s'échappaient, formant des flaques poisseuses aux puissantes odeurs animales.

— Nous sommes en train de foutre en l'air tous les bacs à viande, maugréa l'ingénieur, dans deux heures tous les bourgeons seront pourris ! Attention alors à la puanteur !

Sigrid eut un coup d'œil inquiet pour la colline de chair crue qui les surplombait, puis se remit à l'ouvrage.

Au matin ils avaient rassemblé un plein camion de ferrailles diverses. Ils souffraient tous de multiples coupures et se trouvaient au bord de l'épuisement. Ils allèrent décharger leur moisson au pied de la muraille puis s'effondrèrent sur l'herbe artificielle du talus. Autour d'eux le cuivre répandait son odeur aigrelette. Ils s'endormirent.

La première chose que Sigrid remarqua en ouvrant les yeux, fut le ciel. Bas. *Terriblement bas.* Il lui sembla qu'en grimpant sur une échelle elle pourrait toucher les nuages du bout des doigts. Dorian et Pumpkin dormaient toujours. La jeune fille s'assit. Derrière elle, la ville avait horriblement souffert et seuls les immeubles de moins de cinq étages étaient encore debout. Un peu partout des moignons de béton dressaient leurs éboulis. Elle se mordit les lèvres. Au-dessus d'elle l'immense surface bleu azur du plafond paraissait pourtant immobile. Qu'étaient devenus les autres condamnés ? Était-il encore temps de les prévenir ? Mais les prévenir de quoi ? Elle lutta contre l'envie d'aller coller son oreille contre la muraille. De toute façon elle n'aurait rien entendu. Des relents de putréfaction montaient du complexe industriel où la viande, abandonnée à elle-même, prenait l'aspect d'une petite montagne ; elle préféra ne pas regarder dans cette direction.

Pumpkin leva enfin la tête.

— Alors ? s'enquit-il.

— Rien pour le moment, souffla Sigrid. Mais il vaut mieux s'éloigner. Si la bête arrive, elle ne goûtera sûrement pas notre présence.

— Tu as raison.

Ils réveillèrent l'ingénieur, puis grimpèrent dans le camion pour rouler jusqu'au carrefour.

— La pêche ne semble pas donner grand-chose ! ricana Dorian en passant le dos de sa main sur ses joues bleues de barbe.

Personne ne daignant lui répondre, il s'enfonça dans un silence maussade.

— Combien de temps nous reste-t-il ? interrogea Pumpkin.

— Guère plus d'une douzaine d'heures..., grommela l'ingénieur.

Comme pour ponctuer ses paroles, un immeuble explosa sous la pression du plafond. Partout des façades basculaient tels de grands décors de carton-pâte, soulevant des nuages de poussière. Rendu fou par l'angoisse et l'alcool, un homme zigzaguait au volant d'un camion de pompiers dont la longue échelle coulissante jetait des reflets étincelants. Une embardée plus hasardeuse que les autres arrêta le véhicule en travers de la route, moteur calé et pneus fumants. Sans se démonter, le conducteur bondit hors de l'habitacle et courut à l'arrière où il manipula les commandes de levage. Avec lenteur, la grande échelle se dressa alors à 70 degrés, faisant coulisser ses différents tronçons les uns sur les autres. Sous les yeux hébétés de Sigrid le dernier segment vint buter contre le plafond. Déjà l'homme s'était lancé à l'assaut des échelons. Il ne s'aidait que de sa seule main droite, la gauche restant crispée sur l'anse d'un seau métallique qu'il remorquait avec peine. Dès qu'il fut arrivé au sommet, il plongea l'avant-bras dans le récipient et l'en ressortit, brandissant un gros pinceau englué de peinture noire. Le spectacle avait quelque chose de fascinant, et, durant quelques secondes, Sigrid retint sa respiration. Debout, au sommet de l'échelle, l'inconnu dont la tête frôlait le gigantesque plafond, s'appliquait à tracer de grosses lettres au milieu des nuages. Instinctivement la jeune fille pensa à ces gamins qui couvrent de graffiti les lieux publics. Ici, un homme écrivait son nom sur le ciel. C'était complètement fou !

Sigrid tourna la tête. Bientôt il ne resterait de la ville qu'un amas de pierres consciencieusement broyées, des voitures compressées, réduites à l'état de flaques métalliques... Toutefois, lorsque le plafond reprendrait sa position initiale, le nom badigeonné à la peinture noire subsisterait, lui, s'étalant au milieu des nuages comme un témoignage. Une accusation.

Deux heures plus tard, le ciel était encore descendu de six mètres. Pumpkin se serra contre Sigrid. La jeune fille aurait voulu trouver des mots de consolation pour le réconforter mais le vacarme des éboulements était tel qu'il aurait fallu hurler pour se faire entendre. La cité craquait de toutes parts, laminée, compressée. Les installations métalliques du centre de production se pliaient lentement sur elles-mêmes telles des boîtes de soda qu'on écrase sous le talon. Aplatis par la pression, les bourgeons de viande évoquaient l'image de ballons prêts à éclater : lisses, tendus, brillants. Sigrid se sentait glacée, le cerveau vide.

La première montagne de viande explosa, projetant une pluie de sang et de matière organique dans un rayon de 500 mètres. Pumpkin et Sigrid se retrouvèrent inondés de débris. La route elle-même avait pris une teinte écarlate comme sous l'effet d'une gigantesque hémorragie.

— Par tous les dieux de la galaxie ! grommela la jeune fille, voilà qu'il pleut des hamburgers !

À présent le ciel les surplombait de six ou huit mètres, et l'impression d'étouffement devenait intolérable. Les jeunes gens coururent vers le camion, dérapant sur l'asphalte gluant. Dorian leur ouvrit la portière. Il était pâle, et de grands cernes mauves soulignaient ses yeux. Ils s'écroulèrent sur les sièges, incapables d'aligner deux pensées cohérentes.

— Je crois que c'est le moment, hurla l'ingénieur en fouillant dans la poche poitrine de sa chemise ; vous en voulez ?

Il leur offrit sa paume où brillaient de petites capsules translucides.

— Cyanure de potassium, expliqua-t-il en détachant les syllabes ; un poison extrêmement efficace. On meurt en cinq secondes.

Sigrid prit l'une des pilules.

— Vous la cassez entre vos dents, commenta Dorian en glissant la pastille de verre dans sa bouche ; c'est un truc foudroyant, ça vaut mieux que de finir écrabouillé, croyez-moi !

— Regardez ! cria soudain Pumpkin. Regardez !

L'enfant frappait sur le tableau de bord pour attirer leur attention. Droit devant eux, à la hauteur de l'amoncellement de cuivre, la muraille avait brusquement changé de couleur. Une tache blanche se découpait sur le béton, chaque seconde plus nette, pour prendre l'aspect d'un cercle parfait. Le mur se mit à fondre dans une pluie d'étincelles et les pièces buccales broyeuses de l'insecte émergèrent au milieu d'un nuage de suie à l'odeur âcre.

— Le termite ! cria Sigrid. J'avais raison, il est venu !

Ils vociféraient tous en chœur, trépignant comme des gosses, s'embrassant à pleine bouche. Ils durent toutefois rapidement déchanter car l'énorme bête restait vautrée en travers du passage, leur interdisant l'accès du tunnel. Les sécrétions acides dégoulinaient de ses mandibules, creusant des cratères fumants dans le sol. Ses pinces se tendirent vers les rouleaux de cuivre. Sigrid se mordit les lèvres. Il était totalement impossible de s'avancer vers le monstre sans éveiller son attention, encore plus de se glisser dans son dos pour gagner la galerie fraîchement ouverte.

Au-dessus d'eux le plafond tout proche grinçait effroyablement.

— Descendez ! commanda brusquement Dorian. On va lui envoyer le robot porteur !

Ils sautèrent sur le sol et coururent vers l'androïde de levage qu'ils programmèrent, les doigts tremblants. La grosse machine fila sur ses chenilles, les bras tendus. Sigrid savait qu'un tel engin pouvait soulever des charges incroyables sans le moindre problème, mais elle se méfiait des termites. Elle n'avait pas tort. À peine le robot était-il arrivé à proximité de l'insecte qu'un jet d'acide le frappa de plein fouet et ouvrit un trou dans sa cuirasse, rongeant fils et circuits. Avec un hoquet, l'androïde zigzagua pendant une dizaine de secondes, puis bascula dans le fossé au milieu d'un concert de crépitements.

Dorian jura.

— Bon sang ! cracha-t-il en se frappant le front, on a encore une chance ! Le camion ! Je vais heurter cette saloperie de plein fouet. Une fois lancé, rien ne pourra arrêter un engin aussi gros, écartez-vous, je vais prendre du champ.

Il se rua au volant et démarra en marche arrière sans même fermer la portière. Sigrid nota avec un serrement de cœur que le « ciel » touchait presque le toit du véhicule. Dans quelques minutes il serait trop tard, le plafond pèserait de tout son poids sur le camion, enfonçant les roues dans l'asphalte et l'empêchant par là même de rouler.

Il y eut un hurlement de vitesses malmenées puis le véhicule surgit du tournant, lancé à pleine vitesse. La main de Pumpkin se serra sur le bras de Sigrid.

À la dernière seconde l'insecte devina le danger. Un jet de liquide corrosif fouetta le bolide à la hauteur des pare-chocs, mais il était déjà trop tard, la calandre perça la carapace de chitine, entraînant l'insecte dans sa course. Les freins crissèrent, mais les roues bloquées continuèrent à glisser sur la chaussée gluante. Une bouillie d'entrailles s'était répandue sur la route. Le camion dérivait dans ce marécage en zigzaguant.

Soudain un dernier jet d'acide frappa le capot, éclaboussant le pare-brise qui se volatilisa. L'ingénieur eut l'impression qu'une gifle de plomb en fusion lui arrachait le visage. Il lâcha le volant, aussitôt le véhicule piqua vers le fossé, dérapa, et heurta de plein fouet une cabine téléphonique. Une explosion sourde secoua le corps broyé de l'insecte au moment où le moteur volait en éclats. En une seconde le dix tonnes, l'homme et la bête se changèrent en un seul et même brasier.

Pumpkin secoua l'épaule de Sigrid qui, horrifiée par le spectacle des flammes léchant la carcasse du camion, ne songeait même plus à fuir.

— Il n'y a rien à faire, hurla l'enfant, viens, dépêche-toi !

Sigrid saisit le gosse par la main et l'entraîna vers le trou qui perçait maintenant la muraille grise. Devant eux l'incendie léchait le plafond, tatouant le « ciel » de grandes traînées noires. Ils se jetèrent dans la galerie, les mains en avant, les poumons rongés par les émanations corrosives.

— Cours ! cria Pumpkin, cours !

Sigrid courait, luttant contre le point de côté qui lui meurtrissait le flanc, essayant d'oublier les fourmillements acides qui lui dévoraient les chevilles. Elle courait, le cœur fou et les tempes comprimées par un étau invisible. Et soudain ce fut l'obscurité. Pesante. Aveugle. Aucune lumière ne filtrait plus derrière eux. *Le plafond venait de toucher le sol.* Les deux fuyards se serrèrent l'un contre l'autre, secoués de sanglots nerveux.

16

Prisonniers des tunnels

La jeune fille et l'enfant marchèrent dans la nuit deux jours durant, les yeux et la bouche ceints de bandeaux d'étoffe arrachés à leurs vêtements pour échapper aux retombées pulvérulentes de suie acide. C'était comme une partie de colin-maillard condamnée à ne jamais finir, un jeu qui se changeait soudain en cauchemar. À plusieurs reprises Sigrid était tombée sur les genoux, la colonne vertébrale secouée de spasmes, et elle avait dû s'enfoncer un chiffon entre les dents pour les empêcher de s'entrechoquer. Bien qu'ayant perdu sa montre, elle était à peu près sûre que les crises se faisaient de plus en plus fréquentes.

— C'est le contrecoup de la descente, observa

Pumpkin, ton implant proteste en réagissant à retardement. Il le fera tant que tu n'auras pas regagné ton étage d'origine. Tu es comme un poisson sorti de l'eau : au début il résiste à l'asphyxie, et ensuite...

« Ensuite il crève ! » songea la jeune fille en se mordant les lèvres.

Ils reprirent leur course aveugle. Le boyau semblait interminable.

Le troisième jour, Sigrid eut deux nouvelles crises. Les convulsions la jetèrent sur le sol tel un automate pris de folie.

— Il faut trouver un ascenseur le plus rapidement possible, conclut Pumpkin, et nous propulser un étage au-dessus, sinon tu te disloqueras. Tu vas collectionner les ligaments déchirés, les claquages. Pour ne pas parler des lésions de la colonne vertébrale. Cette gymnastique finira bien par te casser une vertèbre !

— Tu crois que je supporterai une remontée ? avait objecté la jeune fille.

— Oui, si c'est une remontée vers ton niveau d'origine. L'altimètre[1] de l'implant retrouvera du même coup son équilibre initial. Du moins j'imagine. En fait ce n'est qu'une théorie. Mais avant toute chose, il faut traverser cette muraille de part en part et nous glisser dans une nouvelle unité.

---

1. Appareil mesurant l'altitude.

Sigrid remarqua avec ironie que l'épaisseur de la cloison qui les avait d'abord sauvés risquait à présent de leur coûter la vie. Sans eau et sans vivres, ils seraient rapidement à bout de forces, incapables de poursuivre plus longtemps leur déambulation. Ils mourraient au détour d'une galerie, Pumpkin dans son petit smoking rose, elle dans sa robe du soir souillée de suie ! Le tableau lui parut si grotesque qu'elle ne put retenir un ricanement.

Le quatrième jour ils distinguèrent une lumière au bout du tunnel et s'étreignirent avec fièvre, la gorge nouée par l'espoir. Leur joie fut toutefois de courte durée. En effet, au fur et à mesure qu'ils avançaient, ils commencèrent à distinguer des formes effondrées de part et d'autre de la galerie. Des paquets de loques qui, dans la clarté grise provenant de l'extrémité du boyau, se révélèrent des hommes et des femmes prostrés. Les deux amis continuèrent sans un mot, enjambant les corps étendus, prenant garde à n'écraser aucune des mains qui griffaient la suie. Personne ne leur adressa la parole. Soudain, alors qu'ils franchissaient les derniers mètres, une jeune fille saisit le poignet de Sigrid.

— N'allez pas plus loin, souffla-t-elle d'une voix exténuée. *Il n'y a plus rien.* Les termites...

Elle n'en dit pas davantage. Sigrid se dégagea avec

douceur et s'approcha de la sortie. Elle eut un haut-le-corps et se rejeta en arrière. Devant elle s'ouvrait un abîme sans fond. Un à-pic de plusieurs centaines de mètres. Un gouffre de béton gris.

— Le sol de l'unité a cédé, expliqua péniblement la jeune inconnue, les termites l'avaient creusé en tout sens depuis longtemps. On en avait référé au Directoire mais l'ordre d'évacuation n'est jamais venu et nos implants n'ont jamais été désactivés. Il y a deux jours une crevasse est apparue, puis une autre, puis une troisième. Quelques-uns des nôtres se sont entassés dans les ascenseurs sans oser ni monter ni descendre. Ils doivent toujours s'y trouver. D'autres, comme nous, se sont engouffrés dans les tunnels ouverts par les termites. Le reste de la population est... *en bas.*

Elle se cacha le visage dans les mains et se mit à sangloter.

Sigrid hasarda son regard au-dessus du vide, luttant contre le vertige qui lui faisait tourner la tête. L'unité d'habitation s'était effondrée comme un appartement dont le plancher se serait soudain dérobé sous les pieds de ses occupants. Fragments de béton, maisons et véhicules étaient allés s'écraser un étage plus bas, tuant les habitants du niveau inférieur. Serrant les mâchoires, elle songea à l'épouvante qui avait dû saisir les locataires du dessous quand des autobus, des baignoires, des centaines d'hommes et de femmes avaient commencé à pleuvoir sur leurs têtes. Affreux. Maintenant il ne subsistait des deux cellules qu'une bouillie de plâtre, de poutrelles et de débris informes au fond d'un gouffre rectangulaire.

Alors que Sigrid reculait, elle aperçut la porte jaune de l'ascenseur, *de l'autre côté du vide*. Des têtes se pressaient aux hublots. Les visages des naufragés de l'ascenseur, condamnés à l'immobilité au fond de leur cabine, condamnés à mort quoi qu'ils fassent. Elle frissonna. Sa main chercha celle de Pumpkin.

— Partons, souffla l'enfant, il n'y a rien à espérer de ce côté. À moins que tu ne veuilles sauter ?

Sigrid haussa les épaules et battit en retraite. Elle chercha quelque chose à dire à la jeune survivante, ne trouva pas et s'éloigna à la suite de Pumpkin, la poitrine fouaillée par des éclairs de rage.

— Tu as vu le travail des insectes fabriqués par tes parents ? ne put-elle s'empêcher de siffler dès qu'ils furent à nouveau perdus au cœur des ténèbres. Tu as vu les rescapés de la muraille ? Tu vas peut-être me dire que sans le tunnel ils seraient tous morts et que, en un sens, les termites leur ont sauvé la vie, non ?

Pumpkin ne répondit pas. Sigrid esquissa un geste de lassitude mais ne put terminer son mouvement, une crise de spasmes l'abattit au milieu du tunnel, la bouche écumante et les yeux révulsés.

Quand elle reprit conscience, Pumpkin lui soutenait la nuque.

— Il faut revenir sur nos pas, fit le gosse d'une voix sourde, c'est notre seule chance de nous en tirer. Regagner l'unité de production de viande synthétique. Le plafond a dû remonter à l'heure qu'il est, nous nous mêlerons à la foule des chantiers de reconstruction. Dans la confusion, personne ne nous remarquera.

Sigrid se demanda si l'enfant croyait à ce qu'il disait ou s'il parlait dans le seul but de la distraire de ses souffrances.

— On verra tout de suite que je suis une étrangère, articula-t-elle avec peine, mes cheveux bleus me trahiront. On ne peut pas les teindre, tu sais ? La couleur glisse sur les mèches sans accrocher.

— C'est un risque à courir, éluda Pumpkin. Tu n'auras qu'à nouer un foulard sur ta tête. De toute façon, il doit régner là-bas une telle pagaille qu'on ne s'occupera pas de nous tant que nous ferons semblant de travailler.

— Tu as peut-être raison.

— C'est l'unique solution puisqu'en avant la route est définitivement coupée.

— Je ne pourrai jamais revenir au point de départ, je suis trop faible.

— Je t'aiderai, je suis en meilleure forme physique que toi.

L'enfant aida en effet Sigrid à se redresser, la soutenant, la portant presque. Éberluée, la jeune fille se demanda d'où le gosse tirait de telles réserves d'énergie alors qu'ils n'avaient ni bu ni mangé depuis près de quatre jours.

— Comment fais-tu pour être aussi fort, aussi intelligent ? lui demanda-t-elle. Parfois, tu n'as rien d'un être humain. Je ne m'étonne pas qu'on puisse te prendre pour un robot...

— Mes parents ont truqué mon code génétique, expliqua Pumpkin. Lorsque j'étais bébé, ils ont trafiqué mon organisme pour que je sois plus fort, plus beau, plus intelligent que les autres gamins de mon âge. Ils avaient déjà dans l'idée de faire de moi un soldat au service de leur cause. Ils ne m'ont jamais demandé mon avis.

Au bout d'un temps qui lui parut infini, Sigrid entendit Pumpkin murmurer :

— Nous sommes tout près maintenant, je vais te laisser là, puis j'essayerai de m'introduire dans l'unité. Avec tes cheveux bleus, tu es trop voyante, je préfère y aller seul. Je tâcherai de dérober des vêtements et de la nourriture. Attends-moi en silence, je serai de retour dès que possible.

Sigrid acquiesça ; elle entendit l'enfant s'éloigner. La perspective de revenir en arrière ne l'emballait guère. Le chantier de reconstruction serait probablement supervisé par des robots du Directoire, il faudrait jouer serré.

Elle remâchait ces sinistres pensées quand Pumpkin revint en tâtonnant.

— Déjà ? s'étonna Sigrid. Tu as fait vite !

— Je n'ai rien fait du tout, laissa tomber le gosse d'une voix découragée, *ils ont déjà rebouché le trou ouvert par l'insecte.* Le tunnel est fermé...

« Cette fois nous sommes fichus », songea Sigrid en fermant les yeux.

Ils étaient pris au piège, coincés entre la muraille et le vide. Il ne leur restait plus qu'à se laisser mourir de faim, comme les survivants de l'unité dont le plancher s'était effondré.

— Les autres aussi vont penser à explorer la galerie, chuchota soudain Pumpkin d'un ton de somnambule.

— Les autres... ?

— Ceux que tu appelais « les naufragés de la muraille » ! Nous allons les voir arriver, aujourd'hui ou demain, ils ne peuvent pas rester éternellement au bord de leur trou !

— Et alors ?

— Ne sois pas naïve ! Dans une telle situation, il n'y a qu'un moyen pour survivre : le cannibalisme !

Ou nous les dévorons, ou ils nous dévorent... C'est exactement dans ces termes que le problème va se poser. Et comme ils sont plus nombreux que nous...

Sigrid aurait voulu se boucher les oreilles mais sa faiblesse était telle qu'elle fut incapable d'esquisser le moindre geste. Et pourtant Pumpkin avait raison. Les autres ne leur feraient pas de cadeau. Peut-être en ce moment même dépeçaient-ils le cadavre d'un blessé ?

Prête à défendre chèrement sa peau, Sigrid se tourna vers la partie du tunnel où s'ouvrait l'abîme des étages effondrés. Car c'était de là que viendrait l'ennemi... Une petite troupe exsangue. Affamée.

Elle ne vit rien. Que les ténèbres. Elle s'endormit.

Tout à coup, Pumpkin tressaillit.

— Écoute ! chuinta-t-il en secouant la jeune fille. Des voix. On entend des voix.

Sigrid se dressa, prête au combat.

— Ils arrivent ! balbutia-t-elle. Tu avais vu juste !

Des bruits de pas peuplaient l'obscurité. Un martèlement lointain évoquant la progression cadencée d'une troupe en marche. Sigrid écarquillait les yeux à s'en faire mal, sondant la nuit.

Des rires éclatèrent, étouffés par la distance. Bizarrement, le son ne montait pas vers eux comme il aurait dû le faire en cas d'approche des sans-abri. Bien au contraire, on eût dit que le groupe invisible les prenait à revers.

— *C'est derrière nous !* lança Sigrid en se cramponnant à l'épaule de Pumpkin. Je n'y comprends rien.

— Impossible ! La galerie est bouchée, tu le sais bien ! Mais peut-être que... Écoute !

Ils se figèrent, disciplinant leur respiration.

— *Au-dessus de nous !* cria soudain la jeune fille. Ils se déplacent au-dessus de nous !

— Si c'était vrai, nous ne pourrions pas les entendre ! objecta Pumpkin.

— Mais si ! Il y a sûrement une ouverture qui fait communiquer les deux boyaux. Il faut appeler !

Aussitôt Sigrid se mit à pousser de vibrants appels au secours. Sa voix résonnait dans la galerie comme dans un tuyau d'orgue et chacun de ses mots prenait un curieux accent métallique qui leur ôtait toute humanité. Elle venait à peine de s'interrompre pour reprendre son souffle qu'une clarté jaunâtre dessina une auréole au niveau du plafond.

D'abord éblouie, la jeune fille comprit qu'un second tunnel, plus étroit, coupait presque à la verticale la galerie où ils se trouvaient actuellement prisonniers. Au trou du plafond correspondait un trou symétrique dans le sol, et elle eut un frisson de peur rétrospective en songeant qu'ils avaient frôlé cet abîme à deux reprises sans même soupçonner sa présence. La progression plongeante d'un quelconque insecte avait mis en communication des tunnels parallèles, les traversant comme une balle de pistolet l'aurait fait de deux tuyaux superposés.

Quelque chose tinta le long des parois de la cheminée, puis ils virent apparaître une torche électrique au bout d'une corde. On leur venait en aide !

— Combien êtes-vous ? cria une voix lointaine.

— Deux ! hurla Pumpkin.

— Êtes-vous en état de monter par vos propres moyens ?

— Oui, ça va !

Pumpkin se saisit du filin et le noua autour de sa taille.

— Ça ira ? interrogea-t-il, en se tournant vers Sigrid.

La jeune fille acquiesça, la proximité du sauvetage la galvanisait.

Pumpkin donna deux coups, la corde se tendit et l'enfant commença à s'élever en tournant sur lui-même. Sigrid le vit disparaître dans le conduit vertical avec un pincement de cœur. Si le câble venait soudain à casser ? Une seconde, elle imagina Pumpkin transformé en projectile vivant, glissant à l'intérieur du tube de ciment comme un obus dans un canon, filant à une vitesse vertigineuse vers l'écrasement final. La friction de la chute userait rapidement ses vêtements, sa chair, ses os... Écorché vif, il continuerait sa course mortelle, la bouche distendue sur un hurlement d'horreur de plus en plus faible...

Sigrid s'ébroua. Pourquoi imaginer le pire ?

Là-haut, dans le tunnel parallèle au leur, des hommes devaient en ce moment même aider le gosse à s'extraire du conduit en l'accablant de plaisanteries bourrues. Elle frotta ses paumes moites contre sa chemise. La corde revint un quart d'heure plus tard. Elle s'y attacha du mieux qu'elle put et donna le signal de l'ascension. Elle fila sans à-coups, tractée d'un mouvement puissant et sûr. Elle eut une pensée pour les naufragés de la muraille, mais elle ne pouvait rien pour eux. Seule son appartenance initiale à l'étage supérieur lui permettait de supporter la remontée. Il n'en était pas de même pour les autres.

Une lumière blanche envahit soudain la cheminée et Sigrid comprit qu'elle arrivait au terme de son escalade. Elle ferma les yeux. Après tant de jours passés dans l'obscurité la plus totale, il lui faudrait un moment pour réhabituer ses pupilles à une luminosité normale. Des mains la happèrent sans ménagement, l'extrayant du conduit comme un vulgaire paquet tandis qu'un énorme éclat de rire saluait son apparition. Luttant contre la douleur qui fouaillait ses orbites, la jeune fille ouvrit les paupières, essayant tant bien que mal de distinguer ceux qui l'entouraient. Elle ne vit d'abord que des formes opaques, puis des contours se dessinèrent, imprécis, flous... Une cuirasse, un casque de bois. Sigrid serra les dents, la bouche soudain emplie d'un goût amer.

Leurs sauveteurs... *c'étaient les voleurs de fer.*

17

Les hors-la-loi

Pendant quelques minutes, Sigrid crut sa dernière heure arrivée. On allait lui lier les mains dans le dos avant de la rejeter dans le conduit... On allait l'abandonner au vide de la cheminée dont la pente à 80° ne mettrait qu'une dizaine de secondes pour la transformer en obus vivant. On...

Mais rien ne se passa. Elle fut hissée en pleine lumière aux côtés de Pumpkin bâillonné. Le chef des barbares les examina alors longuement. Après quoi on leur enchaîna les chevilles. La troupe reprit sa marche, encadrant les prisonniers dont les fers cliquetaient sur le ciment. Dès que Sigrid faisait mine de ralentir, la pointe d'un épieu venait lui meurtrir les reins.

Au bout d'une heure un bivouac fut improvisé et on leur distribua une ration de viande séchée ainsi qu'une gourde d'un vin qui piquait la langue. Des sentinelles prirent position en amont et en aval du tunnel tandis qu'une demi-douzaine d'hommes se rassemblaient autour d'une paire de dés. La veillée fut de courte durée. Probablement fatigués par une razzia récente, les brigands quittèrent un à un le cercle des joueurs pour s'envelopper dans leur couverture.

Sigrid demeura immobile dans la pénombre, les yeux grands ouverts, évitant de faire tinter ses chaînes. Tout de suite la main de Pumpkin se posa sur son épaule.

— Ne bouge pas, chuchota l'enfant à travers le bâillon qu'il avait réussi à faire glisser. Je ne comprends pas pourquoi ils ne nous ont pas tués. Tu as une idée ?

Sigrid haussa les épaules.

— Peut-être veulent-ils quelque chose de plus amusant qu'une exécution à la sauvette ? soupira-t-elle. Ils ont l'air d'adorer les mises en scène. Rappelle-toi l'armure de bois inflammable !

— Silence ! brailla une voix au-dessus d'eux, et un fouet s'abattit, mordant le dos de Sigrid.

Le lendemain, ils firent leur jonction avec un second groupe de pillards qui déboucha d'une galerie perpendiculaire. Sigrid nota que les deux chefs s'entretenaient à voix basse en jetant de fréquents coups d'œil dans la direction des prisonniers.

Les brigands charriaient de gros sacs de butin. Quelques-uns traînaient en laisse des enfants ou de très jeunes filles qui sanglotaient. De futurs esclaves sans doute.

Il y eut une courte pause au milieu de la journée et les hommes se mirent à bavarder avec animation. Deux ou trois phrases pêchées dans le brouhaha de la conversation apprirent à Sigrid qu'on se rapprochait de l'unité d'habitation des voleurs de fer. Elle ne put retenir une crispation d'angoisse. Quels tourments lui réserverait-on cette fois ?

Malgré tous ses efforts elle ne put dialoguer avec Pumpkin qu'on avait mis à l'écart. Alors qu'elle-même n'était surveillée que par un seul garde, l'enfant était entouré de trois sentinelles puissamment armées. Plus le temps passait, plus il devenait évident que la convoitise des pillards se concentrait sur l'enfant vedette, Sigrid ne jouant dans l'affaire qu'un rôle secondaire.

Le soir même ils émergèrent du tunnel pour jaillir en pleine lumière au milieu du monde de bois des voleurs de fer. Une violente odeur de sciure et de résine alourdissait l'air. Un interminable parquet recouvrait le sol, et, sur cette plaine de lattes parfaitement ajustées se dressaient à intervalles réguliers de curieuses maisons dans la composition desquelles n'entrait pas une seule pièce de métal. Çà et là, des tas de planches s'élevaient comme des murailles, écrasant de leur ombre les habitations des alentours.

La troupe s'immobilisa enfin et on parqua les prisonniers dans un enclos fait de rondins entrecroisés. Seuls Pumpkin et sa compagne restèrent à l'écart avant d'être acheminés vers une bâtisse aux allures de fortin dont les parois avaient été grossièrement recouvertes de plaques de fer martelé. Il s'agissait, à n'en pas douter, de l'antre du chef. On les poussa dans une salle lambrissée où régnait une désagréable odeur de résine. Sigrid réprima un haut-le-corps en reconnaissant l'homme à l'armure de fer, celui qui l'avait livrée au supplice du bois pyrophore. Il avait l'air étrangement sombre.

— Vous sentez cette puanteur ? lança-t-il soudain. La sève ! La sève ! Même pour nous qui y sommes habitués c'est parfois intolérable...

Il fit quelques pas, les mains dans le dos, considérant d'un œil noir les parois du bâtiment comme si les planches recelaient une sourde menace.

— Avant..., reprit-il, avant ce n'était pas comme ça. *Mais cette odeur !*

Sigrid dut s'avouer qu'il avait raison, un relent douceâtre planait sur la salle. Une exhalaison à la fois fade et sucrée, quelque chose rappelant à s'y méprendre les premiers stades de la putréfaction. Un parfum de pourriture végétale comme il s'en élevait parfois des bacs hydroponiques lorsque les légumes venaient à crever.

Brusquement le chef parut se ressaisir et dévisagea Pumpkin les sourcils froncés.

— C'est bien toi, le gosse que toutes les polices du cube traquent sans relâche ! grogna-t-il avec une satisfaction évidente. Je suis heureux que vous ayez pu vous en tirer la dernière fois ! J'ai fait une erreur grossière en vous laissant derrière moi, mais, à l'époque, je n'étais pas au courant de l'avis de recherche lancé contre vous. Je ne savais pas que vous étiez comme nous, des renégats. Et toi, la servante, tes brûlures ? Tu as l'air en pleine forme. C'est bien, c'est bien.

Sigrid perdait pied. À quel jeu incompréhensible se livrait donc celui qui s'était acharné à les torturer quelques jours auparavant ?

— Vous ne comprenez pas, hein ? insista l'homme en les couvant d'un œil faussement débonnaire, mais c'est que vous êtes devenus célèbres entre-temps. Très célèbres. Regardez ce que diffusent les écrans d'information à tous les étages ! Tenez, lisez !

Il avait tiré de dessous sa cape un rouleau de feuilles froissées que Sigrid identifia aussitôt comme des listings. Pumpkin déroula les longues pages perforées. Une énorme inscription barrait le papier dans toute sa largeur :

ASOCIAUX assimilés CRIMINELS D'ÉTAT
À détruire sans sommation.
Pumpkin Willoc HX 3300A, 2
Sigrid Olafssen exe 47, F

Le premier, libre-voyageur, est un enfant vedette dont les parents, biologistes scélérats, ont été accusés de complot et de manipulations interdites. Le père et la mère ont mis en péril de nombreuses unités par leurs théories scientifiques immorales. Ils seraient en partie responsables de l'apparition des insectes rongeurs géants surnommés « termites ». Leur fils, présentement en fuite, est le produit de manipulations génétiques qui ont fait de lui un criminel nanti de superpouvoirs terrifiants.

La seconde, Sigrid Olafssen, est une étrangère, recueillie par nos sauveteurs. Servante au service de nettoyage, elle a été endoctrinée par le dénommé Pumpkin. A causé la mort d'un honnête fonctionnaire...

Suivaient différentes descriptions ainsi qu'une série de photos administratives les représentant de face et de profil. Une longue diatribe destinée à attiser la colère des foules les vouait aux flammes de l'enfer. Bien qu'elle fût préparée depuis longtemps à une surprise de ce genre, Sigrid ne put s'empêcher d'accuser le choc. L'officialisation noir sur blanc de son « infamie » lui donna le frisson. Pumpkin, lui, n'eut pas un tressaillement.

— Je m'appelle Bazorak, lança le chef des pillards, et je peux vous assurer que des exemplaires de cette prose fleurissent dans toutes les unités que nous avons... « visitées ». Je suppose qu'il doit en être de même partout ailleurs. Vous et moi sommes désormais du même bord. Je pense qu'une révision de nos relations s'impose.

Et, se tournant vers les gardes, il ajouta d'un ton théâtral :

— Qu'on les détache !

Abasourdie, Sigrid vit un barbare se précipiter pour la libérer de ses entraves.

— Vous êtes désormais les bienvenus chez les voleurs de fer, claironna Bazorak ; considérez notre unité comme une terre d'asile. Reposez-vous, mangez, buvez. Demain nous parlerons.

Il avait posé sa main sur l'épaule de Pumpkin, l'espace d'une seconde son regard fut celui d'un tigre affamé, puis le sourire revint, plaquant sur ses traits un masque rassurant d'ours en peluche.

— Nous parlerons, répéta-t-il, mais pour l'instant qu'on vous conduise en un lieu de repos et qu'on pourvoie à vos besoins. J'en ai le désir. Allez, il est tard.

Et, tournant les talons sans plus de manière, il se fondit dans l'obscurité qui noyait la salle.

Sigrid et Pumpkin se retrouvèrent à l'extérieur sans

pouvoir encore réaliser ce qui venait de se passer. Les gardes leur firent traverser la rue et les abandonnèrent devant un petit chalet qui empestait la sciure à vingt pas. La porte refermée, ils découvrirent qu'un repas fastueux avait été servi sur la longue planche cirée qui tenait lieu de table. Des étoffes et des coussins jonchaient le sol. Sigrid saisit un fruit.

— Qu'en penses-tu ? interrogea-t-elle. Nos affaires ont l'air de s'arranger, non ?

Pumpkin haussa les épaules.

— Avant de te réjouir, va à la fenêtre, lâcha-t-il d'une voix coupante, je suis sûr que des guerriers montent la garde aux quatre coins de la maison.

La jeune fille hésita, puis s'approcha de l'ouverture.

— Tu as raison. Ils sont là. Tu penses que c'est un piège ?

— Je n'en sais rien. Bazorak a une idée derrière la tête, j'en mettrais ma main au feu, mais laquelle ?

— C'est toi qu'il couve d'un regard gourmand, observa Sigrid. Penses-tu qu'il veuille te livrer contre rançon ?

— Les voleurs de fer ne sont pas en odeur de sainteté, ça m'étonnerait, et puis la note de recherche ne fait mention d'aucune récompense. Non, il y a autre chose...

Ils mangèrent en silence, davantage pour reconstituer leurs forces que parce qu'ils en éprouvaient l'envie. En outre l'odeur de sève pourrissante qui régnait sur les lieux ne contribuait pas à leur ouvrir l'appétit.

Ils s'endormirent presque aussitôt d'un sommeil sans rêve de bête fourbue, qui leur laissa au réveil la bouche pâteuse et la vue trouble. Alors que Sigrid prenait un bain sommaire dans un baquet de bois, Bazorak poussa la porte et s'immobilisa au centre de la pièce, les poings sur les hanches, détaillant le tableau d'un œil froid.

— L'odeur ne vous a pas gênés ? s'enquit-il avec un signe de tête qui pouvait passer pour un salut. Il faut du temps pour s'y habituer. Le monde de bois se dérègle peu à peu, les écorces se corrompent de plus en plus vite. Bientôt l'unité deviendra inhabitable. Notre guerre de conquête est surtout une guerre de territoire, un jour ou l'autre il nous faudra émigrer, nous en sommes tous conscients.

Il s'assit, cueillit un fruit sur la table et commença à le peler.

— Mais il nous est difficile d'établir réellement notre domination, reprit-il en vérifiant le fil grossier de sa dague, le peuple du bois est trop peu nombreux. Nous ne pouvons pas travailler à grande échelle. Jusqu'à présent nous avons dû nous contenter d'opérations isolées. Mais il est impossible de concevoir une action de grande envergure. La mainmise sur une cellule de production par exemple. Pour nous étendre, pour régner sur tout un niveau, il nous faudrait être cent fois plus nombreux... Ou cent fois plus puissants.

Il se tut, comme s'il voulait donner à ses mots le temps de prendre une consistance particulière.

— Le fer ne vous rendra pas invincibles, objecta Sigrid en s'enveloppant dans une serviette, les unités importantes vous opposeront leurs robots anti-émeutes. On vous balayera au bulldozer, ou bien on demandera le renfort de la police du Directoire, et là vous apprendrez à vos dépens ce que sont de vraies armes !

Bazorak chassa l'argument d'un mouvement de la main.

— Je le sais bien. Le fer n'est qu'un symbole. Le symbole de notre liberté retrouvée, de l'humiliation vaincue. Il fallait passer par ce stade pour rendre leur honneur aux hommes du bois. Mais cette phase est aujourd'hui révolue. On a voulu nous condamner à la réclusion dans un environnement inoffensif, comme des irresponsables. Pour tous, nous étions devenus des nuisibles aux griffes coupées, aux dents limées. Des bêtes amoindries qu'on laissait vivre par souci humanitaire... À présent...

Il haletait, le visage crispé par la rage. Il réalisa soudain qu'il perdait son sang-froid et retrouva son masque onctueux d'hôte policé. Regardant alternativement Pumpkin et Sigrid, il dit en souriant :

— Maintenant que vous êtes des proscrits, il ne vous reste plus qu'à vous intégrer au peuple du bois, à vivre avec lui. À prospérer avec lui. On vous laissera libres pourvu que vous respectiez nos coutumes... Et que vous contribuiez à notre prospérité.

Encore une fois il avait mis la fin de sa phrase en relief par une intonation sourde, voire menaçante. Son regard calculateur était rivé à celui de la jeune fille. À l'intérieur de la pièce la tension était devenue extrême.

— Et pour tout cela, ajouta-t-il la lame tendue à l'horizontale, je compte sur toi, Pumpkin. Sur toi et sur tes animaux de compagnie.

— *Mes animaux de compagnie ?*

— Tu as très bien compris ce que je voulais dire. Tes créations : les termites ! Ne me sers pas ton numéro de gosse innocent ! Je sais que tes parents t'ont donné une cervelle d'adulte. Ils ont trafiqué ton A.D.N. Je me suis renseigné, on murmure qu'ils ont conçu des spécimens obéissants, radiocommandés... De parfaites armes de guerre. De parfaites machines d'invasion. Tu vois où je veux en venir ? Les termites deviendront mes chars d'assaut, mes blindés ! J'utiliserai un bataillon d'insectes pour m'ouvrir la voie. Ils creuseront des tunnels, perceront les murailles et me rendront maître de toutes les unités d'habitation de cet étage. Il paraît qu'on en dénombre plus de deux cents !

Sigrid se sentit glacée. Pumpkin, lui, demeura impassible.

— Tu veux compenser votre faiblesse numérique par la puissance destructrice des insectes ? observa-t-il d'un ton neutre. C'est une bonne stratégie. Mais il faudrait repartir du début. Retrouver des spécimens, installer un laboratoire. Travailler sans relâche...

Bazorak se leva et marcha vers l'enfant. C'était un spectacle pour le moins étrange que cet homme bardé de fer et ce petit garçon aux allures d'elfe souriant, qui se faisaient face.

— Je peux avoir tout cela, martela le chef des barbares, le pillage nous a procuré bien du matériel. Pour les spécimens, c'est facile, il existe un zoo cryogénisé, tu le connais peut-être ?

— Je le connais, je l'ai traversé.

— Si je te fournis toutes les pièces nécessaires à l'installation d'un laboratoire, accepteras-tu de collaborer ?

— Que puis-je faire d'autre ? fit l'enfant avec un petit rire cristallin. Je n'ai aucun avenir hors de cette cellule. Je suis partout traqué. J'ai déjà échappé à la mort. Je suis fatigué de fuir...

Bazorak saisit l'enfant aux épaules.

— Ce jour est un grand jour, rugit-il, mais ne cherche pas à me tromper ou tu le regretteras. Viens me retrouver tout à l'heure au palais, nous établirons un plan de campagne.

Sans un regard pour Sigrid, il tourna les talons et quitta la maison en faisant hurler les planches disjointes du parquet.

— Et maintenant ? hasarda la fille aux cheveux bleus quand elle fut certaine que le brigand s'était éloigné.

— Maintenant il faut gagner du temps, soupira Pumpkin. Et fuir à la première occasion.

— Tu n'es pas biologiste ?

— Bien sûr que non ! J'ai beau être un surdoué, je ne possède pas le savoir de mes parents. Je serais bien incapable de créer de pareilles bestioles.

Sigrid hocha la tête.

— Mais les termites ? s'enquit-elle.

— La stratégie de cet abruti est vouée à l'échec, souffla Pumpkin. Les insectes créés par mes parents n'ont pas obéi aux messages radio plus de 48 heures, je te l'ai déjà dit. C'est d'ailleurs ainsi qu'ils ont échappé à leur contrôle pour se mettre à creuser dans tous les sens. Non, rien à craindre de ce côté-là. Notre sort va reposer sur toi. Pendant que je serai bouclé dans mon laboratoire, à jouer les sorciers, il te faudra mettre un plan d'évasion sur pied. Renseigne-toi, cherche, observe. Mais fais vite, la patience de Bazorak s'usera rapidement, tu peux en être certaine.

— Tu crois réellement qu'il se heurterait à la résistance des forces du Directoire s'il entreprenait sa guerre de conquête ?

— Non. Les gens se sont trop déshabitués du combat pour lutter contre une invasion, si minime soit-elle. Ils fuiront devant les troupes de Bazorak sans même chercher à se défendre. Le spectacle de la violence les paralysera. Quant aux gardes du Directoire, ils ne sont pas assez nombreux pour faire autre chose que des besognes de basse police. Non. En cas d'invasion générale de l'étage par les voleurs de fer, le pouvoir ne fera rien. Un étage de plus ou de moins, quelle importance ? La gangrène ne se généralisera pas puisque les pillards ne pourront ni monter ni descendre sous peine de mort. Pour le gouvernement, c'est le principal. On programmera les ascenseurs pour qu'ils ne s'arrêtent plus à ce niveau, voilà tout ! Quand le cloisonnement horizontal cesse de fonctionner, le cloisonnement vertical prend le relais. Tu vois, c'est simple.

— Ce n'est guère réjouissant. En somme rien ne s'oppose à ce que Bazorak se rende maître de tout l'étage.

— Non, rien en effet.

Pumpkin enfila les vêtements propres qu'un esclave venait de déposer. Dans cette tenue, il ressemblait à Peter Pan. Sigrid esquissa un geste, se ravisa.

— Il faut que j'y aille, murmura l'enfant, nous allons probablement être séparés. Je ne sais pas quand nous nous reverrons. Fais vite. Je ne pourrai pas jouer la comédie du génial petit biologiste très longtemps. Tout dépend de toi à présent.

La seconde d'après il avait quitté la maison. Sigrid se raidit. Brusquement elle avait froid. Très froid.

18

Les esclaves

— Allez, debout ! grogna Juvia en décochant un coup de pied dans les reins de Sigrid qui dormait sur le sol.

La jeune fille émergea péniblement du sommeil. La géante la dominait de toute sa masse. Encore jeune, elle eût été jolie sans la bouffissure monstrueuse des muscles qui déformaient son corps. Elle mesurait près de deux mètres et Sigrid, à ses côtés, se sentait presque une naine.

— Debout ! rugit-elle à nouveau.

Sigrid se redressa précipitamment avant que sa « patronne » ne la saisisse par son collier d'esclave, lui arrachant la peau sur le pourtour de la gorge.

— Aide-moi à enfiler mes bottes ! grogna Juvia.

La fille aux cheveux bleus s'exécuta à genoux. C'étaient des bottes à semelles de bois, excessivement bruyantes, mais le cuir était réservé aux hommes dont les occupations guerrières exigeaient silence et souplesse.

Comme Sigrid ne se montrait pas assez rapide, Juvia la rejeta sur le plancher d'un coup de pied.

— Tu n'es décidément bonne à rien ! grogna-t-elle. Je me demande si je ne ferais pas mieux de t'échanger contre deux chèvres ! En te plaçant chez moi Bazorak m'a joué un mauvais tour. Tu n'es qu'une souillon et une mauvaise cuisinière ! Je devrais peut-être te couper les cheveux pour les vendre sur la place du marché. Leur couleur plaît à certaines femmes qui voudraient s'en faire une perruque.

Sigrid frémit.

— N'oublie pas tes outils ! aboya la géante. Et rentre assez tôt pour préparer le dîner. J'ai déjà faim.

On disait de Juvia qu'elle avait des penchants d'ogresse et qu'il lui arrivait de dévorer les esclaves dont elle était mécontente. Sigrid n'avait pu déterminer s'il s'agissait d'un canular, aussi se tenait-elle constamment sur le qui-vive.

Elle plongea pour saisir la trousse de cuir chargée de scies et de rabots. Sa journée de travail commençait. Il lui fallait maintenant partir pour la scierie dont Juvia était la directrice.

Depuis trois semaines, elle vivait un véritable supplice. Comme elle l'avait prévu, Pumpkin n'était jamais ressorti du palais du chef barbare. On murmurait partout qu'il s'était changé en sorcier miniature égrenant tout le jour des formules magiques. Une activité fébrile régnait au cœur du « château », Sigrid n'avait pas été longue à comprendre qu'on installait, au moyen de pièces de récupération, le laboratoire dont Bazorak attendait tant, et chaque fois qu'elle voyait passer une caisse de verrerie ou un assortiment de produits chimiques, son cœur se serrait. Combien de temps Pumpkin parviendrait-il à faire illusion ? Si le gosse n'obtenait aucun résultat, Bazorak n'hésiterait pas à le mettre à mort.

Une fois Pumpkin emprisonné dans l'antre du roi des brigands, Sigrid avait été jetée dans l'enclos des esclaves. Très vite, les gardes l'avaient abandonnée aux mains de juvia qui régnait en maîtresse absolue sur les prisonniers razziés[1] çà et là au hasard des expéditions guerrières du clan.

Seulement préoccupée de ne pas déplaire à sa redoutable patronne, Sigrid n'avait pas réussi à concevoir le moindre embryon de plan, d'ailleurs Juvia la surveillait en permanence.

La nuit, elle dormait couchée sur le seuil de la maison, tel un chien qui monte la garde.

1. Provenant d'une expédition de pillage.

— Nous irons d'abord à la fabrique ! décida Juvia en tirant sur la chaîne qu'elle avait passée au cou de Sigrid.

L'esclave et la maîtresse traversèrent le parquet ciré de l'avenue pour pénétrer dans une sorte de hangar d'où montait une pulsation sourde accompagnée de crépitements. Un brouillard de sciure épaississait l'air et il fallait se protéger le bas du visage avec un chiffon si on ne voulait pas tousser à s'en arracher les poumons.

Une dizaine d'esclaves travaillaient, penchés sur les bacs de prolifération artificielle. La méthode de production du bois ne différait en rien de celle de la viande. Quelques particules prélevées sur un surgeon d'arbuste cryogénisé étaient placées en incubation. Assez rapidement, les cellules végétales commençaient à se reproduire, à proliférer. La sève se mettait à bouillonner. Les particules s'agglutinaient, remplissant le bac d'une pâte étrange : le bois liquide, qui durcissait en séchant.

Le procédé permettait l'obtention d'un mètre cube de bois en deux heures. Il fallait ensuite extraire les blocs de chêne un à un pour les mettre à sécher. C'était un travail dangereux car la sève, qui en poissait les arêtes, les rendait glissants et du même coup rebelles à toute manipulation. Il était fréquent qu'une pyramide de séchage s'écroule, écrasant les esclaves en service.

— Regarde ! avait grondé Juvia le premier jour en poussant Sigrid devant un bac de multiplication cellulaire. Tu dois toujours surveiller l'indicateur de solidité. Il se peut que les cellules prélevées soient plus ou moins altérées, dans ce cas une prolifération prolongée ne fera que les affaiblir davantage, tu obtiendras alors un bois de médiocre qualité. De même, n'essaye jamais de dépasser une production d'un mètre cube, au-delà les fibres perdent toute solidité, elles deviennent cotonneuses. En doublant la quantité tu diminues d'autant la qualité, c'est une loi que tu dois toujours garder en mémoire. Tu dois fabriquer du chêne, pas de la moelle de sureau !

Depuis, Sigrid travaillait dix heures par jour au fond du hangar, dans l'épouvantable relent de sève chaude qui montait des appareils. Ainsi, c'était de ce réduit que les voleurs de fer tiraient les matériaux nécessaires à la construction et à l'entretien de leur unité d'habitation. Du bois. Pendant un siècle et demi les machines dont on les avait pourvus n'avaient élaboré que du bois, les privant obstinément de tout élément plus résistant.

— Ce n'est pas faute d'avoir essayé ! lui avait expliqué Juvia, un jour qu'elle était en veine de bavardage. Certains d'entre nous ont eu l'idée de disposer des morceaux de fer dans les cuves de reproduction, mais les machines ont toujours refusé de les faire proliférer. Après nous avons compris que seuls les tissus vivants se reproduisaient de cette manière : la viande, les légumes, les végétaux, mais aucun minéral. Les plus savants ont alors tenté de réaliser des croisements entre plusieurs espèces de bois avec l'idée qu'on pourrait obtenir par greffes successives des matières plus dures que l'acier. Ils n'ont produit que des curiosités : le bois pyrophore, le bois éponge, le chêne élastique, que sais-je encore ! Quoi que nous fassions, nous étions bel et bien condamnés au bois. Enfin les termites sont venus. Et avec eux la liberté...

Sigrid se trouvait au pied de la pyramide de séchage. Juvia l'avait libérée de sa chaîne pour rejoindre l'un des surveillants à l'écart, elle disposait donc d'une heure de répit. Malgré le danger d'un éventuel éboulement, la manutention représentait la corvée qu'elle accueillait avec le moins de déplaisir. C'était en effet le seul endroit où l'on pouvait bavarder avec ses compagnons d'esclavage sans s'attirer aussitôt les foudres des gardiens. Ces derniers, inquiets d'une possible avalanche, avaient l'habitude de se tenir prudemment en retrait, laissant aux prisonniers toute liberté pour enfreindre la règle du silence.

S'armant d'un crochet, Sigrid entreprit de faire glisser l'un des blocs au bas de l'entassement. Un système vétuste de cylindres posés sur le sol jouait le rôle de tapis roulant. Tout l'équipement était archaïque, l'absence de métal condamnait les ouvriers à se servir de poulie en cœur de chêne et de corde en fibre végétale. Ici plus que partout ailleurs il convenait d'être sûr de ses muscles. La moindre crampe pouvait être à l'origine d'un épouvantable effondrement.

— Salut ! souffla une voix grave sur sa gauche. Ça va ?

Sigrid leva la main. Macmo l'impressionnait avec sa peau noire et ses cheveux crépus. Bien que de petite taille, il affichait une musculature de gladiateur. On racontait partout que Bazorak lui avait proposé de combattre dans les rangs des voleurs de fer et qu'il avait refusé au risque de perdre la tête sous la hache du bourreau. Depuis, le chef des brigands l'avait condamné aux travaux forcés avec l'espoir de le voir revenir un jour sur sa décision.

— Le bois est de plus en plus gluant, marmonna le jeune hercule, les blocs ne sèchent pas, ils pourrissent, tu sens cette odeur ?

La sève en s'égouttant avait formé une véritable mare à la base de la pyramide, il en montait une puanteur digne d'un marécage.

— Garde-toi d'y toucher ! haleta Macmo. Elle est en train de fermenter. Dans peu de temps cela donnera une colle végétale très dangereuse, capable de cimenter n'importe quoi. Parfois les gardiens s'amusent à en badigeonner les mains et les pieds d'un prisonnier, et le pauvre bougre reste fixé au sol jusqu'à ce qu'on vienne lui découper la peau avec une lame de rasoir !

Pour Sigrid, la sève viciée témoignait d'une mutation irrémédiable du bois. Quelque part la machine s'était déréglée, et la prolifération artificielle n'agglutinait plus que des cellules anormales. Quand il lui arrivait de débiter une planche avec son rabot à silex, elle ne pouvait s'empêcher de scruter la surface semée d'échardes avec angoisse. « Il est toujours vivant ! songeait-elle en caressant le contour des meubles qu'elle fabriquait. Il va se réveiller ! »

Elle travailla deux heures, puis Juvia vint la chercher pour la tournée quotidienne des petites réparations. Jusqu'au soir, la jeune fille et la géante se déplacèrent de maison en maison, proposant leurs services sans exiger de rétribution. Ce curieux porte-à-porte avait rapidement amené Sigrid à vérifier le bien-fondé de ses théories. Partout, en effet, elle se heurtait à des manifestations témoignant de la survie du bois après découpe et assemblage. Les pieds des chaises continuaient à pousser, élevant les sièges au-dessus du sol à une hauteur anormale qui les rendait bientôt impropres à l'utilisation. La sève, jouant le rôle d'un étrange liquide cicatrisant, soudait les tiroirs des commodes ou des bahuts, refermant systématiquement les plaies ouvertes à la scie. Des meubles bien poncés perdaient peu à peu leurs formes pour se couvrir d'écorce ou se ramifier en racines, en branches couvertes de feuilles vertes !

Sigrid devait corriger cela, couper les pieds des chaises pour les ramener à bonne hauteur, raboter les tables redevenues sauvages, en sachant que le remède serait éphémère et qu'il lui faudrait recommencer le lendemain. Les gens la considéraient comme un animal domestique, elle en profitait pour épier les conversations, rassembler des informations.

Une peur diffuse s'installait chez les barbares. Les mutations quotidiennes n'échappaient à personne, bien qu'on n'en parlât qu'à mots couverts. Pour beaucoup, ces troubles de l'environnement rendaient souhaitable l'extension rapide des guerres de conquête, et il n'était pas question de laisser passer la chance d'évasion apportée par les termites. On ne rêvait plus que de départ. De nouveaux paysages.

Le soir même, Juvia – prise d'un inexplicable coup de cafard – se mit à boire. Avec une régularité de métronome, elle vida verre sur verre jusqu'à la troisième bouteille, puis tomba de sa chaise et roula sous la table. D'abord méfiante, Sigrid ne quitta pas sa paillasse, elle redoutait une de ces ruses dont la géante était friande, mais l'aspect congestionné de son visage eut raison de sa réserve. Écroulée au milieu d'une mare d'alcool, l'ogresse balbutiait des mots sans suite. Lorsque Sigrid lui souleva les paupières elle ne réagit pas. La jeune fille préleva un flacon de vin dans la réserve, un morceau de pain, plusieurs tranches de viande séchée et enveloppa le tout dans un carré de toile.

Il n'était évidemment pas question de sortir du camp. Des sentinelles montaient la garde autour de l'enclos ainsi que devant la porte de Juvia. Par contre, en déclouant deux planches, il était facile de se glisser dans le dortoir des esclaves et d'y retrouver Macmo avec qui Sigrid essayait désespérément de se lier d'amitié depuis trois semaines, persuadé qu'un tel homme pourrait lui être fort utile dans un avenir rapproché.

Son baluchon serré contre sa poitrine, elle déplaça deux planches au fond de la remise et se coula sur le parquet ciré. En vingt jours c'était sa deuxième expédition nocturne. On ne fit pas attention à elle, la presque totalité des esclaves se composait d'adolescents ou de femmes que la seule vue de Juvia terrorisait. Le seul être dangereux se trouvait être Macmo qu'on enchaînait pour la nuit. Il était d'ailleurs fier de cet étrange privilège et s'exclamait dix fois par jour : « Du fer ! Tu te rends compte ? Ils gaspillent du fer pour me retenir prisonnier ! Souvent, avec mes menottes, je me fais l'effet d'un prince ! »

Arrivé à la hauteur de la grange, Sigrid chercha un passage. Derrière elle les sentinelles échangeaient des plaisanteries stupides. Le plancher relativement silencieux ne trahissait pas son avance. Elle trouva enfin une sorte de chatière accidentelle dont sa minceur lui autorisa l'accès. Une chaleur moite régnait à l'intérieur de la bâtisse. De puissants remugles de sueur et d'urine s'épanouissaient dans une atmosphère de serre. Les dormeurs jonchaient le sol et, l'espace d'une seconde, elle eut l'impression de découvrir un champ de bataille, avec sa mêlée de corps recroquevillés au hasard de leur chute. Des enfants sanglotaient en rêvant, des femmes geignaient. Un nom montait parfois, gémi sur une note vibrante. Sigrid s'accroupit, attendant que ses pupilles s'accoutument à l'obscurité. Il n'était pas question de se déplacer en aveugle et d'écraser la main d'un dormeur qui se réveillerait en hurlant, provoquant du même coup l'irruption des gardes.

Au bout d'un moment un ronflement sourd lui fit tourner la tête. Un cliquetis de chaîne suivit et elle n'eut aucun mal à situer Macmo.

— C'est toi ? chuchota l'hercule en se réveillant brusquement.

Sigrid acquiesça et lui tendit le paquet. L'athlète se mit à dévorer sans attendre.

— T'es une drôle de fille, toi, observa-t-il la bouche pleine ; pourquoi n'as-tu pas englouti ça toute seule ? T'es amoureuse de moi ou quoi ?

— Peut-être que je suis comme toi ? siffla Sigrid. Que je n'aime pas beaucoup les voleurs de fer...

Macmo eut un rire de gorge étrangement sonore.

— Un jour ou l'autre Juvia va te bouffer toute crue, grogna-t-il. C'est toujours comme ça que finissent les esclaves qu'elle garde chez elle. Ils disparaissent brusquement, sans qu'on sache où ils ont bien pu passer. C'est une ogresse, une vraie. C'est de là que vient sa force. Manger de la chair humaine la rend invulnérable. Tu y passeras comme toutes celles qui t'ont précédée, et elle se tressera un joli bonnet avec tes cheveux bleus.

Il but une gorgée de vin, et conclut :

— Alors tu te dis que pour s'échapper mieux vaut se trouver un partenaire correct... Non ? C'est pour ça que tu me tournes autour depuis quinze jours ?

— Peut-être, souffla Sigrid.

— Qu'est-ce que tu faisais avant ? s'enquit l'hercule.

— Éboueuse au centre de tri spécialisé des androïdes, et toi ?

— Moi, j'étais aiguilleur de denrées alimentaires. Je répartissais dans ma cellule les vivres en provenance des unités de fabrication, et puis j'en ai eu marre. Quand les termites sont passés, j'ai décidé de m'engouffrer dans un tunnel. J'avais envie d'aller voir comment c'était ailleurs. Tu sais qu'il commence à y avoir pas mal d'errants le long des tunnels ? J'ai visité un certain nombre d'unités, j'ai vu des trucs dingues... et puis les voleurs de fer m'ont coincé. Voilà...

— Tu as vraiment visité d'autres unités d'habitation ?

— Oui. Je ne me suis pas ennuyé, tu peux me croire. Il y en a qui vivent encore comme au Moyen Âge, avec des types en armure... D'autres où gambadent des bêtes préhistoriques. Les gens sont vêtus de peaux de bêtes et se cachent dans des cavernes de béton. J'ai même traversé une unité remplie d'eau. Une espèce de lac où la population vivait uniquement sur des radeaux. J'ai fait un sacré voyage. Et toi, qu'est-ce que tu fichais avec le petit sorcier ?

— On s'est rencontrés par hasard, murmura Sigrid. On ne s'était jamais vus avant. Tu penses qu'on a une chance de filer d'ici ?

Macmo haussa les épaules, faisant bruire ses chaînes.

— C'est risqué. Il n'y a que le tunnel creusé par le termite, et les entrées en sont gardées par des soldats armés.

Il eut une hésitation puis ajouta en baissant la voix :

— Pourtant, si tu veux mon avis, mieux vaudrait ne pas s'attarder ici. J'ai vu des choses qui ne me disent rien de bon.

— Qu'est-ce que tu racontes ?

Une grimace courut sur la face sombre du garçon.

— Je ne sais pas si je dois t'en parler. Faudra tenir ta langue !

Il se tut pendant dix secondes, jouant nerveusement avec les maillons de ses entraves.

— Tu vois la grosse poutre là-bas ? siffla-t-il enfin de manière presque inaudible. Derrière il y a une faille. Il y a toujours de la lumière qui filtre, alors colles-y ton œil, ma jolie, et regarde. Mais surtout pas un mot !

L'estomac noué, Sigrid se redressa. Elle zigzagua entre les corps assoupis. Quand ses mains se posèrent sur le pilier rempli d'échardes, elle était en sueur. Macmo avait dit vrai. Une tache de lumière suintait entre les planches disjointes. Prenant garde à ne pas faire grincer le parquet, Sigrid s'en approcha.

C'était une salle en tout point semblable à celle où elle se trouvait. Sur des tables roulantes des hommes torse nu semblaient attendre. Couchés sur le ventre et maintenus dans cette position par des courroies de cuir, ils offraient l'image même de l'impuissance. Dans le fond de la pièce un appareillage électronique émettait de curieux signaux. Un petit vieillard en blouse blanche s'agitait au milieu du décor, surveillé par deux sentinelles.

Sigrid le vit saisir un bistouri et inciser les reins d'un cobaye humain, traçant un cercle parfait autour de l'implant lombaire. Immédiatement le sang coula, inondant les reins de la victime inconsciente. Sigrid frissonna, elle venait d'apercevoir, rampant sur le plancher, une femme dont la tête était dissimulée par un sac en papier, et qui tournait en rond comme une bête folle. Un peu en retrait, un adolescent recroquevillé, le visage dans les mains, essayait désespérément de s'introduire à l'intérieur d'une caisse renversée.

« Des victimes du vertige, se rappela-t-elle. Comment Dorian surnommait-il cela déjà ? Ah oui : *le syndrome du terrier.* »

Elle recula en s'efforçant de discipliner sa respiration et rejoignit Macmo qui achevait de vider la bouteille de vin.

— Tu as vu ? grommela l'hercule.

Sigrid s'agenouilla. Malgré la moiteur du lieu elle frissonnait.

— Oui, chuchota-t-elle. Une espèce de savant fou trafique les implants des esclaves dans l'espoir de les changer en libres-voyageurs...

— Manifestement ça ne marche pas très bien, ricana Macmo. Il y a beaucoup de « déchets ».

— Qui est le médecin ?

— Un type capturé dans une autre unité. Les cobayes proviennent de cet enclos. Nous y passerons tous si nous nous attardons ici. Ça te dirait de gigoter par terre comme un ver coupé en deux ?

Sigrid ne répondit pas, elle était abasourdie. Ce

qu'elle venait de voir lui rappelait désagréablement les aberrations entr'aperçues lors de son séjour dans l'unité frappée par la loi de l'enclume.

— S'ils réussissent, pensa-t-elle tout haut, ils appliqueront le procédé à leurs guerriers, dès lors ils pourront se servir des ascenseurs pour partir à l'attaque des étages supérieurs, ils se répandront, ils...

— Laisse tomber ! coupa Macmo. Ils ne réussiront pas de sitôt, et c'est ça qui m'inquiète parce qu'il va leur falloir pas mal de cobayes. Des cobayes dont toi et moi risquons de faire partie d'ici peu. Il faut filer, ma jolie, je suis d'accord avec toi. Essaye de te procurer de quoi couper mes chaînes et je te dirai ce que j'ai derrière la tête. Maintenant file. Pas la peine de te faire repérer.

Sigrid s'exécuta. Le retour s'effectua sans encombre ; lorsqu'elle déboucha dans la cuisine, Juvia dormait toujours. La jeune fille regagna son cagibi, vibrante d'inquiétude et d'excitation. Ainsi elle avait vu juste, Macmo se révélait l'homme de la situation. Prisonnier depuis plus longtemps qu'elle, il avait eu le temps de mûrir un plan d'évasion. Le plus dur à présent serait d'entrer en contact avec Pumpkin. Sigrid remua le problème en tout sens sans parvenir à lui trouver l'ombre d'une solution. Peu avant l'aube elle s'endormit.

Dans les jours qui suivirent, les craintes de Sigrid ne cessèrent de croître. À plusieurs reprises Juvia lui pinça la peau du ventre comme si elle tenait à s'assurer de la qualité de sa viande.

— Ton heure a sonné, grogna Macmo au pied de la pyramide ; elle ne te supporte plus. Dans peu de temps tu vas te retrouver ficelée sur la table du laboratoire ; si l'opération échoue, comme c'est probable, Juvia viendra te récupérer pour te transformer en ragoût.

Sigrid ne répondit pas, mais elle savait que Macmo avait raison. La perspective de se réveiller paralysée, folle de vertige, ou de finir dans l'assiette de l'ogresse, la glaçait d'effroi.

19

Plan d'évasion

Le lendemain, lorsque Sigrid reprit la tournée des petits travaux, ce fut pour apprendre que Juvia ne désirait plus l'accompagner. Cette nouvelle lui fit l'effet d'une condamnation à mort. Pendant plusieurs heures elle rabota les bahuts, tailla les pieds de chaises, en essayant de maîtriser ses angoisses. Vers le soir, comme elle traversait la rue, une femme maigre la héla du seuil de sa maison...

— Hé ! la raboteuse ! Viens un peu par ici, mes pieds de table ont des racines et mes sièges vont bientôt toucher le plafond !

Sigrid entra dans le chalet vermoulu et s'agenouilla

pour raccourcir les montants poisseux de sève d'un escabeau devenu curieusement vert.

— Hé, toi ! grogna la commère dès que Sigrid eut achevé sa besogne, ne reste pas plantée là, va voir à la cave, j'ai une demi-douzaine de chaises qui t'attendent !

Le réduit qui servait de remise était plongé dans l'obscurité la plus totale. Sans entrain, la jeune fille tâtonna pour trouver l'interrupteur. Soudain, alors que ses doigts effleuraient les planches noueuses de la cloison, une main fraîche se posa sur son poignet. Elle sursauta.

— Ne crie pas ! souffla la voix de Pumpkin.

— Mais la femme ? s'inquiéta Sigrid.

— Elle est d'accord, expliqua l'enfant. Je l'ai achetée. Elle a peur de moi, elle me prend pour un sorcier. Je lui ai promis un philtre d'amour pour se faire aimer de l'un des guerriers dont elle est folle. Bazorak me surveille nuit et jour, il n'a pas confiance.

— Tu lui joues toujours la comédie ?

— J'essaye, mais c'est de plus en plus difficile. Maintenant que le laboratoire est installé, mon incompétence devient flagrante. Je n'ai même pas réussi à faire changer de couleur un seul insecte. Bazorak est à bout de patience. Il ne croit plus guère en mon savoir, et toi ?

— Rien de bon, soupira Sigrid. Tu sais qu'ils font

des expériences de neutralisation des implants ? Je risque fort d'en faire les frais d'ici peu...

— Bazorak m'en a parlé. À l'en croire, ils auraient obtenu des résultats partiels. Tout cela devient dangereux. Tu as un plan ?

— Peut-être. Il me faudrait de quoi venir à bout d'une chaîne à gros maillons.

— Facile. J'ai tout ce qu'il faut au laboratoire. Je déposerai de l'acide ici même. Arrange-toi pour passer demain. Mais il ne faut pas tarder, mon ascendant sur cette femme est assez fragile, elle peut se ressaisir d'un jour à l'autre...

— Tu la connais bien ?

— Elle est servante au palais. Elle ne doit rien soupçonner. Elle t'appellera demain soir comme elle l'a fait aujourd'hui, mais fais vite, je ne suis plus guère crédible et ta disgrâce est probablement liée à la mienne.

La main de Pumpkin serra celle de Sigrid.

— Va ! souffla-t-il. Quand tout sera prêt, laisse un message ici.

Sigrid regagna la cuisine. Aussitôt, la femme la poussa dehors sans ménagement.

Un nouveau désagrément l'attendait au camp. À peine avait-elle franchi le seuil de l'enclos que les geôliers en faction lui firent savoir que Juvia ne désirait plus sa compagnie. Avant que Sigrid ait eu le temps d'ouvrir la bouche, on l'avait jetée à l'intérieur de la grange au milieu des prisonniers épars.

Macmo la regarda se relever en ricanant.

— Alors, prête à passer sur la table d'opération ? lança-t-il. Si le toubib te rate, l'ogresse viendra te récupérer illico pour te fourrer dans sa marmite.

— Tais-toi, coupa sèchement Sigrid, tu seras libre de tes chaînes demain soir, maintenant il va falloir montrer ce que tu sais faire !

Instantanément l'hercule cessa de rire.

— C'est vrai ? haleta-t-il. Tu as de la ressource, chapeau ! Mais je ne te décevrai pas. Tu verras demain. En attendant essaye de dormir, tu auras besoin de tes forces pour prendre la fuite.

Sigrid se détourna sans répondre. Elle passa une grande partie de la nuit à se battre contre les puces qui l'assaillirent par régiments entiers et ne trouva le sommeil qu'à l'aube.

Un peu plus tard, alors que la colonne prenait le chemin de la fabrique, l'hercule se glissa à sa hauteur.

— À partir de cette minute, ouvre l'œil, souffla-t-il le visage baissé. En arrivant aux machines je te donnerai un petit morceau de bois gros comme un bouchon. Fragmente-le et arrange-toi pour le faire proliférer, il me faut au moins trois cubes. Tu les marqueras ensuite avec ton crochet pour que je puisse les identifier facilement. Compris ?

Sigrid acquiesça en silence bien que l'envie de questionner lui brûlât la langue. Arrivé sous le hangar, Macmo profita aussitôt de l'inévitable cohue précédant la distribution des tâches pour se retirer à l'écart et faire semblant d'uriner. Sigrid remarqua qu'il glissait en fait la main entre deux tonneaux de cordages et en tirait un gobelet de terre cuite rempli d'eau. Une minute après, la bouture détrempée était dans la paume de la jeune fille. Elle la fragmenta rapidement avec la pointe d'un silex et en remplit la coupelle où l'on avait coutume de disposer les miettes de surgeon destinées à la prolifération cellulaire. Les ouvrières s'en approvisionnèrent sans même remarquer la substitution et, au bout d'une heure, les premiers blocs s'agglutinaient au fond des bacs de reproduction accélérée. Rien ne permettait de le distinguer du bois habituel si ce n'est une odeur sensiblement plus agressive, mais personne ne sembla s'en formaliser. Sigrid transpirait à grosses gouttes, et la sciure qui se collait à sa peau humide avait fini par lui donner un aspect duveteux, curieusement animal. Les machines cessèrent enfin de ronronner. Les cubes furent extraits, dégoulinants de sève, et déposés sur le tapis roulant. Au passage Sigrid les griffa d'une large croix à l'aide de son crochet de bûcheron. La voix grave de Macmo s'éleva soudain. Sigrid comprit qu'il s'adressait au garde faisant office de contremaître.

— Y a pas mal de bois sec, chef ! disait-il. Faudrait l'enlever pour faire de la place...

— O.K., grommela l'autre, visiblement peu intéressé ; prends une charrette et répartis-le sur les réserves.

Sigrid retint un sourire, elle venait de comprendre où l'hercule voulait en venir.

— Hé ! toi ! La fille aux cheveux bleus, cria Macmo. Viens m'aider !

Une carriole vétuste fut amenée, tirée par un cheval dont les os saillaient. Macmo supervisa le chargement, prenant soin d'y mêler les mystérieux cubes fraîchement agglutinés.

— Tu as compris ? souffla-t-il à Sigrid avec un clin d'œil. *Ce que tu viens d'agglomérer, c'est du bois pyrophore !* J'en conserve la bouture depuis plus d'un an. Je vais répartir les blocs dans les réserves de planches de l'unité, enfouis au creux de stères. Pour le moment ils sont encore bien humides d'avoir séjourné dans la cuve, mais quand la sève sera complètement évaporée ils prendront feu, déclenchant des incendies aux quatre coins de l'étage. Il faudra environ quarante heures pour que les fibres détrempées atteignent le stade de l'ignition, ensuite, ce sera à nous de profiter de la panique pour mettre les voiles.

Sigrid hocha la tête, impressionnée ; Macmo venait d'inventer de véritables bombes incendiaires naturelles.

— N'oublie pas, pour la chaîne ! chuinta l'hercule en sautant sur le siège du cocher.

Sigrid le regarda s'éloigner, pleine d'espoir.

Elle travailla encore un moment au pied de la pyramide, puis s'éloigna pour entreprendre l'habituelle tournée des petits travaux domestiques.

Au moment où elle quittait le camp, la femme maigre sortit sur le seuil de sa maison pour la héler. Dix minutes plus tard Sigrid se retrouvait dans la cave. Une petite lampe brillait sur un guéridon, encerclant de sa tache jaune une feuille de papier, une enveloppe et un court crayon. Il fallait faire vite. Mouillant la mine sur le bout de sa langue, elle se contenta d'écrire : « Demain à minuit. »

Elle plia le papier, le glissa dans l'enveloppe en espérant que la servante le remettrait bien à Pumpkin.

Pour finir, elle fouilla le réduit à la recherche du flacon d'acide promis. Elle le trouva dissimulé sous un tas de chiffons moisis. C'était une petite bouteille de verre très épais à demi pleine d'un liquide jaunâtre et qui portait la mention « Acide sulfurique ». Elle l'enveloppa dans un morceau de toile et la mit dans sa poche en priant pour que personne n'ait l'idée de la bousculer. Après quoi elle quitta la maison.

Pendant qu'elle regagnait le camp, elle laissa courir son regard aux alentours, s'attardant tout particulièrement sur les stères de bois qui, de loin en loin, ponctuaient le paysage.

Cette fois, le garde lui confisqua sa trousse à outils avant de la boucler dans le dortoir.

— Tu n'en auras plus besoin ! ricana l'homme en la poussant dans l'enclos des esclaves. On a d'autres projets pour toi ! Le docteur t'examinera demain matin, profites-en pour faire ta toilette.

Macmo attendait sur sa paillasse, les poignets et les chevilles entravés comme chaque soir.

— Tu as ce qui faut ? souffla-t-il au moment où Sigrid s'agenouillait.

— Oui, et toi, ça a marché ?

— Pas de problème, demain entre minuit et trois heures le carnaval battra son plein.

— Tu es sûr de ton horaire ?

— Pratiquement. J'étais là quand ces salopards de voleurs de fer expérimentaient le bois pyrophore. C'est comme ça que j'ai pu en voler un morceau. Je l'ai gardé dans l'eau jour après jour, attendant le moment de m'en servir. L'occasion, quoi ! Ça va être une sacrée fête, ma jolie ! Les feux de l'enfer !

Il s'emballait. Sigrid dut l'inciter à plus de modération.

— Et les sentinelles qui gardent le tunnel, tu y as pensé ?

L'hercule haussa les épaules.

— Tout va brûler, répondit-il. Les maisons, le plancher, ce sera la panique totale. Les gardes seront les premiers à filer dans le tunnel pour échapper aux flammes, nous n'aurons qu'à courir derrière eux.

— J'espère que tu as raison.

— J'ai raison. Parle-moi plutôt des chaînes !

Sigrid lui montra le flacon et lui expliqua l'usage qu'il devrait en faire. Ils décidèrent de le dissimuler dans un trou du parquet et de le recouvrir de paille.

Durant la journée du lendemain Sigrid attendit vainement un signe de Pumpkin. La seule idée que le message n'avait peut-être pas été transmis la mettait en transe. Macmo, lui, affichait un calme imperturbable. La veille il avait détaillé son plan d'action :

— Dès l'incendie déclaré, on file retrouver ton petit sorcier dans la cave du chalet. Tu rassembleras tout ce qu'on peut boire ou manger, moi j'essaierai de trouver une arme : couteau, massue, n'importe quoi. Après ce sera chacun pour soi. Je ne me laisserai pas ralentir par un gosse qui trottine sur ses petites jambes. Si tu emmènes le mouflet c'est à tes risques et périls ; je ne jouerai pas les nounous. Que ça soit bien clair entre nous : je ne vous attendrai pas !

Sigrid n'avait pas jugé utile d'entamer une polémique. Depuis elle comptait les heures, jetant de fréquents coups d'œil en direction des réserves de bois dont les ombres recouvraient par endroits les maisons de planches.

La nuit fut longue à venir. Dès l'extinction des feux, les deux comploteurs se mirent au travail, manipulant le flacon d'acide avec d'infinies précautions. Le liquide grésillait sur les maillons, répandant une fumée âcre qui faisait tousser les enfants. Des femmes commencèrent à se plaindre et Macmo dut les menacer pour les faire taire. Malgré le bâillon dont elle s'était couvert la figure, Sigrid sentait les émanations acides lui larder la gorge de milliers de coups d'aiguille. Ses yeux pleuraient et elle ne distinguait plus ses mains. Macmo jura quand une éclaboussure dévora la paillasse à trois centimètres de son bras. La sueur faisait luire son torse comme un bloc de bronze et un tremblement en agitait ses pectoraux. Sigrid ne voyait plus que ce tic, cette crispation musculaire des tendons se rétractant sous la peau. Le dernier maillon céda enfin.

— Foutu truc ! ragea l'hercule en s'écartant prudemment de la chaîne dont les extrémités grésillaient encore.

— Quelle heure ? s'enquit Sigrid.

— Minuit, la relève vient d'avoir lieu. Dégage les planches, ça va péter tout près ; le dépôt de bois est à moins de cent mètres.

Sigrid s'activa, en quelques minutes une ouverture se dessina au ras du sol. S'aplatissant sur le ventre, elle passa la tête à l'extérieur. De l'autre côté de la clôture les sentinelles bavardaient comme à l'accoutumée, mollement appuyées sur leurs armes : épieux durcis ou lances à pointe d'os. Quelques-uns arboraient fièrement des dagues de fer.

Elle resta ainsi une demi-heure, luttant contre l'ankylose, écarquillant les yeux à s'en faire mal. Lorsque l'engourdissement lui gagna les épaules, elle rentra. Le dortoir était plein de chuchotements nerveux qui tissaient une musique de fond incompréhensible. Presque toutes les femmes étaient réveillées, les enfants reniflaient leurs larmes sans oser se plaindre davantage. Tous sentaient que quelque chose d'anormal se préparait. Sigrid se demanda ce qu'il adviendrait d'eux dans les minutes qui suivraient.

— Retourne voir ! commanda Macmo. Tu es comme toutes les filles, tu penses trop.

Elle obéit, reprit sa position couchée. En songeant à la route parcourue depuis qu'elle avait quitté le centre de déblaiement, elle se sentait véritablement épuisée. Ses pensées furent interrompues par un formidable embrasement qui troua la nuit. Elle eut l'impression qu'un fagot géant craquait dans les flammes, puis des langues de feu montèrent à la verticale, léchant le plafond de l'unité d'habitation. On y voyait comme en plein jour, des gerbes d'étincelles fusèrent de tout côté, faisant pleuvoir sur les maisons des alentours une myriade de flammèches tournoyantes. Un concert de hurlements salua le spectacle.

Macmo se dressa à l'intérieur du dortoir, les bras levés, feignant l'épouvante.

— Le feu ! hurlait-il. Le feu ! Nous allons griller ! Sortez ! Sortez vite !

Les prisonniers se ruèrent sur la porte avec un ensemble parfait, martelant le panneau de bois. Sous la poussée les charnières cédèrent, et le flot humain se déversa dans l'enclos, piétinant les gardiens frappés de stupeur.

— C'est le moment, vite !

Sigrid se propulsa à l'extérieur de toute la vitesse de ses coudes, Macmo sur ses talons. Toujours rampant, ils filèrent vers la maison de Juvia dans laquelle ils se glissèrent au moyen de la chatière aménagée par Sigrid deux semaines plus tôt. La géante n'était pas là ; armée d'un fouet, elle avait rejoint les gardiens dans la cour et tentait d'endiguer le flot des fuyards à grands coups de lanières.

— Il faut traverser la rue ! haleta le garçon. Attention, il y a peut-être une sentinelle devant la porte !

Mais il n'y avait personne, un deuxième foyer venait de se déclarer et la confusion atteignait à son comble. La fumée se rabattait vers le sol où elle stagnait en brouillard de suie. On n'y voyait plus à vingt mètres. Ils se lancèrent en travers de la chaussée, filant comme des flèches en direction du chalet. En haut des marches la porte s'ouvrit sans difficulté. La femme maigre était étendue de tout son long, un couteau de bois dépassant de son omoplate gauche. Macmo siffla entre ses dents, vaguement admiratif.

— Efficace, ton petit sorcier ! ricana-t-il.

Pumpkin apparut, il tenait deux sacs bourrés de provisions.

— Elle aurait donné l'alerte, je ne pouvais pas faire autrement, expliqua-t-il. Tenez, j'ai pris ce que j'ai trouvé. Trois jours de vivres en se rationnant.

Les lueurs dansantes de l'incendie avaient envahi la pièce, déformant les visages et les objets. Macmo vidait les tiroirs, il choisit deux couteaux d'os, en tendit un à Sigrid et désigna l'extérieur.

— Il ne faut plus attendre. Je pars devant. La fumée va nous dissimuler mais ne vous égarez pas. L'entrée du tunnel est au bout de la rue... Droit devant.

Il s'empara d'une musette, l'assura sur son épaule et esquissa un geste d'adieu. Avant que Sigrid ait eu le temps de dire quelque chose, il avait ouvert la porte et plongé dans les volutes noires qui noyaient le paysage.

— Allons-y ! cria Pumpkin. À nous de jouer !

Ils passèrent sur le perron, se masquant le visage derrière leur avant-bras levé. La chaleur était insoutenable, le feu rugissait aux quatre coins de l'unité et le plancher des avenues flambait, chassant une foule terrifiée qui fuyait en désordre, piétinant femmes et enfants.

— Ça ne va pas durer, haleta Pumpkin, le bois est gorgé de sève humide. Dès que les réserves de planches seront consumées le foyer va régresser.

Il avait raison, déjà les brandons qui pleuvaient sur le toit des habitations s'éteignaient pour la plupart. Les fibres gonflées de liquide refusaient de propager l'incendie. Toussant à s'en arracher les poumons, ils se lancèrent sur les traces de Macmo.

Sigrid courait, tenaillée par la peur de voir la terrible silhouette de Juvia surgir à la dernière seconde. Un véritable grouillement humain convergeait vers les faubourgs de la ville. Cédant à la panique, les habitants se jetaient vers la seule voie de salut envisageable : *le tunnel.* Macmo ne s'était pas trompé, le tout était d'y arriver avant qu'on ne commence à s'entretuer pour accéder à la galerie. La jeune fille et l'enfant furent soudain dépassés par le cheval de la fabrique. La pauvre bête, rendue folle par les flammes, courait en tout sens, ruant comme un diable, se cabrant dès qu'on s'approchait d'elle. Elle s'arrêta au beau milieu d'un carrefour, considérant la foule d'un œil farouche. Puis, après avoir gratté le sol du sabot, chargea le premier rang des fuyards. Le reflux dégénéra en une monstrueuse cohue. Hommes et femmes basculaient comme des quilles, entraînant leurs voisins dans leur chute. En quelques secondes tous ceux qui se trouvaient debout roulèrent dans la mêlée au milieu d'un concert de cris et d'imprécations.

Sigrid bondit en arrière, tirant Pumpkin par la main.

— Il faut passer par la scierie ! hurla-t-elle entre deux quintes de toux. Nous pourrons contourner la place sans risquer d'être happés par la foule !

Pumpkin acquiesça. Pendant qu'ils s'engageaient dans une ruelle, Sigrid se demanda si Macmo avait pu passer ou s'il se trouvait englué dans la marée humaine comme une mouche dans la confiture. Au-dessus d'eux le plafond était d'un noir uniforme et les pales encrassées des ventilateurs ne parvenaient plus à évacuer la fumée. « Nous allons mourir asphyxiés ! » songea Sigrid.

La jeune fille et l'enfant se ruèrent dans la scierie vide, se meurtrissant aux machines. Une vibration sourde agitait les poutres d'un frémissement continu né des centaines de pieds heurtant le plancher dans une course éperdue, elle se répandait dans les constructions avoisinantes comme une onde de choc à la surface d'un tambour.

Sigrid ne perçut le danger qu'à l'instant où la pyramide bascula. Elle n'eut pas le temps de crier le moindre avertissement, l'amoncellement de cubes de bois se transforma en avalanche, balayant carrioles, matériel, machines, pulvérisant les cloisons pour se répandre dans les rues proches dans un effroyable fracas. Un nuage d'esquilles cribla l'air, une salve d'échardes déchira les vêtements de tous ceux qui se trouvaient à portée. Sigrid boula, cul par-dessus tête, à l'abri d'un bac de prolifération accélérée sans même savoir ce qu'elle faisait. Une seule pensée tournait dans sa tête : « *Pumpkin !* »

Elle le vit dès qu'elle émergea du nuage de poussière. Une invraisemblable accumulation de billots recouvrait le corps de l'enfant, l'ensevelissant sous plusieurs tonnes de bois. Seule sa tête et ses épaules dépassaient du tumulus, intacts. Le reste était selon toute vraisemblance broyé, réduit à l'état de pulpe informe. Pendant une longue minute la jeune fille fut incapable d'esquisser un mouvement, puis elle réalisa que Pumpkin l'appelait.

— Sigrid ! Vite ! Sigrid !

Elle se jeta à côté du gosse. Les yeux du gamin n'avaient rien perdu de leur vivacité.

— Sigrid, lança-t-il d'une voix à peine plus faible que d'ordinaire, je n'ai pas le temps de t'expliquer, ne cherche pas à comprendre : *coupe-moi la tête !*

La fille aux cheveux bleus tressaillit comme si elle venait de recevoir une décharge électrique.

— Je t'en supplie ! renchérit l'enfant, prends ton couteau. Sous la glotte tu vas sentir une rainure, un joint. Enfonce la lame et coupe le plastiderme. Je n'ai plus de corps, c'est la seule solution.

Sigrid suffoqua, fusillée par l'évidence.

— Mais tu es... *un robot !*

Pumpkin battit des paupières.

— Oui. Un androïde ultraperfectionné pourvu de toutes les stratégies de simulation possibles, mais nous n'avons pas le temps d'en discuter. Prends ma tête, elle peut survivre deux jours grâce à son alimentation autonome. Je peux encore t'aider. Vite, sinon tu n'atteindras jamais la galerie !

Dans un état proche du somnambulisme, Sigrid tira de sa ceinture le couteau d'os donné par Macmo. Du bout des doigts elle effleura la peau artificielle, cherchant la jointure des vertèbres métalliques. Lorsqu'elle enfonça la lame, un flot de sang jaillit de la blessure, inondant sa chemise. Il lui fallut toute sa maîtrise pour ne pas s'enfuir en hurlant,

— Ce n'est rien, commenta Pumpkin, simple simulation de base conçue pour accréditer l'idée que je suis humain. Ce sang est d'ailleurs du véritable sang stocké sous pression. Tu vois comme la supercherie peut aller loin. Dépêche-toi !

Les doigts tremblants, Sigrid fit décrire un arc de cercle au poignard. La tête de lutin aux cheveux soyeux se détacha sans difficulté. Elle la saisit à deux mains et la glissa dans son sac en évitant de la regarder. Un grand vide venait de se creuser en elle. *Un robot !*

Elle essuya machinalement la lame du couteau sur sa manche. Des fils électriques, des plots de contact, jaillissaient du cou tranché au milieu d'une mousse écarlate.

La voix de l'enfant monta de la musette, un peu étouffée :

— Il ne faut pas t'attarder, je t'expliquerai plus tard. J'aurai des révélations à te faire. Un message à te transmettre, mais pour l'instant ne pense qu'à ta vie !

Sigrid sortit du hangar d'une démarche d'automate, sourde aux bruits de la rue, au tumulte de la fuite générale. Elle crut qu'elle ne pourrait jamais se mettre à courir, puis ses muscles retrouvèrent leur souplesse, et elle se jeta dans la mêlée.

Elle filait, frappant alternativement des deux mains tous ceux qui passaient à sa portée et menaçaient de ralentir sa course. Une dizaine d'hommes s'étaient accrochés au cheval de la scierie et tentaient de le renverser, mais la bête tenait bon, ruant avec l'énergie du désespoir. Sans son intervention inespérée, Sigrid n'aurait jamais pu devancer la masse des fuyards. Le cheval courait, la bouche grande ouverte, hennissant de frayeur et de colère.

Au même instant, la jeune fille aperçut l'entrée du tunnel. Il en montait des échos de cavalcade, des cris de soulagement déformés par la résonance. Elle accéléra, le cœur fou, les poumons en feu. La tête de Pumpkin battait sa hanche, des mèches de cheveux s'échappaient par l'entrebâillement de la musette. Elle se faisait l'effet d'une voleuse de cadavres s'enfuyant, son macabre butin sur l'épaule. Elle voulait oublier. Oui, oublier sa déception, la duperie dont elle avait été victime, et la peur de la solitude à venir. Que serait dorénavant la termitière sans Pumpkin ? Les déambulations au long des tunnels sans Pumpkin ? Les étapes...

Elle refoula la boule de chagrin qui bloquait sa gorge et sauta dans la galerie. Les lueurs de l'incendie teignaient le boyau en rouge. Elle bondit au milieu des fuyards épouvantés, les coudes hauts, la tête renversée. Elle ne sentait plus les limites de son corps étrangement anesthésié. Il lui semblait qu'elle aurait pu courir ainsi des jours et des jours sans même reprendre haleine. Et contre sa hanche, le sac battait, battait...

20

Une bouteille à la mer

Le tunnel était plein d'une foule invisible, une armée de somnambules avançant les mains tendues. L'obscurité bruissait de chuchotements, et tous les deux pas des doigts moites parcouraient le visage de Sigrid dans l'espoir d'une impossible identification. La jeune fille se dégageait avec des mouvements nerveux, et se lançait, l'épaule en proue, fendant la houle de ces corps hésitants. Elle avait hâte d'être loin, de retrouver la solitude des galeries, de plonger au cœur de la muraille comme au sein d'une eau noire. Déjà des murmures peuplaient l'ombre : « Le feu est éteint », « L'incendie est maîtrisé ! Il n'y a plus de danger ! »

La lueur pourpre qui avait illuminé le tunnel dans

les premières minutes de la fuite perdait déjà en intensité. Le brasillement dansant du foyer, qui faisait aux rescapés des visages de spectres, s'était affaibli, cédant la place aux ténèbres de la muraille. Du coup les fuyards avaient renoncé à leur course aveugle pour s'immobiliser épaule contre épaule, obstacles humains entre lesquels Sigrid louvoyait à tâtons.

— Hé ! s'écria quelqu'un, vous vous trompez de sens ! Il faut faire demi-tour, sinon vous allez vous enfoncer dans l'épaisseur de la paroi !

Sigrid pressa l'allure sans répondre, elle craignait à tout moment d'être empoignée et tirée en arrière. Il suffisait de peu de chose : qu'un imbécile batte le briquet, qu'un guerrier, retrouvant ses esprits, pousse le bouton de la lampe torche pendue à sa ceinture, que...

Elle avançait, les dents soudées, s'insinuant comme une anguille entre les torses, les hanches, que la vague du reflux rendait chaque seconde plus compacts.

— Où vas-tu ? Hé ! fais demi-tour, il n'y a plus de danger ! s'obstinaient les ombres.

Des doigts s'accrochaient à ses vêtements, cherchaient à la retenir. Elle se dégageait sans violence, essayant de ne pas attirer les soupçons. Elle crut un moment qu'elle ne pourrait pas lutter contre le flot, que la foule en marche allait l'emprisonner dans ses filets, la ramenant à son point de départ, la rejetant vers la lumière. À la fin elle dut mordre et frapper pour se dégager du troupeau soudain reconstitué.

Quand elle se retrouva seule au centre du tunnel, sa chemise était trempée de sueur. Elle se mit à courir jusqu'à ce que le souffle lui manque, jusqu'à ce qu'un point de côté la jette à terre. Alors seulement elle pressa l'interrupteur de sa lampe de poche, éclairant les parois noircies. Elle fit glisser le sac de son épaule, saisit la tête de Pumpkin entre ses paumes, comme elle l'eût fait d'un vrai visage. Tout de suite, elle réalisa que le plastiderme était froid et que la chair, autrefois douce, prenait la consistance du caoutchouc.

— Je ne suis plus irrigué, chuchota l'enfant devinant ses pensées, ma peau va durcir. Bientôt je ne ferai plus illusion, j'aurai l'air d'un mannequin décoloré dans la vitrine d'un vieux magasin.

Sigrid ouvrit la bouche, mais les questions tourbillonnaient dans son cerveau, lui donnant le vertige. Le ressentiment eut le dessus...

— Tu m'as dupée ! siffla-t-elle entre ses dents. Tu m'as dupée du début à la fin. Pourtant... tu avais froid quand j'avais froid, faim quand j'avais faim. Tu souffrais quand je souffrais. J'ai vu la peur dans tes yeux, la sueur sur ton corps. Tu pleurais, tu criais ! Tu...

Pumpkin esquissa un sourire d'excuse.

— Simple technique imitative, fit-il d'une curieuse voix métallique, je simulais, copiant mon attitude sur la tienne. Waldo avait raison, on m'a pourvu d'une gamme de stratégies pratiquement illimitée. Il me suffisait d'analyser tes sécrétions corporelles pour connaître tes sentiments du moment : ta sueur, les ondes de peur émises par ton cerveau, l'absence de vitamine C dans ton organisme, ton degré de stress. Ma main sur ta poitrine ou ton front me communiquait immédiatement ton électroencéphalogramme, ton électrocardiogramme... Que sais-je encore ? Chaque analyse contribuait à déterminer le type de stratégie adéquate. Alors j'avais peur, j'avais faim, sommeil, soif... Je reproduisais tes gestes, tes angoisses en fonction du schéma enfantin régissant mon programme. Je t'ai menti parce que ma mission consistait à t'observer, te sonder, et éventuellement te convaincre.

— Me convaincre ?

— Oui, Sigrid. Je suis une bouteille à la mer, rien d'autre. Un message à la dérive attendant d'être lu et compris. Quand le complot a été découvert, les conjurés ont tout de suite compris qu'aucun d'entre eux n'en réchapperait, aussi ont-ils imaginé de confectionner une sorte d'arche ambulante renfermant dans ses circuits-mémoire toutes leurs connaissances scientifiques. Leurs théories au sujet de l'extérieur, leurs observations sur la ville-cube, le pouvoir, etc., etc. Ils voulaient que cette arche passe inaperçue, aussi lui ont-ils donné l'aspect d'un enfant. Un gosse au visage d'ange nommé Pumpkin, pourvu d'une fausse identité informatique, et capable de donner le change en toute situation, capable de persuader son entourage de sa réelle appartenance au genre humain. Cette ruse a d'ailleurs bien failli se retourner contre eux puisque j'ai été emprisonné en leur compagnie lorsque les miliciens ont envahi le laboratoire ! À aucun moment la police du Directoire n'a soupçonné la supercherie. On nous a drogués avant d'aller nous jeter dans le four. Des hypnogènes puissants qui ont ravalé mes créateurs au rang de zombies. Moi seul...

— Toi seul restais lucide, compléta Sigrid. Les drogues n'avaient aucun effet sur une...

— Sur une mécanique. Tu peux le dire, fit Pumpkin. C'est vrai. Au moment où tu te préparais à les jeter dans les flammes, mon programme fonctionnait à plein rendement. Je devais survivre pour ma mission, et pour cela utiliser tous les moyens, tous les subterfuges. J'ai analysé tes réactions, tes expressions en face de Waldo et des soldats. J'en ai déduit que tu nourrissais des velléités de rébellion, que tu ne partageais pas leurs certitudes. C'était une ouverture. Mes circuits ont sélectionné la stratégie qui semblait s'imposer et...

— J'ai marché ! ricana Sigrid. Je t'ai cru humain, je t'ai sauvée pendant que je basculais les vrais humains dans l'incinérateur ! *J'ai sauvé un robot !*

— Ne sois pas amère, dit doucement l'« enfant »,

tu ne pouvais pas deviner. Tu n'as pas à te sentir coupable de ce qui est arrivé.

— Mais tu n'as pas cessé une seconde de jouer au naïf ! Dans le tunnel, tu me demandais des explications sur la ville, les termites, comme si tu n'en avais jamais entendu parler...

— C'était pour te sonder. Je devais déterminer ta position par rapport au système. Te situer psychologiquement et intellectuellement.

— Mais pourquoi ?

— Pour trouver un candidat valable. Quelqu'un susceptible de comprendre et d'approuver le message que j'avais à délivrer. Tu présentais des qualités certaines, mais je devais être sûr de mon choix.

— Moi ? s'étonna Sigrid. Mais c'est idiot. Je ne comprendrai pas un traître mot de tes formules savantes, de tes théories, de...

— Je sais, soupira Pumpkin, mais tu as le courage et la persévérance.

Il cligna des paupières avant d'ajouter :

— Et je n'ai malheureusement plus le temps de chercher.

Sigrid soupira.

— Tu es donc une bouteille jetée à la mer par des savants morts. Le dernier témoignage d'un complot avorté et dont tous les conjurés ont été exécutés. Je comprends tout cela, mais qu'attends-tu de moi ?

— J'ai essayé de te sensibiliser à nos problèmes

tout au long du voyage. Ma mission était de susciter d'autres vocations, de recruter un continuateur. Quelqu'un qui reprendrait à son compte le flambeau de la révolte...

— Et tu crois que moi ? *Moi !*

— Ne sois pas sarcastique. Tu as parfaitement compris que le cube est un monde qui s'écroule, un monde de mort. Les termites ont causé des ravages, je te l'accorde, mais il n'y a pas qu'eux. Pense aux animaux cryogénisés dans la salle d'archivage, à ces bêtes féroces qui, un jour ou l'autre se réveilleront, se répandront de cellule en cellule, dévorant femmes et enfants. Pense surtout aux voleurs de fer qui travaillent à s'affranchir de la tyrannie des implants... Eux aussi réussiront, ce n'est qu'une question de temps. Tu les verras alors partir à l'assaut des ascenseurs, envahir les étages, imposer leur volonté à tous... Pour l'instant ils sont vaincus, désemparés. Leur unité a été en partie détruite par les flammes, *mais demain ?* Ne crois-tu pas que leur haine s'alimentera de ce dernier revers ? Que leur soif de revanche s'en trouvera décuplée ? La ville-cube est un monde de mort qui s'écroule, une termitière qui s'affaisse. Qu'on le veuille ou non, il n'y a plus aujourd'hui qu'une solution : évacuer la ville-cube.

— Tu veux faire de moi une mangeuse de murailles ? demanda Sigrid. Une comploteuse prêchant la révolution d'unité en unité ! Mais tes déductions ne tiennent pas debout, le Directoire refoulera les voleurs de fer, il trouvera le moyen d'en finir avec les termites, il...

— Sigrid ! coupa la voix étrangement métallique de Pumpkin. Sigrid, il faut que tu saches une chose : *il n'y a pas de Directoire !*

— Qu'est-ce que tu...

— Contrairement à ce que croient la plupart des gens, il n'y a pas de palais présidentiel au sommet de la ville, il n'y a pas d'étage particulier où siégerait un quelconque gouvernement. *Il n'y a que des ordinateurs.* Des ordinateurs qui ont été programmés une fois pour toutes il y a deux cents ans, et dont un dispositif d'autodestruction protège l'accès. Ceci afin qu'aucun homme ne puisse régner sur la ville. Nous sommes commandés par des machines ! Tu m'entends, Sigrid ? Par des cerveaux électroniques démodés, aux réponses de plus en plus lentes, figés dans des programmes d'un autre âge, et totalement incapables de s'adapter aux situations nouvelles !

— Mais pourquoi ?

— Parce qu'à une époque on a cru que les machines, qui ne connaissaient ni la haine ni la volonté de puissance, constitueraient la meilleure forme de gouvernement pour la cité. Pas de passions, pas de guerre. Telle était l'équation. On appelait ça : le dispositif anti-tyran, la formule de paix.

L'enfant se tut. Sigrid éteignit la lampe, troublé. Le

crâne de Pumpkin pesait entre ses mains. Elle le posa sur le sol. Le « gosse » disait-il la vérité, ou – une fois de plus – tentait-il de la manipuler ?

— Qu'est-ce que tu veux que je fasse exactement ? murmura-t-elle au bout d'une minute.

— Tu devras coûte que coûte trouver le moyen de gagner l'étage du Directoire, expliqua Pumpkin, là où se trouve l'ordinateur qui contrôle la ville-cube. Une fois ma tête branchée sur la console principale, je casserai les codes de verrouillage et les ascenseurs seront de nouveau accessibles à tout le monde. Il n'y aura plus de prisonniers, chacun deviendra un libre-voyageur.

— Mais à quoi cela servira-t-il ? grogna Sigrid. Si nous sortons de la ville-cube les virus nous tueront !

— Non, il est possible de quitter cette planète au moyen d'un vaisseau d'évacuation géant dissimulé dans un tube de lancement, quelque part dans le désert. Un tunnel y conduit. Il est paraît-il assez grand pour contenir toute la population de l'abri.

La jeune fille se gratta la tête, perplexe.

— C'est une sacrée belle histoire, marmonna-t-elle, et j'ai envie d'y croire, bien sûr, mais pourquoi nous l'a-t-on caché ? Pourquoi a-t-on fait de nous des prisonniers perpétuels alors qu'il était si simple de fuir cette planète pourrie ?

— Parce qu'une évacuation aurait privé les maîtres de la ville de leur pouvoir, répondit Pumpkin. Tu comprends ? En restant ici, ils régnaient comme des monarques absolus ; ils décidaient de tout. L'évacuation les aurait privés de ce pouvoir.

— Ouais, je commence à piger ; revenus sur la Terre, ils auraient cessé d'être des dieux.

— Exact. Voilà pourquoi ils ont soigneusement caché l'existence de la fusée de sauvetage. Ensuite, ils ont vieilli, et la mort les a rattrapés. Ils avaient beau se prendre pour des dieux, ils ont fini par rendre l'âme.

— Et le grand ordinateur a continué tout seul, compléta Sigrid. C'est ça ? Comme du temps où les maîtres le programmaient.

— Oui. Heureusement, quelques personnes connaissaient le secret de la ville-cube, elles m'ont fabriqué pour vous libérer. Garde bien en mémoire tout ce que je viens de te révéler, car je vais m'éteindre. Mes batteries de secours sont à plat. Je resterai « endormi » jusqu'à ce que tu puisses de nouveau me brancher sur une source d'alimentation.

La jeune fille grimaça. Instinctivement elle tendit la main, toucha les cheveux soyeux de Pumpkin.

— Maintenant je vais être bien seule, fit-elle d'une voix éteinte.

— Je n'étais qu'une bouteille à la mer, dit doucement l'enfant. Même si j'ai souvent essayé de te faire croire le contraire...

— Je vais réfléchir à tout ce que tu m'as dit, murmura la fille aux cheveux bleus. C'est une terrible responsabilité. Tu me demandes de venir en aide à des milliers de gens...

Fatiguée, elle s'allongea dans la suie, la tête coupée serrée contre sa poitrine, le nez noyé dans les boucles rousses de Pumpkin.

— D'accord, fit-elle au bout d'un moment. Je vais essayer. Mais j'ignore comment faire.

— Conserve ma tête, répéta l'androïde. Elle contient bien des secrets. Dès que tu pourras la brancher sur une prise électrique, je me réveillerai et te guiderai. Si je me tais ou si je me mets à raconter n'importe quoi, n'en déduis pas pour autant que je suis mort, ce sera simplement que mes batteries seront épuisées. Trouve du courant électrique et je reviendrai à la vie. Dans l'immédiat, essaye de neutraliser ton implant et de te rapprocher du dernier étage...

— Mais comment ? s'impatienta Sigrid. Comment ?

Hélas, Pumpkin était désormais trop faible pour lui répondre. Elle crut l'entendre balbutier les mots *banane bleue,* mais cela n'avait aucun sens et elle en déduisit qu'il était en train de perdre les pédales.

Le lendemain, le petit robot avait les yeux vitreux et sa voix n'était plus qu'un murmure indistinct. En approchant son oreille de la bouche de caoutchouc aux lèvres décolorées, Sigrid perçut un monologue incohérent entrecoupé de longues séries de chiffres. Vers midi cependant l'enfant avait récupéré assez d'énergie pour se lancer dans un discours précipité où il récapitulait ses informations de la veille. Il répéta ce message deux fois de suite, puis s'enfonça dans un mutisme ponctué de grésillements.

Sigrid renonça à bouger. La « peau » sous ses doigts avait pris une consistance désagréable. Elle tenta à plusieurs reprises d'établir un dialogue, mais Pumpkin ne semblait plus maîtriser ses processus mentaux. Jusqu'au soir il débita d'un ton parfaitement monocorde la liste de ses composants, puis se réfugia dans un concert de parasites ponctué de pulsations binaires.

Enfin ses yeux devinrent blancs et sa mâchoire s'affaissa avec un craquement métallique de charnière mal huilée.

— Pumpkin ? balbutia la jeune fille le cœur broyé dans un invisible étau. Pumpkin ! Tu m'entends ? Ça va, tu as gagné ! Je ferai ce que tu voulais. Tu es content ? Hein ? Réponds !

Mais la tête entre ses mains ne présentait guère plus d'expression qu'un morceau de granit.

21

La guerrière des ascenseurs

Sigrid marchait. Elle ne savait pas où elle allait. La paroi l'absorbait comme un ventre noir et froid, comme l'intestin fossilisé de quelque bête monstrueuse. Elle avançait, les yeux clos ; la tête du robot mort battait sa hanche à travers la toile du sac.

Un jour, bientôt, elle rencontrerait des hommes, des errants peut-être, elle leur raconterait son histoire. Elle leur dirait la vérité sur le cube. Certains la repousseraient, d'autres marcheraient dans ses traces. Et le temps passerait...

Combien de mois ? Combien d'années ?

Mais désormais l'héritage de Pumpkin coulait en elle. Elle portait la parole. Elle portait le message.

Trouverait-elle une solution avant que les forces noires se déchaînent sur la cité enfouie, avant que la haine, l'envie et la folie du pouvoir ne ravagent les étages les uns après les autres ? Il lui faudrait faire vite, elle le savait. L'avenir du cube reposait sur elle. Elle était devenue une nomade...

Une mangeuse de murailles.

22

Le pays des bananes bleues

Un jour, au détour d'un tunnel, Sigrid tomba nez à nez avec Macmo. L'ancien esclave parut soulagé de la rencontrer.

— Je te croyais morte, avoua-t-il. La panique de l'évacuation a fait beaucoup de victimes. Les gens ont mal réagi, sans aucune discipline. Je croyais qu'ils se montreraient plus malins. Et toi, que deviens-tu ?

La jeune fille le mit au courant des révélations de Pumpkin et ouvrit sa besace pour lui montrer la tête du petit robot.

— Ça par exemple ! haleta Macmo. Je ne me serais jamais douté que ce mioche était un androïde. Il avait l'air tellement humain.

Il tendit la main mais hésita à toucher le crâne, comme s'il s'agissait réellement d'une tête coupée.

— Il est... « mort » ? demanda-t-il.

— Non, murmura Sigrid. Il est en sommeil, comme un ordinateur dont la batterie est épuisée. Dès que nous aurons trouvé une source de courant, nous pourrons l'y brancher, et il se réveillera.

— Pour quoi faire ? s'étonna Macmo.

— Je te l'ai déjà dit, soupira la jeune fille. Il faut à tout prix trouver le moyen de gagner l'étage du Directoire, là où se trouve l'ordinateur qui contrôle la ville-cube. En branchant Pumpkin sur la console, nous casserons les codes de verrouillage et les ascenseurs seront de nouveau accessibles à tout le monde. Il n'y aura plus de prisonniers, chacun deviendra un libre-voyageur.

— Mais à quoi cela servira-t-il ? grogna Macmo, comme Sigrid l'avait fait elle-même quelques jours plus tôt. Si nous sortons de la ville-cube, les virus nous tueront !

— Pumpkin affirme qu'il est possible de quitter cette planète au moyen d'un vaisseau d'évacuation géant dissimulé dans un tube de lancement. Il est paraît-il assez grand pour contenir toute la population de l'abri.

Sigrid devinait le jeune homme incrédule. Elle dut passer beaucoup de temps à lui répéter dans les détails tout ce que lui avait révélé Pumpkin. Elle réussit finalement à convaincre Macmo de la nécessité d'aller jusqu'au bout de la mission entamée par le petit robot.

— D'accord, tu as gagné : je te crois ! fit le jeune homme à la peau sombre, le problème c'est d'accéder à la salle du Directoire. Elle se trouve au sommet du puits dans lequel se déplacent les ascenseurs. Pour se hisser là-haut, il faut se débarrasser des implants sinon nous serons électrocutés dès que nous tenterons de filer en direction de la surface.

Sigrid frissonna.

— On ne peut pas bricoler les implants, haleta-t-elle, tu le sais bien.

— Ouais, grogna Macmo, mais il y a un moyen de tricher. Il existe une drogue qui ralentit les effets du court-circuit émis par la bille le long de la moelle épinière... Pour rester simple, je dirai que la décharge électrique est toujours là, mais qu'elle progresse si lentement qu'on n'en ressent pas les effets destructeurs.

— C'est possible ?

— Oui, bien sûr, ça ne dure qu'un temps. Au fil des semaines, la décharge finit par arriver là où elle devait arriver, et l'on s'écroule, foudroyé, mais on a gagné un sursis.

Sigrid se mordit nerveusement la lèvre. Elle réfléchissait à toute allure.

— Cette drogue nous permettrait d'utiliser les ascenseurs pour grimper à l'étage du Directoire, dit-elle. Et si nous parvenons à désamorcer l'ordinateur, nous n'aurons plus à craindre d'être électrocutés car les billes seront automatiquement désamorcées !

— Énoncé de cette manière ça semble super ! s'esclaffa Macmo. Et je suis d'accord pour tenter l'aventure, mais encore faut-il se procurer le produit en question.

— Où se trouve-t-il ? interrogea la jeune fille devinant que la réponse ne serait pas réjouissante.

— Par chance, on le fabrique au même niveau que nous, chuchota Macmo. Dans une unité habitée par des types vraiment cinglés. J'ai pas mal voyagé à une époque en me glissant d'un tunnel à l'autre, c'est comme ça que j'ai traversé ce foutu patelin. Mais tout y est si zarbi que je ne m'y suis pas attardé, tu peux me croire. Ils ont inventé cet élixir pour bénéficier du pouvoir de se déplacer sur les murs et au plafond, comme des mouches.

— Quoi ?

— C'est la pure vérité, petite sœur ! Juré, vrai de vrai ! Je l'ai vu de mes propres yeux. C'était si zarbi que je me suis dépêché de m'engouffrer dans un autre tunnel sans demander mon reste.

— Des gens qui marchent au plafond, c'est vrai ? haleta Sigrid. Tu ne te payes pas ma tête ?

— Non, ça me flanque la chair de poule rien que d'y repenser. À l'origine, ils ont commencé à vivre comme ça parce qu'ils manquaient de place. Ils devenaient trop nombreux et la surface au sol de l'unité d'habitation était bien trop étroite, alors ils ont imaginé de coloniser le plafond et de vivre la tête en bas... comme... comme des chauves-souris, tu vois ?

— Oui. Mais ça paraît vraiment dingue.

— C'est superdingue, tu veux dire, oui ! L'idée leur est venue parce qu'ils disposaient de cette drogue... Un élixir qu'ils tirent d'un fruit et que les paysans font fermenter. Quand tu bois ce truc, tu peux grimper aux murs, marcher la tête en bas. Tu n'es plus soumis à la loi de l'implant. Tu piges ? Tu grimpes, tu grimpes... et le courant est tellement ralenti au long de ta colonne vertébrale qu'il met une éternité à te foudroyer.

— Je vois où tu veux en venir, souffla Sigrid. Si nous nous procurions une bonne quantité de ce produit nous pourrions emprunter les ascenseurs en nous moquant des interdictions...

— Exact, petite sœur. Exact. Ce serait un sacré pied de nez aux lois de la ville-cube. Mais il y a une petite difficulté, ces gens dont je parle, *ce sont des saloperies de vampires...*

Quand elle fut remise de sa surprise, Sigrid pria Macmo de lui donner plus de détails sur la curieuse peuplade avec laquelle ils allaient faire connaissance, mais le jeune homme à la peau sombre demeurait réticent. De toute évidence, lui d'ordinaire si courageux éprouvait une peur très réelle à l'idée de pénétrer sur le territoire de cette unité.

Quand Sigrid insista, il finit par lâcher quelques détails, de mauvaise grâce.

— C'est à cause de ce fruit, dit-il, la banane bleue. Un truc transgénique conçu à l'origine pour permettre à tout le monde de manger. Ça pousse partout, ça ne nécessite aucune surveillance, peu de lumière, presque pas de chaleur... L'idéal, quoi ! En plus, une seule banane suffit pour assurer l'alimentation d'un humain pour 24 heures. C'est très, très bourratif. Tu en boulottes une, tu ne souffres plus de la faim avant le lendemain. Hélas, ça a des effets secondaires... ça crée une dépendance. On devient accro. Bientôt on veut en manger six, puis dix, puis vingt...

— Et c'est alors que les « pouvoirs » se développent..., compléta Sigrid.

— Oui, petite sœur. Tu commences à te moquer du haut et du bas. Tu deviens comme une mouche. Ça ne te fait ni chaud ni froid de vivre la tête en bas.

— Mais pourquoi parles-tu de vampirisme ?

— Tu verras, petite sœur, tu verras... Quand on sera là-bas, faudra se montrer superprudents, c'est moi qui te le dis, oui. Superprudents.

Ils marchèrent cinq jours durant dans le labyrinthe des tunnels. Ils mouraient de faim. À deux reprises, Macmo se trompa de direction et ils durent revenir sur leurs pas. Sigrid ne protesta nullement. D'une part elle était trop épuisée, d'autre part elle se demandait comment le jeune homme réussissait à s'orienter dans l'entrelacs des galeries. À sa place, elle aurait tourné en rond en se cognant la tête aux parois.

— J'ai le plan en tête, lui répondit-il lorsqu'elle l'interrogea. Gravé dans ma cervelle. Ne sois pas si pressée d'arriver. Une fois là-bas, il faudra se procurer de l'élixir concentré, sous sa forme fermentée et ficher le camp aussitôt... en essayant de ne pas devenir nous-mêmes des saloperies de vampires.

Ils se glissèrent enfin dans l'unité d'habitation par l'une des ouvertures creusées par les « termites ». En émergeant de l'orifice, Sigrid poussa un cri de surprise.

— C'est immense ! haleta-t-elle en embrassant du regard le paysage contenu entre les murailles du compartiment.

Il y avait une montagne, et un lac... Le vent artificiel dispensé par les ventilateurs vissés au plafond faisait frissonner la végétation et vous amenait aux narines une odeur étrange, à la fois sucrée et pourrissante, comme celle exhalée par les fruits trop mûrs.

— Tu renifles le parfum des bananes bleues, expliqua Macmo en remarquant que Sigrid fronçait le nez. Faut se méfier de cette odeur, ça finit par te faire tourner la tête et tu sombres dans le somnambulisme. Ça agit comme une espèce de soporifique. Tu verras beaucoup de gens dormir au long des routes. C'est à cause de l'odeur des bananes.

— Comment s'en protège-t-on ?

— On peut se nouer un foulard sur le visage, mais ça ne sert pas à grand-chose. Voilà pourquoi il faudra faire vite. Si on s'attarde ici, on finira par oublier ce qu'on est venu chercher. Allons-y, essaye de ne pas rester à découvert. Le danger vient toujours du ciel. Applique-toi à rester sous les arbres.

— Pourquoi ?

— Tu vas vite comprendre.

Macmo courait déjà en direction de la forêt pour gagner l'abri des frondaisons. Sigrid s'empressa de l'imiter. Lorsqu'elle s'arrêta pour reprendre son souffle, elle leva les yeux et découvrit le spectacle incroyable du plafond... Des maisons y étaient accrochées, *à l'envers.* Des rues s'y trouvaient peintes... des rues que des gens arpentaient, *la tête en bas.*

Elle eut l'impression de contempler un reflet inversé, dans l'eau d'un lac.

Macmo lui saisit le poignet et la tira sous un palmier.

— Ne les regarde pas ! gronda-t-il. Ils n'aiment pas ça. Ils ont une très bonne vue, comme les oiseaux. Il ne faut pas attirer leur attention. L'élixir les rend nerveux, instables. Ils se mettent en colère pour un rien.

Sigrid lui signifia qu'elle avait compris, cependant

elle avait du mal à détacher les yeux du formidable panorama que lui offrait le plafond de l'unité d'habitation. Une ville... une ville à l'envers !

L'odeur de fruit pourri la ramena à la réalité.

— Tous ces arbres produisent des bananes bleues, murmura Macmo. Les gens d'en bas les cultivent, les cueillent et les jettent dans un pressoir pour en tirer un jus qui fermentera et donnera l'élixir. Maintenant ramasse ce bâton, il pourrait bien t'être utile dans quelques minutes.

La jeune fille obéit. Autour d'elle, des villageois poursuivaient leur travail sans s'étonner de la présence de ces intrus couverts de suie, qui venaient d'émerger du tunnel creusé par les termites.

« Ils ont tous l'air à moitié endormis, songea Sigrid. C'est à peine s'ils parviennent à garder les yeux ouverts. »

— Attention ! cria Macmo. Regarde ! Ils nous ont vus arriver, ils se lancent à notre recherche !

De l'index, il désignait le plafond. Sigrid eut la surprise de voir certaines silhouettes qui, jusque-là marchaient la tête en bas, se détacher du « sol » et basculer dans le vide.

— Ils vont s'écraser..., hoqueta-t-elle.

— Mais non, attends.

Brusquement, les trois hommes qui tombaient comme des pierres écartèrent les bras, dépliant une sorte de voilure en forme d'ailes de chauve-souris, et se mirent à planer au-dessus de la forêt.

— Ils volent ? haleta Sigrid.

— Non, ils planent en utilisant les courants aériens créés par les ventilateurs. Ils sont très forts à ce petit jeu et ils savent parfaitement utiliser les turbulences. Parfois, ils parviennent à rester une heure sans toucher terre. Prépare-toi à te battre... Lève ton bâton et n'hésite pas à les repousser.

Sigrid fit comme on lui disait. Les hommes volants glissaient dans les airs avec beaucoup de grâce. Toutefois, ils poussaient des cris effrayants qui ne présageaient rien de bon.

Bientôt, ils frôlèrent la cime des arbres et survolèrent la route. À leur approche, les paysans étaient sortis de leur torpeur et tentaient maladroitement de s'enfuir. Soudain, un homme oiseau piqua au ras du sol, saisit un chien par la peau du dos et reprit de l'altitude en hurlant de rire, tel un démon. La pauvre bête se tortillait et couinait de terreur.

— Que se passe-t-il ? interrogea Sigrid. Je n'y comprends rien. Quel est le sens de tout cela ?

— Ça n'a aucun sens, grogna Macmo. Ils sont dingues, et ils s'amusent à terroriser les gens d'en bas. Ça les prend comme ça, quand ils s'ennuient. Ne les laisse pas t'attraper, sinon ils te jetteront dans le vide lorsqu'ils auront repris de l'altitude. C'est ce qu'ils vont faire avec ce chien.

Sigrid se cabra, révoltée, et serra les mains sur le gourdin dont elle était armée. Un homme volant la frôla sans parvenir à l'agripper et se rabattit sur une fillette qu'il empoigna par les cheveux. Sigrid se rua au secours de la gamine et abattit son bâton de toutes ses forces sur les doigts de l'horrible créature. Celle-ci jura affreusement et se retourna contre cette inconnue aux cheveux bleus qui osait l'attaquer.

Sigrid frappa de nouveau. À cette occasion, elle constata que l'être aux allures de chauve-souris était en réalité un adolescent aux traits déformés par une hilarité des plus suspecte. Il portait un costume noir, moulant, muni d'une sorte de cape dont les pans fonctionnaient comme des ailes.

Il riait, riait, en dépit des coups que lui assenait Sigrid. La bourrasque l'emporta, le forçant à remonter. La petite fille s'était recroquevillée sur le sol, la tête dans les mains.

— Lève-toi ! lui ordonna Sigrid, cours vers les arbres, ne reste pas au milieu de la route.

— Mon chien ! gémit l'enfant. Ils ont pris mon chien.

Macmo jeta la gosse sur son épaule et regagna le couvert.

— Tu t'es bien débrouillée, cria-t-il à Sigrid, mais tu es trop exposée, viens te cacher. Maintenant, ils n'auront de cesse de t'avoir attrapée.

Les jeunes gens s'enfoncèrent dans les fourrés. La

petite fille se débattait pour leur échapper, elle voulait se lancer à la poursuite de son chien. Macmo eut du mal à la faire tenir tranquille.

— Ils sont fous, souffla Sigrid. Celui que j'ai frappé riait sous les coups. On aurait dit un diable.

— L'élixir leur détraque la cervelle, soupira le jeune homme. Ils appellent ce jeu « le bombardement ». Une fois dans les airs, ils s'amusent à larguer leurs prisonniers sur une maison, pour en défoncer le toit.

— Les gens ne se rebellent pas ?

— Non, le parfum des bananes les endort. Ils n'ont pas assez d'énergie pour se révolter. Les jeunes sont généralement moins abrutis que les adultes, mais cela ne dure pas. Au fil des années leur cervelle s'engourdit elle aussi.

— Venez chez moi, dit la fillette. Vous m'avez secourue... Sans vous le vampire m'aurait emportée. Mes parents vous donneront quelque chose pour votre peine.

Ce n'était pas une mauvaise idée. Mieux valait se fondre dans la population que de rester à l'écart. Sigrid songea qu'elle aurait intérêt à dissimuler sa chevelure indigo sous un turban si elle ne voulait pas devenir une cible facile pour les « vampires ».

La fillette leur dit se nommer Séréna. Elle les conduisit jusqu'à une ferme délabrée. Tout autour, sur des claies, des régimes de bananes attendaient d'être portés au pressoir. L'odeur était si forte que Sigrid sentit la nausée l'assaillir.

Séréna les fit entrer dans une salle commune où un couple travaillait mollement à verser du jus de banane dans des flacons de grès.

— Papa ! Maman ! cria la fillette. Les vampires ont essayé de m'attraper. Ils ont emporté Bobo, mon chien. Ces gens m'ont sauvée.

L'homme et la femme hochèrent distraitement la tête, ne manifestant qu'un intérêt poli. Ils avaient les yeux mi-clos, comme des somnambules.

— Ne faites pas attention, murmura Séréna en se tournant vers Sigrid, le soir ils sont toujours dans cet état. Quand je serai grande je serai pareille.

— Et ça ne t'embête pas ? s'étonna Sigrid.

— Non, répliqua la gamine, quand on dort debout on n'a plus peur des vampires, c'est déjà ça.

Sans plus s'occuper de ses parents, elle disposa des écuelles sur la table et les remplit d'un reste de ragoût au fumet délicieux. Sigrid et Macmo se rappelèrent soudain qu'ils mouraient de faim.

— Quel drôle d'endroit, déclara Sigrid entre deux bouchées. Il faut vraiment aider ces gens.

— Tu les aideras en détruisant l'ordinateur du Directoire, observa Macmo. Pour le moment, il n'y a rien que tu puisses faire.

— Vous allez dormir ici, décida Séréna. Demain, je vous ferai visiter l'exploitation. Il y aura du travail pour vous si vous le souhaitez.

Sigrid comprit que la fillette les prenait pour des émigrants ayant fui leur unité d'habitation. Elle jugea inutile de la détromper.

Le repas terminé, Séréna leur montra où dormir, dans un coin de la salle commune, en utilisant les paillasses remplies d'herbes sèches qu'on distribuait d'ordinaire aux journaliers. Pendant tout ce temps, les parents de la gamine restèrent curieusement indifférents. Ils mangeaient avec une extrême lenteur, et même, parfois, s'endormaient entre deux bouchées.

— Si nous passons trop de temps ici, nous deviendrons comme eux, souffla Macmo avec nervosité. Pas question de traîner, petite sœur. Sitôt l'élixir en poche, on met les voiles.

Après leur avoir souhaité bonne nuit, Séréna prit ses parents par la main pour les conduire dans leur chambre à coucher. Si elle ne l'avait pas fait, les deux adultes auraient dormi la tête sur la table, au milieu des assiettes sales.

Sigrid dut s'avouer qu'elle se sentait elle-même de plus en plus engourdie, comme si elle avait absorbé un somnifère. Elle s'allongea sur la paillasse avec un grognement d'aise.

« J'ai l'impression que je pourrais dormir une semaine entière, songea-t-elle. C'est probablement mauvais signe mais je n'arrive pas à m'en inquiéter. »

Elle bascula dans le sommeil en l'espace d'un battement de paupière.

Elle fut réveillée au milieu de la nuit par une horrible sensation d'étouffement. Une main de fer lui enserrait la gorge, l'empêchant de respirer.

« Quelqu'un essaye de m'étrangler ! » comprit-elle aussitôt. Elle poussa un cri rauque et se débattit. Curieusement, ses coups n'atteignirent personne. Aucun ennemi ne se tenait penché sur elle, il n'y avait que cette main, nouée autour de son cou. *Une main privée de corps,* une main solitaire qui continuait sa besogne mortelle avec une application d'automate. Sigrid tenta de la griffer, ses ongles s'enfoncèrent dans une chair caoutchouteuse, bizarre, qui n'avait rien d'humain.

« Une pieuvre ! pensa-t-elle en suffoquant. On dirait qu'une pieuvre minuscule a enroulé ses tentacules autour de ma gorge. »

Ses forces diminuaient, elle était à présent au bord de l'évanouissement.

Heureusement, Macmo, réveillé par ses soubresauts, se porta à son secours. Proférant d'horribles jurons, il s'appliqua à dénouer les doigts gigantesques qui s'entrelaçaient sur le cou de son amie.

— Qu'est-ce que c'est que cette saleté ? l'entendit haleter Sigrid. Jamais vu ça, jamais... Une main coupée vivante... C'est de la sorcellerie !

La lumière envahit la salle. Séréna apparut, en chemise de nuit, brandissant une antique lampe à pétrole.

— Pas comme ça, cria-t-elle à l'adresse de Macmo, vous n'y arriverez pas de cette façon !

Elle se précipita vers Sigrid et piqua la main enchantée avec une longue aiguille d'argent. Immédiatement, l'étreinte se desserra, et l'horrible appendice tomba sur le sol. Toussant et crachant, Sigrid se redressa sur un coude. Ses yeux s'écarquillèrent sous l'effet de la surprise. Ce n'était pas une main coupée qui avait tenté de l'étrangler, c'était... *une peau de banane !*

L'espace de cinq secondes elle se demanda si elle était en train de perdre l'esprit.

— Tu n'es pas folle, murmura Séréna. C'est un phénomène courant ici. Quand on pèle une banane, il faut tout de suite détruire sa peau, sinon elle se change en une espèce de petite pieuvre qui s'en prend aux humains. Le seul moyen d'en finir avec elles c'est de les piquer avec une aiguille d'argent. Ça provoque un pourrissement accéléré de leur chair et leur ôte toute puissance.

— On croit rêver, balbutia Sigrid en se massant la gorge.

— Les ouvriers qui pèlent les bananes sont toujours très prudents, expliqua la fillette. Sitôt la pelure détachée, ils la jettent dans un broyeur où elle est réduite en pulpe, mais les vampires ne respectent pas cette règle. Ils cueillent des bananes sur les arbres pour les manger en planant au-dessus de la ville, après ils jettent la peau n'importe où, sans se soucier de ce qu'elle fera à la tombée de la nuit. On dirait que ça les amuse de provoquer des drames.

— Des peaux de bananes étrangleuses, murmura Sigrid en effleurant la pelure inerte du bout des doigts. Jamais je n'aurais imaginé...

— Je suppose que c'était destiné à leur assurer un moyen de défense transgénique contre les singes qui dévastent les plantations, observa Séréna, mais ça n'a pas fonctionné comme le souhaitaient les inventeurs. Celle-ci a dû se glisser par une fenêtre entrebâillée. C'est de ma faute, j'aurais dû toutes les fermer, hier soir. Je ne peux plus faire confiance à mes parents, ils sont trop endormis. Demain je vous donnerai une aiguille d'argent. Ne la perdez pas, il en existe très peu. Gardez-la sur vous en permanence.

Sur ces mots, elle s'éloigna pour s'assurer que toutes les fenêtres étaient bien closes. Sigrid et Macmo se recouchèrent mais ils eurent du mal à se rendormir.

23

Le piège du sommeil

Le lendemain, Séréna leur fit découvrir l'exploitation, qu'en dépit de son jeune âge elle dirigeait à la place de ses parents.

Mal remise de son aventure nocturne, Sigrid ne cessait de jeter des coups d'œil autour d'elle, scrutant les hautes herbes pour s'assurer qu'aucune peau de banane tueuse ne rampait dans sa direction.

Les paysans travaillaient avec lenteur, titubant et tâtonnant. Après avoir cueilli les régimes de bananes dans la forêt, ils les acheminaient vers le lieu d'épluchage où chaque fruit était dépouillé de sa peau. Celle-ci, comme l'avait déjà expliqué Séréna, était aussitôt jetée dans un broyeur et réduite en purée. Les bananes étaient ensuite entassées dans un pressoir où on les écrasait pour obtenir un jus épais.

— Le jus est stocké dans ces cuves où il doit fermenter quarante-trois jours pour devenir l'élixir qu'utilisent les vampires pour rester collés au plafond, conclut la fillette.

— Et si on le boit avant cette date ? s'enquit Sigrid.

— Il n'a aucun effet, répondit Séréna, c'est juste du jus de banane. Au goût, c'est plutôt vomitif.

— Et où se trouvent les réserves d'élixir magique prêt à l'emploi ? demanda Macmo.

— Il n'y a jamais de réserves, soupira Séréna. Les vampires nous dévalisent à peine la potion parvenue à maturité. Ils tiennent un calendrier exact de chaque cuvée et viennent l'enlever à la seconde même où la métamorphose s'opère dans les flacons.

— Pourquoi ? s'étonna Sigrid.

— D'une part parce qu'ils en ont terriblement besoin, expliqua la petite fille. Sans elle, ils perdraient tous leurs pouvoirs et tomberaient du plafond. Pour continuer à vivre la tête en bas, ils doivent en absorber chaque jour. D'autre part, je crois qu'ils ne tiennent pas à ce que les gens d'en bas soient tentés d'en prendre et grimpent les rejoindre là-haut. Le plafond est en passe de devenir surpeuplé, vous savez.

Sigrid grimaça. Macmo n'avait pas prévu cela. Il s'était trompé en s'imaginant qu'il serait facile de se procurer de l'élixir. Il y avait du jus de banane en quantité industrielle, mais la potion magique, elle, risquait de se faire plutôt rare.

« Quarante jours ! pensa-t-elle, gagnée par le découragement. Il va falloir attendre plus d'un mois que la dernière cuvée parvienne à maturité. Nous qui pensions ne pas rester plus de 48 heures ! »

À la mine déconfite du jeune homme, elle comprit qu'il était en train de faire la même réflexion.

Séréna leur expliqua le fonctionnement des différentes machines.

— Je compte sur vous, leur expliqua-t-elle. Vous venez d'arriver, vous êtes encore très actifs. J'aimerais vous confier la surveillance des ouvriers. Il vous suffira de les réveiller quand ils s'endormiront. Je vous nourrirai bien. Vous dormirez dans la maison, vous y serez plus à l'abri que dehors où les hautes herbes grouillent de peaux de bananes étrangleuses.

— Et combien de temps penses-tu que nous resterons « actifs », comme tu dis si bien ? s'enquit Macmo.

Séréna fit la moue.

— Vous êtes des adultes, dit-elle d'un ton désolé. Il ne faut pas se faire d'illusion, le parfum de la banane va peu à peu vous transformer en somnambules. Dans un mois vous dormirez debout, ou presque... et je serai forcée de dénicher quelqu'un d'autre pour surveiller l'exploitation.

— Tu veux dire que nous serons comme eux ! grogna le jeune homme en désignant les ouvriers somnolents qui titubaient autour des cuves.

— Oui, hélas, soupira la fillette. C'est inévitable. Les adultes ne résistent jamais plus de trente jours aux vapeurs des bananes bleues. Ça leur engourdit la cervelle. La plupart de mes ouvriers ne se rappellent même plus comment ils se nomment. Vous avez vu mes parents ? Dans six mois vous serez dans le même état.

Sigrid serra les mâchoires.

« Cela signifie que dans un mois nous aurons oublié ce que nous sommes venus faire ici, se dit-elle en proie à une vive inquiétude. La nouvelle cuvée d'élixir sera à point mais nous nous en ficherons royalement parce qu'entre-temps nous serons devenus de parfaits crétins ! »

— Vous comprenez maintenant pourquoi une partie de la population est partie s'exiler au plafond ? fit Séréna. Là-haut, on ne sent plus les émanations des fruits. Le souffle des ventilateurs crée une barrière protectrice. C'est la raison pour laquelle les vampires ne veulent surtout pas redescendre.

— Ouais, grogna Macmo, ils préfèrent devenir dingues que de se changer en somnambules.

— Ça se comprend, non ? fit rêveusement Séréna. Parfois je me dis que je devrais faire comme eux. Boire de l'élixir et grimper aux murs pour aller les rejoindre. Mais je ne veux pas abandonner mes parents.

— Combien de temps te reste-t-il avant de devenir comme eux ? interrogea Sigrid.

— Quatre ans, soupira la fillette. À partir de seize ans on n'est plus protégé contre les émanations du parfum. Les muqueuses du nez se modifient, elles commencent à sentir des odeurs qu'elles ne percevaient pas jusque-là. Après, ça va très vite... On s'engourdit chaque année un peu plus. On est moins joyeux, moins remuant. On perd son sens de l'humour, son besoin de bouger. On ne fait plus de projets. On est tout le temps fatigué, on ne pense qu'à se reposer. Dormir devient une obsession.

Elle se tut et resta un long moment silencieuse, à contempler le plafond, avec ses étranges maisons inversées.

— Je ne sais pas si j'aurai le courage de rester, avoua-t-elle. Peut-être que je volerai de l'élixir et que je choisirai de devenir une mouche...

Elle s'ébroua.

— En tout cas, soupira-t-elle, pour vous c'est trop tard, vous n'avez plus le choix, vous êtes trop vieux.

La mort dans l'âme, Sigrid et Macmo durent accepter la proposition de Séréna. Qu'auraient-ils pu faire d'autre puisque, dans cet étrange pays, il n'était pas question de dormir à la belle étoile ?

Mais le spectacle de tous ces somnambules tournant en rond avait quelque chose de déprimant. Certains, torturés par le sommeil, se roulaient en boule dans un coin d'ombre et s'abandonnaient à d'interminables siestes. Bien que la plantation fût remplie d'ouvriers, le travail se faisait au ralenti. Beaucoup, qui entraient dans la forêt pour cueillir les régimes de bananes, oubliaient d'en ressortir... ou continuaient à marcher droit devant eux, incapables de se rappeler où ils allaient, et ce qu'ils avaient à faire.

— Bon sang, rugit Macmo, et dire que dans trente jours on sera comme eux !

— On ne peut pas courir ce risque, murmura Sigrid. Après tous les dangers dont nous avons triomphé ce serait trop bête ! Il faut mettre la main sur un flacon d'élixir parvenu à maturité. Il doit bien s'en trouver un quelque part.

— Une bouteille datant de la précédente cuvée ?

— Oui, ce serait bien le diable si...

La jeune fille se tut car les hautes herbes venaient de frémir sur sa droite.

« Les peaux de bananes tueuses, pensa-t-elle immédiatement. Elles nous encerclent. »

D'instinct, elle porta la main à son cou où pendait l'aiguille d'argent que lui avait confiée ce matin Séréna.

Elle fit trois pas en direction des buissons. Elle n'eut aucun mal à distinguer les petites « pieuvres » bleues rampant sur le sol. Elle en dénombra cinq, six... dix... quinze... une vraie meute aux aguets.

— Les ouvriers, chuchota-t-elle à l'intention de Macmo, ils n'ont pas d'aiguille pour se défendre ?

— Non, fit le jeune homme. De toute manière ils sont bien trop endormis pour s'en servir.

Il allait ajouter quelque chose quand une ombre passa dans la lumière tombant du plafond. Trois « vampires » s'étaient laissés choir dans le vide et dérivaient dans les courants aériens, ailes déployées.

« Ils surveillent la récolte, songea Sigrid. Ils s'impatientent parce qu'ils sont inquiets. Leurs réserves d'élixir s'épuisent. Si la prochaine livraison tarde trop, ils dégringoleront de leur perchoir et s'écraseront à nos pieds comme des tomates trop mûres. »

— Pas moyen de passer un pacte avec eux, grogna Macmo. Ils n'accepteront jamais de nous céder un flacon de potion magique.

— Je ne pense pas, ricana amèrement Sigrid. Ils en ont trop besoin, et puis tu as entendu ce que disait Séréna : ils ne tiennent pas à voir la population du plafond augmenter.

La situation semblait bel et bien bloquée. Sigrid aurait aimé demander conseil à Pumpkin, hélas, au pays des bananes bleues l'électricité semblait uniquement réservée au peuple du plafond. Aux dires de Séréna, aucune ferme des environs n'en était équipée. Il était donc impossible de brancher la tête du petit robot sur une quelconque prise d'alimentation. Sigrid ne cherchait pas à se dissimuler que la présence du « petit garçon » lui manquait cruellement.

— Arrête de rêver ! lui lança Macmo, redescends sur terre. Je crois que les « pieuvres » sont en train de manœuvrer pour lancer une attaque. Elles progressent par sauts de puce, se rapprochant de nous insensiblement.

— J'ai du mal à me faire à l'idée qu'une peau de banane a presque réussi à m'étrangler, souffla Sigrid.

— Si ça peut t'aider, ricana le garçon, je te signale que tu as le cou couvert d'hématomes. Prends l'aiguille d'argent dans ta main, et ne la laisse surtout pas tomber dans l'herbe. Je crois que l'attaque est imminente.

Sigrid obéit, nerveuse. Coincée entre son pouce et son index l'aiguille constituait une arme dérisoire.

« Garde ton sang-froid, se dit-elle. Il n'y a que toi qui puisses aider ces gens. Ils sont tellement engourdis qu'ils seront incapables de se défendre. »

Sur la plaine, personne ne parlait. Seul le ronronnement du pressoir troublait le silence. Tout à coup, les « pieuvres » jaillirent des hautes herbes pour sauter à la gorge des paysans. Ceux-ci roulèrent sur le sol en poussant des cris sourds et en se débattant maladroitement. Sigrid et Macmo bondirent. Pendant que le jeune homme luttait pour desserrer l'étreinte des peaux de bananes et permettre aux victimes d'inspirer quelques goulées d'air, la fille aux cheveux bleus piquait les pelures à l'aide de l'aiguille d'argent. Dans la confusion de la bataille, il était difficile de procéder avec finesse, et Sigrid piquait parfois les malheureux paysans au lieu des pelures indigo. Elle fut bientôt elle-même agressée. Les « pieuvres » végétales sortaient de partout à la fois, comme si elles avaient l'intention d'empêcher les paysans de massacrer les bananes en les jetant dans le pressoir. C'était une sorte de guerre étrange. Une lutte acharnée du peuple des bananes pour faire valoir son droit à la vie.

« Après tout, songea Sigrid, elles ont peut-être raison ? »

Mais l'heure n'était pas à la philosophie, pour le moment il s'agissait de ne pas se laisser étrangler, un point c'est tout !

La bataille dura longtemps. Quand les « pieuvres » se retirèrent enfin, Sigrid et Macmo réalisèrent que trois paysans avaient péri. Ils reposaient sur le dos, tirant une langue de pendu.

— On a fait ce qu'on a pu, haleta Macmo. Et c'était pas évident avec une seule aiguille.

— Elles reviendront, dit sourdement Sigrid. Lorsqu'elles auront recouvré leurs forces, elles nous attaqueront de nouveau.

— Je sais, fit le garçon. Si ces gens n'étaient pas à moitié somnambules, ils auraient déjà pris leurs jambes à leur cou.

Une ombre passa au-dessus des jeunes gens. Sigrid

leva les yeux pour apercevoir un vampire d'une vingtaine d'années qui planait dans les courants aériens, une banane à la main. Ostensiblement, il entreprit de la peler, et agita la peau comme un mouchoir, pour narguer Sigrid.

— Il va aller la jeter, gronda celle-ci, quelque part dans la forêt... et elle se changera en pieuvre. Ce type est totalement crétin. Il ne se rend même pas compte qu'en agissant ainsi il ralentit le travail... et la date de livraison de la prochaine cuvée. Ce n'est pourtant pas dans son intérêt de manquer d'élixir.

— Ces mecs ont la cervelle détraquée, soupira Macmo. Je te l'ai dit : c'est à force de se tenir la tête en bas, ça finit par leur bousiller les circuits. Faut pas attendre d'eux un comportement logique. Ils se comportent comme des gosses vicieux, qui s'excitent à l'idée de faire souffrir les autres.

Insensiblement, le temps passait. Sigrid avait de fréquentes « absences » dont elle s'éveillait soudain, étonnée d'avoir pu s'endormir sans en avoir conscience. Parfois, elle était allongée dans l'herbe, ou adossée contre un tronc, mais, toujours, elle avait les paupières lourdes et l'impression d'avoir du tapioca trop cuit à la place du cerveau.

— C'est en train de nous rattraper, déclara Macmo, un après-midi où la chaleur était assez forte pour cuire les moustiques en plein vol.

— Quoi ? gémit la jeune fille.

— L'engourdissement, bâilla le garçon. Ça va encore plus vite que je ne le pensais. Nous ne tiendrons même pas trois semaines, c'est sûr. Bientôt nous serons comme les autres : nous travaillerons dans un demi-sommeil.

— Il faut parler à Séréna, décida Sigrid, lui dire la vérité. Elle seule peut nous aider.

D'un commun accord, ils gagnèrent la ferme. Sigrid était terrifiée à l'idée de succomber à l'engourdissement général dont tous les adultes étaient victimes dans cet étrange pays.

« C'est un piège sournois, songea-t-elle. Si je m'y laisse prendre, je finirai par oublier complètement ce que je suis venue faire ici. Cela me deviendra indifférent. Je ne penserai plus qu'à me rouler en boule sur ma paillasse pour dormir le plus longtemps possible. »

Une fois en présence de Séréna, elle entreprit de lui conter les mille et une aventures qui l'avaient conduite ici. La fillette l'écouta bouche bée, d'abord incrédule, elle se laissa convaincre lorsque Sigrid sortit de sa besace la tête tranchée de Pumpkin et lui fit voir, sous la peau, le mécanisme délicat commandant aux expressions du petit robot. Séréna n'avait jamais vu d'androïde, mais elle fut fascinée par la beauté du petit garçon.

— Nous devons nous procurer de l'élixir, coupa

Macmo qui s'impatientait. Il faut que nous fichions le camp d'ici avant d'avoir perdu le peu d'intelligence qui nous reste encore.

— Il n'y en aura pas avant que la fermentation de la cuvée ne soit achevée, s'entêta Séréna. Tout ce que vous boirez avant cette date ne sera que du jus de banane.

— Je sais, fit Sigrid, mais tu n'en aurais pas une vieille bouteille cachée quelque part ? Un flacon datant d'un ou deux ans, par exemple. Quelque chose que tu aurais mis de côté au cas où te prendrait l'envie d'échapper à l'engourdissement ?

— C'est vrai, ça, insista Macmo. L'autre jour tu disais que tu pensais parfois à grimper au plafond avant tes seize ans.

Séréna s'agita, mal à l'aise. Elle regarda par-dessus son épaule comme si elle craignait d'être entendue.

— Oui, je sais, balbutia-t-elle. J'ai dit ça comme ça, mais jamais je n'oserais voler une bouteille d'élixir ! Non, non ! D'ailleurs personne ne se risquerait à le faire, ce serait trop dangereux. Les vampires sont capables de renifler un dé à coudre de potion magique à des kilomètres à la ronde. S'ils se rendaient compte que quelqu'un s'est constitué une réserve d'élixir personnelle ils fondraient sur lui et le mettraient en pièces.

— Vraiment ? s'étonna Sigrid.

— Vraiment ! martela Séréna. Si j'avais commis l'erreur d'enterrer une bouteille à la cave, cette ferme n'existerait plus depuis longtemps. Les Volants l'auraient détruite, avant de nous tuer, mes parents et moi. Ils ne plaisantent pas avec ce genre de choses. Ils ont trop besoin de leur fichue potion pour tolérer de s'en laisser dépouiller du moindre centilitre.

— Cela n'arrange pas nos affaires, grogna Macmo. Tu es certaine de ce que tu avances ?

— Oui. Les fermiers ont vraiment trop peur des vampires pour commettre une telle ânerie. Ils ont beau être engourdis, ils tiennent à rester en vie.

Elle prit le temps de réfléchir et déclara, dans un murmure :

— Si vous voulez acquérir le pouvoir de grimper aux murs, le seul moyen qui vous reste c'est d'attendre que la cuvée soit fermentée, d'en voler un flacon et de vous enfuir tout de suite, en priant pour que les vampires ne vous rattrapent pas. Mais ce sera difficile car ils se montrent particulièrement vigilants les jours de « livraison ». Il vous faudra filer ventre à terre vers le tunnel le plus proche... et je ne suis même pas certaine qu'on vous laisse le temps de l'atteindre, ça non !

— Merci pour les encouragements ! ricana Macmo.

— Je ne fais que vous prévenir amicalement, fit Séréna, vexée. Je vous aime bien.

— Ça ne marchera pas, soupira Sigrid. Le jour de la livraison nous aurons oublié tout ce que nous venons de te raconter. Nous n'éprouverons plus le besoin de voler l'élixir, notre unique préoccupation sera de dormir en paix, et le plus longtemps possible.

— Je sais, fit tristement la fillette. Et vous me manquerez. Je me sens bien seule depuis que les vampires ont volé mon chien Bobo. J'espérais que vous résisteriez plus longtemps que les autres, hélas, je vois bien que vous avez déjà tendance à vous endormir pendant le travail. Parfois vous marchez dans votre sommeil et vous accomplissez certaines tâches les yeux fermés. C'est mauvais signe. Bientôt vous deviendrez comme les autres et je ne pourrai plus parler avec vous.

Sigrid se raidit, ce qu'elle entendait ne faisait que confirmer ses craintes.

Lorsqu'ils ressortirent de la ferme, Macmo se gratta la tête avec perplexité.

— Ça se présente mal, lâcha-t-il. Ça se présente même très mal. Nous ferions peut-être bien de retourner dans le tunnel sans attendre.

— Le tunnel ne résoudra pas nos problèmes, protesta Sigrid. Il ne nous permettra pas de monter à l'étage du Directoire, tu le sais bien. Je n'ai pas envie de passer le reste de mon existence à errer de galerie en galerie avec la peur de rencontrer un termite au prochain carrefour. Je veux sortir de la ville-cube avant que vous ne commenciez tous à vous entretuer.

24

L'élixir de méchanceté

Sigrid savait que Séréna ne mentait pas. Les gens d'en bas étaient effectivement beaucoup trop effrayés par les « vampires » pour oser transgresser les lois édictées par ces derniers.

Elle se creusait la cervelle (ou du moins ce qui en restait !) pour trouver une solution leur permettant de contourner l'obstacle.

Chaque jour, il lui fallait repousser un nouvel assaut des « pieuvres » bleues.

« Quand je serai trop engourdie je n'y parviendrai plus, s'avouait-elle. Mes réflexes seront trop lents et ces fichues peaux de bananes tueuses réussiront à m'étrangler. »

Le drame se produisit alors qu'elle surveillait le pressoir. Le parfum des fruits écrasés était si violent que Sigrid avait l'impression d'être au bord de la syncope. Les hommes oiseaux ne cessaient de tournoyer dans le ciel, surveillant le manège des ouvriers. De temps à autre, ils piquaient au ras du sol pour les harceler stupidement, selon leur habitude. Tantôt ils leur tiraient les cheveux, tantôt ils les soulevaient de terre pour les jeter dans la grande cuve de jus de banane. C'était absurde, et ces initiatives ralentissaient le travail. N'y tenant plus, Sigrid s'arma d'une perche et entreprit de repousser les adolescents qui tourbillonnaient dans les courants aériens.

Elle était à bout de nerfs et les frappait sans chercher à amortir ses coups. Elle en avait assez de ces voyous venus du ciel qui terrorisaient des paysans incapables de se défendre.

Elle fut satisfaite de les entendre crier de douleur lorsque la perche les cingla de plein fouet.

— Cela vous apprendra ! leur lança-t-elle, pleine de fureur.

La réplique ne se fit pas attendre. Deux vampires piquèrent sur elle, l'empoignèrent sous les aisselles et l'emportèrent dans les airs.

Elle fut si surprise qu'elle lâcha sa perche. La violence du vent lui coupa le souffle. Jamais elle n'aurait imaginé qu'il puisse être aussi fort. Elle comprenait maintenant pourquoi les hommes oiseaux n'avaient aucun mal à planer dans les tourbillons.

— Tu veux nous défier ? lui cria à l'oreille l'un de ses agresseurs, je crois que tu as besoin d'une bonne leçon. On va t'apprendre qui sont les maîtres !

Sigrid gigota pour leur échapper, puis elle réalisa qu'elle était à présent à cinquante mètres au-dessus du sol.

« Si je tombe je m'écrase ! » se dit-elle avec un sursaut de panique.

Les vampires ne cessaient de grimper dans les courants aériens. Ils utilisaient les couloirs d'aspiration avec une rare maîtrise. Sigrid sentait le vertige lui emplir la tête. Elle n'osait plus regarder en bas.

« Peut-être m'emmènent-ils dans la ville du plafond ? » songea-t-elle.

Ils survolaient la forêt, quoique le terme « jungle » eût sûrement mieux convenu car cette énorme masse verte évoquait davantage l'Amazonie qu'un bois réservé aux pique-niques familiaux.

— Bon voyage ! crièrent en chœur les deux vampires. Et ils lâchèrent la jeune fille qui fila vers le sol à une vitesse effrayante.

Sigrid, dans une dérisoire tentative pour échapper à la mort, se mit à battre des bras et des jambes avec l'espoir d'utiliser, elle aussi, les vents porteurs. Toutefois elle ne possédait ni la cape de vol ni le savoir-faire des gens du plafond, elle eut beau gigoter en tout sens, elle ne parvint nullement à ralentir sa chute. La pression de l'air lui déformait la peau du visage et elle pouvait à peine garder les yeux ouverts. D'ailleurs, elle ne voyait qu'une chose : la masse verte de la jungle qui grossissait de seconde en seconde.

« C'est fini, songea-t-elle. Je suis fichue, si je ne m'écrase pas au sol je vais m'empaler sur les branches. »

Des images fugaces lui traversèrent l'esprit, les visages des amis qu'elle avait côtoyés au cours de sa brève existence : Gus, David, Koban... Zoïd, Takeda... Hata, le petit mousse...

À la vitesse d'une bombe larguée d'un avion, elle perça le toit de feuillage des grands arbres. Elle brisa les brindilles du sommet sans subir de dommages corporels. Tout à coup, alors qu'elle s'attendait à se fracasser sur une maîtresse banche, elle heurta une surface élastique sur laquelle elle rebondit.

Malgré tout, le choc l'assomma à demi. Elle retomba, rebondit de nouveau, retomba... Elle ne comprenait pas ce qui lui arrivait. Enfin, elle perdit connaissance.

Quand elle émergea de l'inconscience, elle crut tout d'abord qu'elle reposait dans un hamac. Il lui fallut une bonne minute pour comprendre qu'elle était en réalité couchée sur un grand filet de lianes tressées tendu entre les arbres.

« Voilà donc ce qui a arrêté ma chute, se dit-elle.

C'est comme si j'étais tombée sur une toile tenue par des pompiers ! »

Elle roula sur le flanc en gémissant de douleur. Elle avait mal partout. « Je dois être couverte de bleus », pensa-t-elle.

Alors, seulement, elle aperçut des silhouettes voûtées s'agitant sur le pourtour du filet. Des silhouettes qui grognaient...

Des singes. De grands singes couverts de poils noirs que son arrivée avait probablement fait fuir.

« Le filet est leur territoire, songea la jeune fille. Ils y vivent comme sur une toile d'araignée. Ou alors... *Mais oui, c'est ça !* Ils s'en servent pour récupérer ce qui tombe du plafond ou ce que les vampires jettent au cours de leurs séances de vol ! »

Elle ne savait quelle attitude adopter. Le filet était grossièrement tissé mais il avait retenu beaucoup de détritus tombés de la ville installée au plafond : des vêtements, des casseroles, des livres, tout un tas d'objets sans grand intérêt pour les singes.

« C'est une passoire, un tamis, pensa Sigrid. Les vampires ignorent son existence sinon ils ne m'auraient pas larguée à cet endroit. »

Elle se contracta car les primates, sortant de leur immobilité première, s'engageaient maintenant l'un après l'autre sur la « toile d'araignée ». Prenant leur temps, ils examinaient soigneusement chaque objet pris dans les rets, le retournant, le flairant, le goûtant...

Les ordures ménagères leur plaisaient beaucoup, et ils s'empressaient de les dévorer avec des grognements d'aise. Sigrid réalisa que les gens du plafond se débarrassaient tout simplement de leurs ordures en les jetant par les fenêtres afin qu'elles aillent pourrir chez ceux d'en bas !

Puis les singes se penchèrent sur les livres, qui, manifestement, les agacèrent car ils les déchirèrent avec des cris de rage.

Quand un objet leur déplaisait, ils s'énervaient sur lui. Le tordant ou l'écrasant à coups de poing avant de le jeter par-dessus la toile, pour qu'il aille s'écraser au sol, cinquante mètres plus bas.

Sigrid serra les dents. Bientôt ce serait son tour d'être examinée, aurait-elle la chance de plaire aux singes ou bien lui réserverait-on le même sort qu'aux objets écartés ?

« Et s'ils décidaient de me dévorer ? se dit-elle avec horreur. Les singes sont d'ordinaire végétariens, mais ils ne dédaignent pas manger de la viande crue quand ils en trouvent. Pourvu qu'ils ne voient pas en moi un bifteck tombé du ciel ! »

Les primates se rapprochaient, se battant dès que l'un d'eux dénichait un quelconque débris alimentaire.

Sigrid se demanda s'il lui serait possible de bondir hors du filet et de se laisser couler jusqu'au sol en utilisant les lianes qui pendaient autour d'elle. Elle dut abandonner ce projet car les singes l'encerclaient.

Mâles et femelles étaient presque aussi grands qu'elle, et leur force physique ne faisait aucun doute.

Le chef de la horde s'immobilisa devant elle. Il avait le museau gris et les dents gâtées. Sa poitrine s'ornait d'anciennes cicatrices récoltées au cours de maints combats.

Il grogna. *A priori* il n'aimait pas les humains. Sans doute parce qu'il arrivait aux vampires de s'amuser aux dépens du peuple singe.

Sigrid les imaginait bien, enlevant un petit dans les airs pour le jeter dans le vide, un peu plus loin.

« C'est peut-être pour cela que les singes ont tissé cette toile, pensa-t-elle. À l'origine il s'agissait avant tout d'épargner une chute mortelle à leurs enfants. Le ramassage des ordures est venu après. »

Le chef du clan gronda en découvrant les crocs. Il répandait une odeur pestilentielle. Brusquement, il tendit la main pour toucher les cheveux de la jeune fille. Leur couleur bleue semblait l'hypnotiser.

Reculant de deux pas, il se frappa la poitrine pour affirmer son autorité, puis, saisissant Sigrid, il la jeta sur son épaule. Après quoi, il bondit dans les airs et entreprit de se déplacer de liane en liane à travers la jungle.

Sigrid, malgré sa répugnance, dut s'accrocher à ses poils pour ne pas tomber. Elle n'avait aucune idée de ce qui l'attendait. Le vieux singe allait-il lui arracher bras et jambes avant de la dévorer ?

Alors qu'elle se préparait à vomir sous l'effet des secousses, le primate s'immobilisa. La jeune fille vit qu'il se tenait au carrefour de deux maîtresses branches, au sommet d'un arbre gigantesque.

« Il y a quelque chose entre les feuilles, constata-t-elle. Une sorte de cabane construite avec des bambous... Non, c'est une cage ! Une cage remplie d'un invraisemblable bazar. »

Elle se préparait à se débattre quand le singe l'empoigna, souleva le couvercle de la cage et la jeta au fond de la nasse. Sigrid roula sur une montagne d'objets dont les arêtes lui meurtrirent les côtes.

Quand elle toucha le fond elle vit, au-dessus d'elle, le chef de la horde qui verrouillait la nasse avant de repartir comme il était venu, en sautant d'une liane à l'autre.

Éberluée, La jeune fille prit conscience qu'elle se trouvait échouée au milieu d'un capharnaüm des plus bigarré. Il y avait là des centaines d'objets tordus, cabossés, tous brillants ou dorés. Des morceaux de miroirs, des tronçons d'épée, des urnes, des casques de pompier...

« Mais oui ! comprit-elle soudain. C'est le trésor du peuple singe ! On m'a enfermée dans la salle des coffres... Le vieux macaque vole tout ce qui brille, comme les pies. Mes cheveux lui ont plu, c'est sûrement l'unique raison pour laquelle il a empêché les siens de me dévorer. »

Elle tenta de se redresser, mais c'était impossible, les objets entassés roulaient sous ses pieds, sous ses mains, l'empêchant de trouver une prise solide et de se hisser vers le haut de la cage. Au bout d'un moment elle réalisa qu'elle aurait intérêt à rester tranquille si elle ne voulait pas se retrouver enfouie sous une montagnes de débris.

« C'est comme si je me trouvais enlisée dans des sables mouvants, constata-t-elle. Plus je bouge, plus je m'enfonce. »

Elle s'immobilisa. Des pots, des casseroles, des brimborions de toute sorte lui dégringolaient dessus. Elle gémit car un morceau de miroir lui avait éraflé la pommette, faisant couler le sang sur sa joue.

Elle ne savait que faire. Sortir de la nasse aurait été facile puisque le couvercle ne comportait qu'un loquet rudimentaire improvisé à partir d'un tronçon de bambou, mais encore fallait-il grimper jusque-là...

L'entassement de ferraille était un piège redoutablement efficace.

« Il suffirait d'une avalanche pour m'enterrer, songea Sigrid. Ensuite je ne pourrais plus revenir à la surface. »

Elle décida de prendre le temps d'étudier la situation avant de se lancer dans une entreprise hasardeuse. Lui serait-il possible, par exemple, d'utiliser les barreaux comme une échelle ?

« Les bambous ont l'air très lisses, constata-t-elle,

ce ne sera pas une partie de plaisir. Et, de toute manière, il faut encore que je parvienne à me traîner jusque-là. »

Car, à demi immergée au milieu des ferrailles, elle se trouvait assez éloignée des parois. Si elle entreprenait de ramper vers l'une des grilles elle risquait fort d'être avalée par la dune d'objets avant de l'avoir atteinte.

Après trois heures de ce régime Sigrid mourait de soif. Il régnait une chaleur étouffante sous la voûte de feuillage. La jeune fille avait l'impression d'être en train de cuire à l'étouffée dans une marmite où aurait mijoté un ragoût au parfum de moisissure et d'herbe pourrissante. Dès qu'elle faisait mine de bouger, la cage de bambou oscillait au bout de la branche à laquelle elle était suspendue par une grosse liane. Aussitôt, la dune de ferraille recommençait à s'ébouler, enfouissant sa prisonnière sous un déluge d'objets dorés. À la cinquième avalanche Sigrid fut frappée au front par un flacon de terre cuite agrémenté d'un bouchon scintillant. Elle sursauta.

« Une bouteille d'élixir ! se dit-elle. Le bouchon brillant signifie qu'il s'agit d'une cuvée parvenue à maturation. Séréna nous l'a expliqué. On passe de la peinture argentée sur le col du flacon pour ne pas le confondre avec ceux qui ne contiennent encore que du jus de banane. »

Doucement, elle tendit la main pour se saisir du récipient. Son cœur battait à tout rompre.

« Il vient de la ville du plafond, songea-t-elle. Quelqu'un l'a jeté par une fenêtre après en avoir bu la dernière goutte. Il ne peut pas être plein, ce serait trop beau... »

Ses doigts tremblaient.

Mais peut-être le flacon était-il rempli à ras bord ?

« Un singe, attiré par la peinture argentée a pu se glisser dans une ferme et le voler dans la réserve qu'on s'apprêtait à livrer aux vampires... »

Sa main se referma sur le col de la bouteille. Elle s'appliquait à remuer le moins possible afin de ne pas provoquer une nouvelle avalanche qui aurait enterré l'élixir sous une tonne de débris sans intérêt.

La surprise lui coupa le souffle. Le flacon était lourd dans sa paume.

« Plein ! haleta-t-elle. Il est plein ! »

À leur insu, les singes avaient tout de même fini par ramasser un vrai trésor. Au milieu des bouts de miroirs, des casques bosselés se cachait un flacon de potion magique.

Sigrid serra la bouteille de terre cuite contre sa poitrine. Il s'agissait de ne pas la lâcher.

À présent, elle devait plus que jamais s'échapper.

« Puisqu'il m'est impossible de grimper, se dit-elle, pourquoi ne pas essayer de m'enfuir par le bas ? Avant ç'aurait été du suicide puisque la cage est suspendue au-dessus du vide, toutefois une telle escapade est sûrement plus facile pour quelqu'un qui marche comme les mouches. »

Elle se dépêcha d'ôter le bouchon du flacon et d'avaler une gorgée de l'élixir. Elle crut qu'elle allait vomir. C'était affreusement mauvais.

« Combien de temps cela fait-il effet ? » se demanda-t-elle.

Elle en avait assez d'attendre. Elle devait agir avant de mourir de soif. Après avoir fixé le flacon à sa ceinture elle se mit à remuer, dans l'espoir que la dune de ferraille l'aspirerait vers le bas, comme une poche de sables mouvants. Très vite, elle s'enfonça au milieu des débris. Les bras levés, elle essayait de se protéger le visage du mieux possible. Après un quart d'heure d'une progression confuse elle toucha le fond de la cage. L'espace entre les bambous était trop étroit pour qu'elle puisse espérer s'y glisser mais il y avait un autre moyen :

« Avec un éclat de miroir je vais couper les lianes qui retiennent les barreaux, décida-t-elle. Cela va fragiliser le fond de la cage qui, au bout d'un moment, cédera. Le "trésor" des singes tombera dans le vide... et moi avec. Ce sera alors le moment ou jamais de mettre en pratique mes pouvoirs de mouche humaine. »

Elle n'eut aucune difficulté à trouver de quoi trancher les nœuds de lianes. Un morceau de fer rutilant lui servit de couteau. Quand elle eut sectionné la plupart des attaches elle entendit les bambous gémir. Le fond de la nasse commençait à se déglinguer. Il lui suffisait de prendre son mal en patience. Elle regarda entre ses pieds. Le sol était à plus de cinquante mètres au-dessous d'elle. Si elle ne réussissait pas à saisir une liane pendant sa chute, elle serait réduite en bouillie.

Elle attendit en rongeant son frein. La cage émettait des craquements de plus en plus violents. Brusquement, le fond céda et Sigrid se sentit aspirée par le vide. Le trésor des singes se déversa dans l'abîme, entraînant la jeune fille qui se mit à tourbillonner au milieu des détritus métalliques.

« Il faut que je m'accroche à quelque chose, se répétait-elle. Il le faut ! »

Elle rata une première liane, puis une deuxième... Le sol se rapprochait à une vitesse fulgurante. Heureusement, la troisième fut la bonne. Sigrid se cramponna au morceau de chanvre qui la propulsa en direction d'un arbre. Le choc fut si rude que la fille aux cheveux bleus lâcha son cordage improvisé. Normalement, elle aurait dû tomber, mais il se passa alors quelque chose d'inimaginable : elle resta collée au tronc par la paume des mains, comme si son épiderme sécrétait désormais de la glu en guise de sueur.

« L'élixir ! haleta-t-elle. Il fonctionne ! J'aurais dû tomber et me voilà accrochée au-dessus du vide comme une mouche sur un mur. »

Elle n'osait plus remuer un doigt, et pourtant elle ne pouvait pas rester là à se dessécher de faim et soif. Il lui fallait bouger. Descendre doucement le long du tronc à la manière d'un insecte. Les mâchoires serrées par l'appréhension, elle leva doucement sa main droite. Une espèce de colle poissait ses doigts. C'était assez répugnant, mais, dans les minutes qui suivirent, elle comprit qu'elle avait désormais le pouvoir de provoquer ou d'arrêter ces sécrétions à volonté. C'était un peu comme si elle avait pu transpirer à sa guise, au moment voulu, et seulement des mains. Il lui suffisait de penser « Colle ! » et la substance jaillissait de ses paumes pour adhérer à l'écorce. Ensuite elle pensait « Décolle ! » et sa peau absorbait la glu, lui permettant ainsi de détacher sa main du support où elle adhérait encore deux secondes auparavant. Il s'agissait toutefois de ne pas s'embrouiller !

La manœuvre était si prenante que Sigrid n'eut pas le temps de souffrir du vertige, elle fut très étonnée de sentir soudain ses pieds fouler l'herbe. Elle était redescendue sur terre !

— Maintenant il me faut sortir de la forêt et retourner à la ferme, décida-t-elle. J'ai l'élixir, nous allons pouvoir emprunter les ascenseurs et grimper à l'étage du Directoire.

Après avoir vérifié que la fiole de potion était bien suspendue à sa ceinture, elle se mit en marche.

25

La folie des hauteurs

Au début tout se déroula selon ses plans, et elle avança d'un bon pas, puis, peu à peu, une étrange démangeaison mentale lui parasita l'esprit. Un besoin, une idée fixe. Une obsession.

— Allons, se dit-elle, ça va passer.

Mais ça ne passa nullement. Elle se surprit à regarder le plafond de plus en souvent. C'était plus fort qu'elle, elle ne pouvait pas s'en empêcher. Elle avait...

Elle avait envie de grimper là-haut !

Elle essaya de se raisonner mais rien n'y fit. Soudain, elle sursauta. Une bête hirsute venait de bondir de derrière un arbre pour lui barrer le passage. S'agissait-il d'un fauve ?

Elle poussa un soupir de soulagement en reconnaissant Bobo, le chien de Séréna enlevé par les vampires.

— Tu ne t'es donc pas écrasé au sol lorsque ces sales types t'ont jeté dans le vide ? lança-t-elle en s'agenouillant devant l'animal. Comment t'es-tu débrouillé, hein ?

Le chien aboya et remua la queue, il était manifestement heureux d'avoir enfin rencontré un humain au cœur de la forêt.

Sigrid comprit l'origine de son nom lorsqu'elle remarqua qu'il ne faisait pas ouah-ouah ! mais plutôt « Bwoo ! Bwoo ! » d'une voix sourde.

« Il a dû tomber dans une mare de boue, songea la jeune fille. C'est ce qui l'a sauvé. Voilà pourquoi il est si sale. »

— Peux-tu retrouver le chemin de la ferme ? lui demanda-t-elle. Nous ramener chez Séréna ? Sans ton aide j'ai peur de tourner en rond dans cette jungle jusqu'à ce que mort s'ensuive.

La bête aboya de nouveau et, après avoir humé les senteurs puissantes qui stagnaient sous le feuillage, s'élança d'une détente des reins.

Sigrid lui emboîta le pas en le suppliant de ne pas aller si vite. Hélas, elle fut bientôt reprise par le besoin obsédant d'observer le plafond.

« Comme ça doit être amusant de vivre là-haut, se dit-elle. De marcher la tête en bas et de se jeter dans le vide pour planer sans fin dans les courants aériens... »

Tout à coup, cette idée lui semblait plus importante que toutes les autres. *Il fallait qu'elle marche la tête en bas.* C'était une priorité qu'elle devait satisfaire sans attendre.

Au bout d'une heure, Sigrid et Bobo sortirent de la forêt. La jeune fille réalisa que l'un des murs soutenant le plafond de l'unité d'habitation se dressait à un demi-kilomètre de l'endroit où elle se tenait.

— Si j'allais jusque-là, dit-elle au chien, je pourrais l'escalader comme une mouche. Ce serait assez drôle, non ? J'ai bien envie d'essayer.

L'animal fit entendre son curieux aboiement, comme s'il essayait de prévenir Sigrid de la stupidité d'un tel projet.

La fille aux cheveux bleus ne l'écouta pas. Sans réfléchir à ce qu'elle faisait, elle prit la direction de la muraille grise et lisse qui lui barrait l'horizon. Elle mourait d'envie de l'escalader. Une petite voix, très lointaine, résonna au fond de sa tête, une voix qui disait : « Méfie-toi ! c'est l'un des effets secondaires de l'élixir. Tu es en train de succomber à la folie des hauteurs. Si tu ne résistes pas tu vas, toi aussi, devenir un vampire. »

Mais Sigrid n'avait aucune envie d'écouter un tel sermon. Elle voulait s'amuser, un point c'est tout.

Un peu essoufflée, elle arriva enfin au pied de la paroi et la jaugea du regard. Elle mesurait environ cent mètres de haut et paraissait aussi lisse qu'une plaque de tôle. Sigrid la caressa du bout des doigts. Apparemment elle n'offrait aucune prise.

Bobo aboya sur un ton plus autoritaire. Il alla même jusqu'à mordiller la cheville de Sigrid pour l'inviter à se remettre en marche.

— Fiche-moi la paix, grogna la jeune fille. Rentre tout seul à la ferme, moi j'ai à faire.

Et, posant les paumes bien à plat sur la muraille, elle commença à s'élever au-dessus du sol en utilisant le pouvoir adhésif de ses mains.

Bobo s'obstina à l'appeler mais elle ne l'entendait plus. Elle grimpait, grimpait...

Jamais elle n'avait rien fait d'aussi excitant.

En très peu de temps elle fut à vingt-cinq mètres au-dessus du sol. Quand elle regardait en bas elle n'avait absolument pas le vertige. Au contraire, cela lui donnait envie de monter encore plus haut. Toujours plus haut !

Splotch... splotch... ses mains se décollaient et se recollaient à un rythme régulier, lui permettant de s'élever à la verticale comme l'aurait fait un lézard. Elle n'éprouvait aucune fatigue, juste une sorte de griserie qui lui faisait tourner la tête.

Splotch... splotch...

À présent elle distinguait mieux le plafond qui se

rapprochait. Les maisons bâties à l'envers lui parurent géniales. Elle se demanda comment faisaient les vampires pour s'alimenter.

« Ils ne peuvent pas manger dans des assiettes, se dit-elle. La nourriture en tomberait. »

Elle avait très envie d'obtenir des réponses à toutes les questions qu'elle se posait.

Une heure plus tard, elle atteignit le plafond de l'unité d'habitation. Elle dominait toute la plaine, la forêt, les rivières... Les fermes paraissaient toutes petites, à peine plus grosses que des boîtes d'allumettes. En plissant les yeux, elle distinguait à grand-peine des fourmis allant et venant le long des routes. Et ces fourmis, c'étaient des humains !

Elle eut envie de rire en les découvrant si petits, si ridicules ! Comment pouvait-on se satisfaire de ce genre d'existence ? Mieux valait devenir un vampire, oui, c'était certain !

Elle s'immobilisa pour examiner la ville accrochée au plafond. Il y avait des routes, des maisons, des réverbères, des bancs... mais tout avait été bâti la tête en bas.

« Si je veux emprunter ces routes, se dit-elle, il faut que je le fasse pieds nus, sinon les semelles de mes chaussures n'adhéreront pas au plafond. »

Suspendue de la main gauche à la muraille, elle se

servit de la droite pour se débarrasser de ses souliers et de ses chaussettes.

« C'est bien ce que je pensais, constata-t-elle. La plante de mes pieds a le même pouvoir que la paume de mes mains. Elle sécrète de la colle sur commande. »

Sigrid effectua donc un mouvement de retournement pour poser ses pieds sur le plafond. Deux secondes plus tard, elle s'y trouvait collée, la tête en bas. Pour marcher, il suffisait de penser « Colle ! Décolle ! » et de bouger un pied après l'autre. Au début c'était un peu compliqué, mais cela finissait par devenir un réflexe.

Le sang se mit à bourdonner aux tempes de la jeune fille, toutefois, elle était si excitée qu'elle n'y prit pas garde.

Elle avait envie de crier : « Hé ! c'est moi, je viens vivre avec vous. Apprenez-moi tous vos tours. Je veux voler, moi aussi ! »

Lentement, elle s'engagea dans une rue. C'était vraiment cool de se déplacer la tête en bas ! Elle croisa bientôt des garçons et des filles de son âge mais aucun ne lui prêta la moindre attention. Ils possédaient une telle maîtrise dans leurs déplacements qu'ils pouvaient courir sur le plafond aussi aisément que Sigrid l'aurait fait sur la terre.

L'un d'eux la bouscula sans s'excuser. Il ne semblait

pas particulièrement heureux de voir débarquer cette étrangère au trottinement incertain.

La fille aux cheveux bleus était si contente d'être là qu'elle n'en prit pas ombrage et poursuivit son exploration malhabile.

Pourtant, au fond de son esprit, un signal d'alarme continuait de retentir, lui soufflant : « Fiche le camp ! Fiche le camp sans attendre, ta place n'est pas ici ! Tu es victime d'un délire provoqué par l'élixir qui fausse ta perception des choses. »

Elle regarda les jeunes vampires pendant qu'ils prenaient leur vol. Une fois leurs pieds nus décollés du plafond ils tombaient comme des pierres, attendant de rencontrer un courant porteur pour déployer leurs ailes de tissu noir. Alors ils se mettaient à planer, interminablement... et Sigrid les enviait.

Elle était tellement absorbée par sa contemplation qu'elle ne vit pas une vieille femme sortir d'une maison. C'était très curieux de voir cette grand-mère marcher la tête en bas, ses cheveux blancs pendant dans le vide.

— Petite, déclara-t-elle, ça fait un moment que je t'observe. Pas la peine d'être très futée pour comprendre que tu viens de débarquer. Je préfère t'avertir gentiment. Il n'y a pas de place pour toi au plafond. La ville est déjà surpeuplée et ses habitants souffrent de la pénurie d'élixir. Tu sais ce qui arrive quand on manque d'élixir ?

— On... on tombe ? répondit Sigrid, agacée par le bavardage de cette inconnue qui l'empêchait d'admirer le vol des vampires tourbillonnant dans les bourrasques provoquées par les ventilateurs d'aération.

— C'est ça, fit la vieille. On dégringole plus vite qu'une pierre et on s'écrase en bas. Tu veux que ça t'arrive ?

— Non, répliqua Sigrid. Je veux apprendre à voler, Je suis venue pour ça.

— Personne ne t'apprendra à voler, ma pauvre petite, ricana la femme aux cheveux blancs. Tu n'es pas née ici. Planer dans les bourrasques nécessite un long apprentissage.

— J'apprendrai toute seule en étudiant les autres.

— Pauvre sotte ! Je vais te dire ce qui va t'arriver. La nuit prochaine, pendant que tu dormiras, quelqu'un viendra te voler ton flacon d'élixir. Si bien qu'à ton réveil tu n'auras plus qu'à redescendre sur terre aussi vite que possible avant que tes mains perdent tout pouvoir d'adhérence.

Sigrid haussa les épaules.

— Personne ne me volera, siffla-t-elle, je sais me défendre.

— Admettons, fit la vieille. Dans ce cas tu vas t'obstiner à rester chez nous. Tu essayeras d'apprendre à voler et tu te tueras au cours des essais... Lorsque tu seras à court d'élixir, personne ne t'en donnera. Ici, on ne s'entraide pas, c'est chacun pour soi. Suis mon conseil, pars avant qu'il ne soit trop tard. Tous ceux qui, comme toi, ont essayé de s'installer au plafond ont connu une triste fin.

— Vous m'ennuyez ! cria Sigrid. J'ai envie d'apprendre à voler et je n'écouterai pas vos conseils idiots.

Sur ce, elle tourna le dos à l'inconnue et s'éloigna clopin-clopant.

« Tu es en train de devenir folle, lui souffla une voix au fond de son crâne. Ça ne te ressemble pas de te conduire de cette manière. Tout ce que t'a dit cette femme est exact. Tu vas te tuer en essayant de jouer les vampires. Tu as une mission à remplir. Tu es en train de perdre du temps. Macmo t'attend... et Pumpkin. Tu dois les rejoindre et quitter au plus vite cette unité d'habitation pour court-circuiter l'ordinateur qui commande la ville-cube. »

— Tais-toi ! hurla Sigrid sans trop savoir à qui elle s'adressait.

Elle n'avait pas de temps à perdre en écoutant des voix qui murmuraient dans un coin de sa cervelle. Des voix sournoises, des voix jalouses... Elle devait trouver du tissu pour se fabriquer des ailes. Il lui fallait un costume. Un costume de vampire.

Elle erra une heure dans les rues de la ville suspendue, l'esprit plein de confusion. Les gens l'évitaient. Quand elle essayait de leur parler, ils se détournaient.

Les jeunes la bousculaient et lui lançaient des moqueries.

À la mi-journée elle réalisa que ses pieds adhéraient de moins en moins au plafond car ils ne sécrétaient plus assez de colle. Elle dut se dépêcher d'avaler une nouvelle gorgée d'élixir. Qu'arriverait-il quand la bouteille serait vide ?

« Tu tomberas, ma petite chérie ! ricana la voix de la raison. Tu te décrocheras comme un fruit mûr pour t'écraser au sol. Splotch ! »

Voyant qu'on l'observait avec envie, elle s'empressa de dissimuler la bouteille sous ses vêtements.

D'un seul coup, elle réalisa qu'elle n'était pas en sécurité. Quand la nuit tomberait, il se trouverait sûrement plusieurs petits malins pour la dépouiller de son trésor.

Cette pensée la dégrisa. Elle revint sur ses pas. La lumière baissait déjà, bientôt les projecteurs s'éteindraient, plongeant l'unité d'habitation dans l'obscurité.

Elle imagina ses agresseurs la décollant du plafond pour la lancer dans le vide... Que ferait-elle s'ils étaient trop nombreux pour qu'elle puisse les repousser ?

Après avoir tourné en rond, elle finit par localiser la maison de la vieille femme. Elle allait frapper à la porte quand celle-ci s'ouvrit.

— Entre, lui ordonna l'inconnue aux cheveux blancs, je t'ai vue approcher. Tu as choisi la bonne solution. Il ne faut pas passer la nuit dehors. Le plafond est un pays de gredins.

Sigrid pénétra dans la demeure. Tous les meubles étaient vissés à l'envers.

— Je suis Danka Elzebbia, la guérisseuse, expliqua la vieille. Tu dormiras ici. Je vais te faire avaler un breuvage qui te rendra tes esprits et te débarrassera de la fièvre des hauteurs dont tu souffres en ce moment.

Ces mots prononcés, elle s'empressa de verrouiller la porte et de descendre les volets d'acier défendant ses fenêtres.

— Mieux vaut se montrer prudentes, marmonna-t-elle. Ils savent que tu as volé de l'élixir et que tu ne fais pas partie des nôtres, cela leur donne le droit de te dépouiller et de te tuer. Cette potion magique est un vrai trésor chez nous.

Sigrid s'assit maladroitement. À force de se tenir la tête en bas elle commençait à se sentir mal. Sa vue se brouillait.

Laissant son regard errer de-ci de-là, elle remarqua que l'équipement de la cuisine était pour le moins étrange. Les fourneaux se trouvaient installés à l'envers. (C'est-à-dire à l'endroit, puisqu'elle se tenait la tête en bas !)

— Bien sûr, ricana Danka Elzebbia, on a beau marcher la tête en bas, le feu, lui, brûle toujours dans l'autre sens. Même chose pour les robinets : l'eau coule toujours vers le bas. Il a fallu ruser, inventer des appareils spéciaux. Beaucoup de complications pour pas grand-chose si tu veux mon avis. Il serait plus simple de redescendre sur terre et de faire la paix avec les paysans... Mais voilà, les vampires se prennent pour des seigneurs, ils ne veulent plus fouler le sol.

Tout en devisant, elle ouvrait des placards, en tirant des sachets de poudre médicinale.

— Tu dois cesser de boire de l'élixir, martela-t-elle en s'approchant de Sigrid. Quand on n'y est pas habitué depuis l'enfance, ça finit par vous rendre fou.

Elle s'activa quelques minutes, faisant bouillir une mixture à l'odeur étrange.

— Avale ça, ordonna-t-elle après avoir versé le liquide dans un gobelet.

Boire la tête en bas était une aventure nouvelle pour Sigrid ! Il lui fallut porter le récipient à sa bouche *à l'envers* puisqu'elle se tenait la tête en bas...

La sorcière ricana.

— On s'y fait, marmonna-t-elle, mais je ne te conseille pas de t'attarder chez nous. Le mieux pour toi, ce serait de quitter la ville au lever du jour.

— Mais je veux apprendre à voler ! s'obstina Sigrid.

— Tais-toi, idiote ! s'emporta la vieille. Tu ne comprends donc pas que je suis en train de te sauver la vie ? Ils vont te tuer... Tu es une intruse, une ennemie.

Sigrid porta la main à son front. La potion que lui avait administrée Danka Elzebbia commençait à faire effet, ses idées s'éclaircissaient. Elle prit soudain conscience de s'être comportée comme une folle.

« Je n'étais plus moi-même », se dit-elle.

Alors qu'elle ouvrait la bouche pour remercier la sorcière des coups violents ébranlèrent la porte.

— Hé ! cria une voix d'homme. Nous savons qu'elle est ici... L'étrangère... Tu dois nous la livrer. Elle est en possession d'un flacon d'élixir auquel elle n'a pas droit. Cette potion nous revient. Elle doit nous la restituer. Hé ! Tu entends, la vieille ?

Danka Elzebbia demeura silencieuse et posa l'index en travers de sa bouche pour signifier à Sigrid de l'imiter.

Dehors, la foule s'impatientait. On malmenait portes et fenêtres à coups de poing. Si les volets n'avaient pas été blindés, ils auraient cédé depuis longtemps.

— Tu t'en repentiras, Danka ! lança la voix mauvaise. Tu as tort de prendre le parti d'une étrangère, d'une voleuse. Nous allons revenir avec des outils pour démonter tes volets, et nous entrerons. Tu ferais mieux de nous la livrer tout de suite. Elle doit mourir. Dès que nous aurons mis la main sur elle, nous lui offrirons un joli plongeon dans le vide !

Le tumulte dura encore un bon quart d'heure puis la horde reflua.

— C'est terrible, balbutia la jeune fille. Je vous ai compromise.

— Ce n'est pas grave, soupira l'enchanteresse. Ils ont besoin de moi pour les soigner, ils ne peuvent s'offrir le luxe de me tuer. Ils me malmèneront un moment, puis tout rentrera dans l'ordre. Tu veux savoir pourquoi je t'aide ? J'en ai assez des pratiques aberrantes qui ont cours dans cette unité d'habitation. La ville-cube est un asile de fous dont il faut ouvrir les portes avant que ses pensionnaires ne s'entretuent. Mon sixième sens me dit que tu es celle qui fera avancer les choses. Je me trompe ?

— Non, avoua Sigrid, du moins je l'espère.

Elles restèrent un long moment silencieuses à l'affût des bruits du dehors. Des sentinelles rôdaient au long des murs, cela se devinait à certains frôlements d'étoffe contre les volets.

— Ils nous espionnent, confirma la vieille femme. Nous avons peu de temps pour organiser ton évasion car ils vont revenir en force.

— Mais comment pourrais-je m'enfuir ? demanda Sigrid. Nous sommes loin de la muraille, ici, et si je me jetais dans le vide je m'écraserais au sol car je ne sais pas planer dans les courants aériens.

— C'est vrai, admit Danka Elzebbia, toutefois il y

a peut-être une solution. Je dispose d'un vieux parachute qui appartenait à mon défunt mari. Tu vas l'enfiler, ensuite nous ouvrirons la lucarne du grenier et tu sauteras dans le vide.

— Les vampires ne vont-ils pas se lancer à ma poursuite ?

— Si, mais ils devront planer dans les courants, ce qui les retardera et les forcera à s'éloigner du parachute alors que toi tu tomberas à la verticale. Avec un peu de chance, tu leur échapperas.

Sigrid hocha la tête. Ce n'était pas sans danger, certes, mais il n'existait aucune autre solution.

— D'accord, fit-elle. Où est ce parachute ?

— Suis-moi, ordonna la vieille. Je le cache au grenier. Je ne puis pas te garantir qu'il est en bon état car il date de la jeunesse de mon époux. J'espère que les mites ne l'ont pas grignoté et que les coutures ne céderont pas sous la pression de l'air.

Une fois dans les combles, la jeune fille vit que la lucarne était là aussi protégée par un volet blindé, voilà pourquoi les assaillants n'avaient pas encore réussi à s'introduire dans la maison.

— Il faut compter sur l'effet de surprise, marmonna Danka Elzebbia. Ils savent que tu ne sais pas voler, ils ne s'attendent donc pas à te voir plonger dans le vide par cette lucarne car un tel comportement relèverait du suicide.

Elle ouvrit un coffre et en sortit un paquet d'étoffe soyeuse qui sentait le moisi.

— Voilà, fit-elle. Il est tel que mon mari l'a laissé. C'était un aviateur très courageux, mais il n'aimait pas vivre collé au plafond, la tête en bas. Une veine a fini par éclater dans son cerveau et il est mort d'une embolie. Depuis, je déteste les vampires et leurs lois absurdes. Voilà pourquoi j'essaye de t'aider.

Sigrid s'empressa de boucler les harnais du parachute autour de sa poitrine. À l'école militaire elle avait sauté une dizaine de fois, elle en conservait un souvenir d'effroi et d'exaltation mêlés.

« Il faut que je quitte cet endroit le plus vite possible, se dit-elle. Je dois à tout prix désamorcer l'ordinateur central et permettre aux prisonniers de la ville-cube de recouvrer une existence normale. »

Des coups sourds ébranlèrent les murs, se répercutant jusque dans le plancher.

— Ils ont tenu parole, soupira Danka Elzebbia. Ils sont revenus avec un bélier. Va-t'en vite avant qu'ils n'enfoncent la porte. Que la chance soit avec toi. Je suis un peu sorcière et je devine que tu pourrais, sous peu, changer notre destin. Va... Va vite.

Attirant Sigrid contre elle, elle la serra dans ses bras, puis se détourna pour manœuvrer le loquet d'ouverture de la lucarne. Le volet d'acier pivota telle l'écoutille d'un sous-marin. La jeune fille retint sa respiration et ordonna à ses pieds de se décoller du sol.

L'effet d'adhérence ayant cessé, elle se sentit comme aspirée par la lucarne et entama sa longue chute. Elle jaillit du toit à la vitesse d'une bombe et se mit à tournoyer dans les airs. Des cris de colère résonnèrent mais elle ne les entendit pas car elle avait les oreilles pleines du bourdonnement de son sang.

Elle tombait.

« N'attends pas trop longtemps ! songea-t-elle. Tu ne viens pas de sauter d'un avion. Si tu tardes, le parachute n'aura pas le temps de s'ouvrir. »

Aveuglée par le vent, elle arracha la poignée d'ouverture. Aussitôt, la grande corolle de soie se déploya dans l'espace. La secousse arracha un gémissement à la jeune fille. À présent, elle descendait au ralenti. Après avoir regardé entre ses pieds, elle tira sur les suspentes pour tenter de corriger sa trajectoire et d'atterrir près de la ferme où elle avait laissé Séréna et Macmo.

Brusquement une ombre la frôla. C'étaient les vampires lancés à sa poursuite. Déployant leur cape noire, les jeunes voyous planaient dans les courants aériens pour se rapprocher d'elle. Certains brandissaient des coutelas avec lesquels ils comptaient, de toute évidence, lacérer le parachute.

Ils lui criaient des injures mais le vent étouffait leurs paroles.

Par bonheur, les brusques sautes de vent ne leur permettaient pas d'aller là où ils voulaient, et il leur fallait décrire d'interminables virevoltes pour revenir vers leur proie.

Sigrid comptait les secondes. Le sol se rapprochait trop lentement à son goût. Un vampire passa tout près et lui érafla le mollet avec la pointe de son couteau. Un autre trancha l'un des câbles du parachute.

« On dirait que ma chance est en train de tourner ! songea la jeune fille. Si ça continue comme ça, ils m'auront découpée en rondelles avant que mes pieds ne touchent terre. »

Soudain, alors qu'elle se préparait à encaisser un nouveau coup, une flèche déchira l'air, venue du sol, et se planta dans le bras de son agresseur. Le vampire poussa un hurlement et s'éloigna.

Sigrid baissa les yeux et comprit ce qui se passait. C'était Macmo qui, à l'aide d'un arc, prenait pour cible les assassins volants tombés du plafond !

Se sentant en danger, les vampires décidèrent de prendre de la hauteur pour se mettre hors de portée des projectiles décochés par l'ancien esclave, si bien que Sigrid put se poser sans encombre près de la ferme de Séréna. À peine avait-elle roulé sur le sol que le chien Bobo se précipita sur elle pour lui lécher le visage.

La jeune fille fut soulagée de constater que la brave bête avait su retrouver toute seule le chemin de l'exploitation.

— Dis donc, lui lança Macmo en l'aidant à se

désentortiller des câbles du parachute, il s'en est fallu d'un cheveu !

— Oui, souffla Sigrid, sans ton intervention j'étais fichue. Quelle bonne idée d'avoir pensé à te fabriquer un arc !

— J'étais sûr que tu redescendrais, affirma le garçon. Si tu es allée là-haut c'est que tu as pu te procurer de l'élixir...

— Oui, souffla Sigrid. Mais ça a bien failli me faire perdre la tête. Il faudra l'utiliser avec précaution. À présent nous pouvons reprendre notre mission là où nous l'avions interrompue.

— Pigé ! grogna Macmo. Alors, si j'ai bien compris, demain nous grimpons dans l'ascenseur ?

— Oui, fit Sigrid la gorge serrée. Et si tout va bien, la ville-cube aura cessé d'exister d'ici vingt-quatre heures.

26

Au pays des maîtres du monde

Sigrid comprit très vite que Séréna avait peur d'eux. Comme beaucoup de gens elle aspirait à un changement radical, mais ce changement la terrifiait. Elle ne parvenait pas à imaginer quelle serait sa vie au-dehors de la ville-cube sur une planète où ne sévirait aucun virus assassin.

— Ça sert à rien de parler, grommela Macmo. Faut passer à l'action et en finir. Avalons cette damnée mixture et grimpons dans l'ascenseur.

Sigrid sortit le flacon de sa poche et le posa sur sa table.

— C'est du jus de banane vieux de dix ans ! s'étonna Séréna. Je peux l'identifier à ce symbole gravé là. Il doit être extrêmement puissant. N'en buvez pas trop ou vous resterez intoxiqués à jamais.

Elle fit une grimace témoignant de la frayeur que lui inspirait la bouteille volée par les singes.

« Voilà donc pourquoi j'étais devenue à moitié folle, songea Sigrid. Pourvu que la chose ne se reproduise pas la prochaine fois que j'en boirai. »

Elle avait hâte d'en finir et de quitter cet univers abracadabrant. Il y avait maintenant trop longtemps qu'elle avait quitté la Terre. Elle avait envie de retrouver Gus, son ami d'enfance.

— On y va ? insista Macmo.

— D'accord, soupira la jeune fille en dévissant le bouchon du flacon d'élixir.

Une odeur étourdissante d'alcool de banane envahit aussitôt la pièce.

— Pas plus d'une gorgée, hein ? répéta anxieusement Sigrid.

Ils burent chacun leur tour puis firent leurs adieux à Séréna et au chien Bobo. Leurs sacs en bandoulière, ils prirent le chemin de l'ascenseur. Ils couraient presque car ils craignaient que les vampires ne fondent sur eux du haut du plafond pour leur arracher le précieux flacon. Quand les portes de la cabine s'ouvrirent, ils sautèrent à l'intérieur et pressèrent le bouton de montée sans se donner le temps de réfléchir.

Sigrid serra les dents en observant la mention

« Directoire » qui clignotait sur l'interminable panneau des étages.

— Voilà, fit Macmo. Le sort en est jeté. Si la potion n'agit pas, notre moelle épinière va fondre comme du beurre dans la poêle d'ici trois minutes.

— Je ne crois pas, souffla la jeune fille. L'élixir est vraiment très puissant. Nous sommes déjà en train de nous transformer en « mouches ». Dans un moment tu mourras d'envie de gambader au plafond de cette cabine. Je sais de quoi je parle !

Elle-même se sentait des fourmis dans les jambes. Elle ne savait ce qui la retenait d'effectuer le voyage la tête en bas !

— La potion agit, murmura-t-elle. Elle court dans nos veines. Nous sommes désormais affranchis de la tyrannie des billes de chrome incrustées dans nos reins.

— Tu as raison, haleta Macmo. Ça marche ! Regarde, les étages défilent ! Nous devrions déjà être paralysés, cassés en deux sur le sol... Or je n'éprouve rien, à part l'envie de faire les pieds au mur.

Sigrid ne répondit pas. La cabine filait à une vitesse vertigineuse, dévorant les étages. Dans peu de temps elle atteindrait le dernier d'entre eux : l'étage des maîtres de la ville-cube. L'étage du grand ordinateur.

Instinctivement, Sigrid toucha la tête de Pumpkin dans la besace de cuir qui battait contre sa hanche.

« Alors ce sera à toi de jouer ! » pensa-t-elle avec un frisson.

Presque aussitôt, la cabine s'arrêta. Ils venaient d'aborder à l'étage du Directoire.

Les deux jeunes gens retinrent leur souffle. Enfin, les portes s'ouvrirent.

Sigrid s'était attendue au pire : à être accueillie par des dizaines de robots soldats laser au poing, par exemple... mais il n'y avait rien ni personne, qu'un long couloir de béton gris.

— Il est beau ce plafond, murmura Macmo derrière elle. J'ai sacrément envie d'y monter.

— Résiste ! lui ordonna la jeune fille, c'est l'élixir qui te donne ces idées.

— Ah oui ? marmonna le garçon. Je ne sais pas pourquoi mais j'ai la certitude que je serais plus heureux si je vivais la tête en bas.

Sigrid ne se donna pas la peine de répondre. D'un pas rapide, elle s'élança dans le corridor, la besace de cuir battant sur sa hanche.

Elle aussi souffrait d'envies bizarres. Ses pieds la démangeaient. Elle avait du mal à les empêcher de se poser sur les murs.

Au bout du couloir s'ouvrait une vaste salle circulaire aux parois tapissées de machines. Tout cela ronronnait et clignotait dans une pénombre bleuâtre.

« L'ordinateur central, songea Sigrid. Le véritable maître de la ville-cube. »

Elle laissa son regard errer sur les consoles. Elle n'avait pas la moindre idée de ce qu'il convenait de faire pour prendre le contrôle de la monstrueuse machine. Ouvrant la besace, elle en sortit la tête de Pumpkin et chercha une prise d'alimentation ; lorsqu'elle l'eut trouvée, elle relia le crâne du petit robot à cette source d'énergie au moyen du câble sortant de sa nuque.

Pendant une minute il ne se passa rien. Elle commençait à s'inquiéter quand Pumpkin battit des paupières et ouvrit les yeux.

— Salut ! dit-il d'une voix enrouée. Ça fait du bien de te revoir. J'ai l'impression d'avoir dormi deux siècles.

Sigrid sentit les larmes lui venir aux yeux et dut faire un effort pour les refouler. Macmo se serait moqué d'elle, bien sûr ; il n'aurait pas manqué de souligner que Pumpkin n'était, après tout, qu'une boîte de conserve bourrée de microprocesseurs, rien de plus.

— Nous sommes dans la salle du Directoire, annonça la jeune fille. Ça n'a pas été sans mal, mais nous y voilà enfin.

Elle lui raconta brièvement les mille aventures qu'ils avaient vécues avant d'arriver à pied d'œuvre et conclut en demandant : « Que dois-je faire ? »

— C'est facile, expliqua Pumpkin. Pose-moi près d'une console. Mes yeux sont équipés de rayons infrarouges qui me permettront d'entrer directement en communication avec l'ordinateur. Ne t'occupe plus du rien, c'est à moi de jouer maintenant. Je dois casser les codes d'accès de la machine et reprogrammer tous les ascenseurs. Cela peut prendre deux heures ou deux mois... Je ne sais pas. Une fois que je serai branché, ne me touche plus et ne me parle pas.

— D'accord, murmura la fille aux cheveux bleus. Mais ne tarde pas trop. Notre réserve d'élixir s'épuisera vite, et sans la protection de cette potion nous serons électrocutés.

— Je sais, fit Pumpkin. Je ferai de mon mieux, j'ai été conçu pour cette unique tâche. C'est dans ce but qu'on m'a fabriqué, je suis la clef qui ouvre la ville-cube.

La gorge nouée par l'émotion Sigrid déposa la tête du petit robot sur le pupitre de commande central de la salle et s'éloigna prudemment des écrans.

Des bourdonnements s'élevèrent, puis deux faisceaux jaillirent des yeux de Pumpkin pour plonger dans la muraille de microprocesseurs qui lui faisait face. D'un seul coup, tous les écrans de contrôle s'allumèrent et des milliers de lignes de code se mirent à défiler à une vitesse hallucinante.

Sigrid s'éloigna à reculons.

Elle s'étonna soudain de ne pas trouver Macmo. Levant les yeux, elle l'aperçut qui trottait au plafond, la tête en bas.

— Hé ! tu devrais venir ! lui cria le garçon, c'est super !

Deux jours s'écoulèrent, puis trois. Pumpkin travaillait sans relâche et Sigrid luttait contre l'angoisse qui s'insinuait en elle car la réserve d'élixir s'épuisait.

« Quand il n'y en aura plus assez pour rester à cet étage, se disait-elle, il nous faudra redescendre au pays des bananes bleues, en abandonnant Pumpkin ici, tout seul. »

Elle répugnait à cette idée. En outre, Macmo, victime des effets secondaires du breuvage, était en train de perdre la tête. Il passait ses journées à gambader au plafond en riant aux éclats, comme si cet exercice l'emplissait d'une joie formidable. Il ne consentait à redescendre que lorsque ses pieds perdaient leur pouvoir d'adhérence. Il se précipitait alors sur Sigrid, une lueur inquiétante dans l'œil en balbutiant : « Donne-moi de la potion ! Il m'en faut tout de suite ! J'en ai besoin ! »

Il arrachait le flacon des mains de la jeune fille pour en avaler de grosses goulées gourmandes.

Sigrid, elle, se contentait de la dose minimum, et elle n'absorbait l'élixir que lorsqu'une douleur aiguë, annonciatrice d'électrocution, lui vrillait la colonne vertébrale.

Pour tromper l'attente, elle explora les couloirs

environnants. Il ne lui fallut pas longtemps pour découvrir les squelettes des anciens maîtres de la ville-cube. Étendus sur des lits poussiéreux, ils reposaient là où la mort les avait surpris, un siècle plus tôt. Depuis leur mort, l'ordinateur avait continué tout seul à assurer le fonctionnement de l'abri gigantesque. Sigrid s'éloigna rapidement de ces tombeaux.

Enfin, alors que la réserve d'élixir s'épuisait, la voix de Pumpkin résonna dans la salle de contrôle.

— Ça y est ! annonça le petit robot, j'ai cassé les codes de protection et reprogrammé tout le système. Les implants sont désactivés, les gens peuvent désormais emprunter les ascenseurs à leur guise. J'ai fait diffuser une annonce sur le réseau câblé pour avertir les populations de l'existence du vaisseau de sauvetage caché au cœur de la ville. Ils disposent désormais de toutes les coordonnées nécessaires pour s'y rendre. Je vous conseille de ne pas vous attarder ici. Il serait préférable de vous y rendre avant le début de la cohue.

— Et toi ? s'inquiéta Sigrid. Que vas-tu devenir ?

— Moi ? s'étonna Pumpkin, je ne sers plus à rien. J'ai rempli ma mission, tu peux me laisser ici.

— Pas question ! protesta la jeune fille. Je t'emporte avec moi. Une fois sur la Terre, je te ferai fabriquer un autre corps.

— C'est gentil, fit le petit robot, à présent il faut

partir. J'ai un peu peur de ce qui va se passer lorsque la foule se ruera dans les cabines.

Sigrid débrancha la tête de l'androïde pour la ranger dans son sac et ordonna à Macmo de cesser de faire le pitre et de descendre du plafond. Elle eut beaucoup de mal à le convaincre d'obéir.

Une fois dans la cabine, elle demanda à Pumpkin de les guider. Il fallait descendre au 78e sous-sol car la fusée géante se trouvait remisée dans un puits de lancement traversant la ville-cube de part en part.

— Je ne sais pas si tout le monde y tiendra, avoua Pumpkin. Peut-être y serez-vous terriblement à l'étroit.

— Tu te trompes, ricana Macmo. Je suis prêt à parier mon pied droit que les gens vont refuser de quitter leur prison... L'extérieur leur fait trop peur. Ils préféreront rester enfermés chacun dans leur cellule d'habitation que d'entreprendre le grand saut dans l'inconnu. Il n'y aura presque personne dans votre fusée, mes pauvres amis ! Ne vous faites pas d'illusion !

Sigrid fronça les sourcils. Elle s'avoua qu'elle n'était pas loin de partager l'opinion de Macmo. Les prisonniers de la ville-cube, victimes de l'endoctrinement qu'on leur faisait subir depuis leur entrée dans l'abri, seraient probablement terrifiés par la perspective de sortir de leur gigantesque terrier. Les convaincre d'émigrer ne serait pas chose facile.

— Je vais te dire ce qui va se passer, ajouta Macmo. Ils vont profiter de la libre circulation des ascenseurs pour s'envahir les uns les autres et se faire la guerre ! Oui, c'est ce qui va se passer. Une guerre de territoire entre les étages. Chacun convoitant l'unité d'habitation de l'autre. Ils sont indécrottables. Ils ne tirent jamais la leçon de ce qu'ils ont vécu.

La plongée dans l'abîme de la ville-cube leur parut interminable. Les jeunes gens avaient tous deux l'impression d'être en train de tomber au centre de la planète, en un point si éloigné qu'il leur serait impossible d'en remonter.

La cabine ne s'arrêta à aucun étage intermédiaire, comme si les habitants des différentes cellules n'avaient pas encore pris la décision d'émigrer. Sigrid en fit la remarque à Macmo qui haussa les épaules et dit :

— Je t'avais prévenue, si ça se trouve, il n'y aura que nous dans cette fichue fusée !

Après quinze minutes de descente, la course de l'habitacle ralentit.

— Nous y sommes, annonça Pumpkin du fond de son sac. C'est ici.

Les battants coulissèrent, dévoilant une vaste crypte de béton en forme de puits. Ce tuyau interminable, noyé de ténèbres, s'élevait en direction de la surface. Tout en bas, prisonnière d'un carcan de passerelles, attendait une énorme fusée, véritable arche cosmique conçue pour évacuer la population de l'abri.

— Pour un canot de sauvetage c'est un sacré canot de sauvetage ! siffla Macmo.

Sigrid nota qu'il s'agissait d'un très vieux modèle d'engin spatial, et elle se demanda s'il était encore en état de fonctionner.

— Voilà le secret de la ville-cube, nasilla Pumpkin. Il y a presque deux siècles qu'on aurait dû utiliser ce vaisseau, mais les maîtres des ascenseurs ont préféré cacher son existence aux habitants des étages, de manière à mieux les tenir en leur pouvoir. Il leur plaisait de jouer les tyrans, de promulguer des lois, des interdits. Je vais vous guider jusqu'au poste de pilotage.

Les jeunes gens s'engagèrent dans le fouillis des passerelles d'acier. Un élévateur les conduisit au sommet de la fusée, dans le poste de commandement. On n'y manquait pas de place car la nef stellaire avait la taille de plusieurs paquebots. Sigrid s'empressa d'examiner les commandes. Le système lui parut vétuste. Elle brancha Pumpkin sur la console en le priant de vérifier que tout était encore en état de marche.

Macmo s'était posté près d'un hublot, surveillant la porte de l'ascenseur.

— Maintenant il faut espérer qu'ils viennent..., lâcha-t-il d'une voix sombre.

Ils attendirent trois jours avant de voir débarquer les premiers candidats à l'émigration. Ils arrivaient par petits groupes, traînant paquets et valises. À peine sortis de l'ascenseur ils s'immobilisaient en clignant des yeux, éberlués par la taille imposante de la fusée. On était très loin de la ruée annoncée par Pumpkin. Manifestement, les prisonniers de la ville-cube ne tenaient pas tant que ça à quitter leur enfer personnel.

Sigrid descendait chaque fois les accueillir et leur faisait visiter le vaisseau où des milliers de cabines avaient été aménagées.

— Quand partons-nous ? demandaient les fuyards.

— Quand nous aurons fait le plein de passagers, répondait la fille aux cheveux bleus.

Une fois les passagers installés, l'attente reprenait. Heureusement il y avait assez de nourriture concentrée pour des milliers de personnes.

— Il faut se fixer un délai, décréta Macmo. On ne peut pas attendre un an ! S'ils ne viennent pas, tant pis pour eux.

Sigrid était affreusement déçue par l'attitude des habitants du cube. Elle avait tellement espéré qu'ils s'engouffreraient par cohortes entières dans les flancs du vaisseau cosmique...

— Qu'en penses-tu ? demanda-t-elle à Pumpkin.

— Mes constructeurs n'avaient pas prévu cela ! soupira le petit robot. Ils étaient, comme toi, persuadés que la population de l'abri n'aspirait qu'à la délivrance.

— Ils me font penser à des oiseaux en cage, grommela Macmo. On a beau leur ouvrir la porte, ils ne veulent pas sortir.

— Attendons encore une semaine, décida Sigrid, ensuite nous décollerons. On ne peut pas courir le risque que des extrémistes se mettent en tête de détruire le vaisseau. Une fois sur la Terre, nous signalerons l'existence de cette colonie aux autorités spatiales. Elles pourront toujours leur expédier une mission de secours pour essayer de les convaincre de quitter le cube.

À la fin de la semaine, trois mille émigrants attendaient l'heure du départ entre les flancs de la fusée, c'était dérisoire. En discutant avec eux, Sigrid apprit que la peur des virus était tellement ancrée dans l'esprit de chacun que personne ne voulait prendre le risque de sortir de l'abri.

— Ils sont nés là, gémit une femme. Ils ne savent rien du monde extérieur. Une telle immensité leur donne le vertige, ils préfèrent vivre entre les quatre murs de leur petite unité d'habitation, au moins c'est un univers à leur mesure.

— Vous attendez pour rien, affirma un homme. Il ne viendra plus personne. À certains étages, les soldats ont soudé les portes des cabines pour empêcher les gens de partir. Ils ne veulent pas que ça change. Si vous tardez encore, vous courrez le risque de les voir débarquer ici, pour casser la fusée.

La mort dans l'âme, Sigrid se vit donc dans l'obligation de donner l'ordre du départ.

— Tu as fait ce que tu pouvais, lui dit Macmo pour la consoler. Ce n'est pas ta faute s'ils préfèrent rester prisonniers de croyances dépassées.

— Je repère du mouvement dans les ascenseurs, annonça soudain Pumpkin. Des groupes de soldats armés descendent vers nous. Je pense qu'ils n'ont pas de bonnes intentions à notre égard.

— Ils veulent nous empêcher de partir, haleta Sigrid. Ce sera facile, il leur suffira de tirer un obus au niveau des tuyères pour endommager les moteurs. Déclenche le compte à rebours.

Les yeux de Pumpkin s'illuminèrent, communiquant leurs ordres à la console. Au sommet du puits de lancement, l'écoutille se releva pour laisser le passage au vaisseau.

Sigrid et Macmo se sanglèrent sur leur siège.

Dix secondes plus tard le rugissement des réacteurs emplit la salle d'un vacarme de fin du monde.

Lentement, l'énorme fusée s'arracha du sol pour filer vers le ciel.

« Encore une aventure à laquelle j'ai réussi à survivre », songea Sigrid en fermant les yeux.

Elle avait hâte de retrouver la Terre et son ami Gus.

Composition JOUVE – 62300 Lens
N° 907737c
Imprimé en France par HÉRISSEY – 27000 Évreux
Dépôt imprimeur : 98382 – Éditeur n° 60258
32.10.2262.7/01 – ISBN : 2.01.116782.5
Loi n° 49-956 du 16 juillet 1949 sur les publications destinées à la jeunesse
Dépôt légal : juillet 2005